MARGIT SANDEMO

Der Abgrund

Buch

Silje und Tengel leben nach den Irrungen und Wirrungen der letzten Jahre wieder ruhiger und glücklicher mit ihren Kindern bei Gut Lindenallee. Nur Tengels Nichte Sol Angelica, die bei ihnen aufgewachsen ist, bereitet ihnen Kummer und Sorgen: Sie hat die magischen Kräfte und dunklen Fähigkeiten ihrer Familie geerbt. Die finsteren Mächte und eine unerklärliche innerliche Unruhe treiben sie von zu Hause fort. Inzwischen zwanzig Jahre alt und zu einer schönen jungen Frau herangereift, begibt sie sich auf den Weg in die große Welt. Endlich ist sie frei… Frei, um auf die Suche nach den Hexen bei Brösarps Backar zu gehen. Frei, um den Fürsten der Dunkelheit anzubeten, und frei, um endlich ihre lang gehegten Träume zu verwirklichen. Aber Sol ist nicht nur vom Bösen besessen. Für ihre Familie würde sie durchs Feuer gehen – und sogar ihr eigenes Leben opfern…

Autorin

Margit Sandemo ist die meistgelesene skandinavische Autorin. Ihre Bücher wurden weltweit mehr als 40 Millionen Mal verkauft. Neben der Saga vom Eisvolk hat sie noch weitere Romanserien geschrieben sowie diverse Einzelromane. Margit Sandemo wurde 1924 geboren und lebt in Norwegen.

Von Margit Sandemo bereits erschienen:

Der Zauberbund (36745)
Hexenjagd (36755)

Weitere Romane aus der fesselnden »Saga vom Eisvolk« sind bei Blanvalet bereits in Vorbereitung!

Margit Sandemo

Der Abgrund

Die Saga vom Eisvolk

Roman

Ins Deutsche übertragen
von Dagmar Mißfeldt

blanvalet

Die norwegische Originalausgabe erschien 1982
unter dem Titel »Sagaen om Isfolket: Avgrunnen«
bei Bladkompaniet, Oslo, Norwegen.

»Der Abgrund« ist bereits 1998 im BKH-Verlag erschienen.
Dies ist eine überarbeitete und aktualisierte Ausgabe.

FSC
Mix
Produktgruppe aus vorbildlich
bewirtschafteten Wäldern und
anderen kontrollierten Herkünften

Zert.-Nr. SGS-COC-1940
www.fsc.org
© 1996 Forest Stewardship Council

Das für dieses Buch verwendete FSC-zertifizierte Papier
Holmen Book Cream liefert Holmen Paper,
Hallstavic, Schweden

1. Auflage
Taschenbuchausgabe Oktober 2007 bei Blanvalet,
einem Unternehmen der Verlagsgruppe
Random House GmbH, München

Umschlaggestaltung: HildenDesign, München
Umschlagmotiv: Eigenarchiv HildenDesign
ES · Herstellung: Heidrun Nawrot
Satz: Uhl + Massopust, Aalen
Druck und Einband: GGP Media GmbH, Pößneck
Printed in Germany
ISBN 978-3-442-36761-0

www.blanvalet.de

1. Kapitel

In den Baumkronen dröhnte ein schwerer Choral. Es brauste und murmelte in tiefen Tönen, als sänge ein Chor von Mönchen in einer riesigen Kathedrale düstere Lieder von Kummer und Unglück. Die Kiefern schwangen im Sturm hin und her, bogen sich, dass die Zweige knackten und knirschten. Ein bleicher Herbstmond lugte ab und zu hinter den über den Himmel jagenden Wolken hervor.

Sol lächelte, während sie durch den Wald lief. Das stürmische Wetter hallte in ihr wider wie ein Rausch.

Jetzt war sie erwachsen und frei, frei wie der Wind, der durch die Baumwipfel fegte. In der Hand hielt sie Hannas Bündel, das sie an diesem Tag von Tengel zurückbekommen hatte, hielt es fest an ihre Brust gedrückt. Vor ein paar Stunden hatte sie von allen zu Hause auf Lindenallee Abschied genommen.

Jetzt war ihre Zeit gekommen.

Ihr kleiner Bruder Are hatte sie auf dem Weg zum Hafen in Oslo begleitet, wo ein Schiff zur Überfahrt nach Dänemark abfahrtsbereit lag. Sie waren gemeinsam den Weg entlanggeritten, aber ungefähr auf halber Strecke hatte Sol plötzlich darauf bestanden, allein eine Abkürzung durch den Wald zu nehmen. Are hatte schließlich nachgegeben, sich ihre Reisetruhe aufs Pferd geladen und war mit ihrem Pferd neben seinem weitergeritten, um dann am Ende des Waldes wieder mit ihr zusammenzutreffen. Er wollte trotz allem sichergehen, dass sie wohlbehalten am Schiff ankam.

Charlotte von Meiden hatte Sol zu einer Passage nach Dänemark verholfen. Das Mädchen sollte eine ältere adelige Dame begleiten, die sich ängstigte, die lange Schiffsreise ohne Gefolge zu machen. Die Familie hatte diesen Schritt gewagt, weil Sol sich die letzten fünf Jahre mustergültig betragen hatte. Doch nun war sie so rastlos, dass man sie nicht länger zurückhalten konnte.

Doch, sie hatte sich ordentlich betragen. Allein deshalb, um die Erlaubnis zu bekommen, sich ihrem geliebten Handwerk wieder widmen zu können – sobald sie erwachsen war.

Ach, es war oft schrecklich gewesen! Jedesmal, wenn sie am Wegesrand Bilsenkraut oder Wasserschierling stehen sah, hatte es ihr in den Fingern gekribbelt. Oder wenn sich jemand ihren Familienangehörigen gegenüber nicht anständig benommen hatte. Einmal hatte sie sogar eine Puppe angefertigt, eine Nachbildung einer der Damen bei Hofe, die sich verächtlich über Charlotte geäußert hatte. Sol war es gelungen, sich eine Haarsträhne dieser Edelfrau zu beschaffen, hatte sie in die Puppe eingenäht und wollte dieser gerade eine Nadel direkt ins »Herz« stechen, als sie sich im letzten Augenblick doch noch eines Besseren besann. Sie durfte das nicht, das hatte sie Tengel hoch und heilig versprochen. Sie hatte die Puppe vernichtet, und ihr gutes Gewissen war damit wieder hergestellt. Trotzdem grämte sie sich, weil sie nicht erfuhr, ob sie noch immer in Besitz ihrer besonderen Kraft war.

O ja, die besaß sie noch immer. Für immer! Tengel war sehr zufrieden mit der Arbeit, die sie unter den Kranken verrichtete. Mittlerweile vertraute man ihr genauso sehr wie ihm. Manchmal allerdings hatte sie zu allzu drastischen Mitteln gegriffen, um sie zu kurieren; doch sie war dabei so vorsichtig vorgegangen, dass niemand etwas bemerkt hatte.

Und sie hatte auch niemandem geholfen, seinem Leben selbst ein Ende zu setzen, auch nicht, wenn sie den Eindruck hatte, dass einige von ihrem Dasein in Krankheit und Leid befreit werden wollten. Bis auf wenige Male, aber das waren ja nur Bagatellen, die nicht weiter ins Gewicht fielen, dachte sie arglos. Sie hatte es auch nur getan, um nicht ganz aus der Übung zu kommen.

Aber jetzt war die Zeit des Stillhaltens vorüber.

Sie hatte nicht durch den Wald reiten wollen. Sie wollte den Wind in ihrem Gesicht und die Erde unter den Füßen spüren und wissen, dass all das ihr gehörte; sie wollte den Sturm um sich herum hören und dem Mond entgegenlachen.

»Ich bin frei, Hanna«, flüsterte sie. »Ich bin frei! Jetzt beginnt unsere Zeit!«

Ihre eignen Pläne der Dänemarkfahrt stimmten nicht vollkommen mit denen ihrer Familie überein …

Sie hatte gewisse Erkundigungen eingeholt. Gewiss wurden in Dänemark fast ununterbrochen Hexen gefangen genommen. Es handelte sich aber dabei nur um solche, die von den Nachbarn angezeigt worden waren, gewöhnliche Frauen, die nicht das Geringste von der Schwarzen Kunst wussten. Sol hingegen wusste, wo sich die echten Zauberer und Hexen aufhielten. Hanna hatte es ihr gegenüber einmal mit Achtung in der Stimme erwähnt.

Dorthin wollte sie, dorthin *sollte* sie!

Sie waren nicht viele, die echten Hexen. Konnten es auch nicht sein, so unerbittlich wie die Obrigkeit gegen sie vorging. Aber diejenigen, die noch lebten, waren wirklich echte Hexen.

Und sie war eine von ihnen. Eine von den wenigen. Sie und Tengel. Doch Tengel wollte ja nicht dazugehören. Er verschwendete seine Kraft lieber für »gute« Taten.

Dass er das über sich brachte! Fünf Jahre in Sitte und Anstand waren für Sol mehr als genug.

Sie musste für einen Moment stehen bleiben, um ihren kostbaren Besitz zu begutachten, den sie so lange hatte entbehren müssen. Sie lächelte glücklich und erwartungsvoll. Da war der Schädel des unglückseligen Neugeborenen, der vor hundert Jahren unter einem Fußboden gefunden worden war. Da der Finger eines gehängten Gesetzesbrechers. Das Herz eines schwarzen Hundes, Friedhofserde, Schlangenzungen …

Und da! Da war die Alraune, ein echtes Kleinod. Das Erbstück, gefunden vor einer Ewigkeit in einem Mittelmeerland, an einem Galgenberg aus der Erde gezogen, wo der Mörder im Augenblick des Todes seinen Samen vergossen hatte. Dort war die Alraune gewachsen, und die menschenähnliche Wurzel hatte so sehr ihr Weh geklagt, als sie aus der Erde gezogen wurde, dass der Zauberer, der sie in einer Donnerstagnacht bei Vollmond geholt hatte, von dem Schreien verrückt geworden war. So ging die Sage, und so hatte Hanna es Sol erzählt. Auf die Alraune musste sie gut Acht geben! Die war unbezahlbar.

Sol wog die bizarr geformte, vertrocknete Wurzel in der Hand. Sie war groß, länger als ihre Hand, trug aber Spuren, als habe am Wurzelende jemand kleine Stücke abgeschnitten. Vielleicht war es der gefürchtetste ihrer Vorfahren gewesen, Tengel der Böse, der etwas von der Alraune abgeschnitten hatte. Die Alraune stamme von ihm, hieß es. Sicher war in jedem Fall, dass die abgeschnittenen Stücke für geheimnisvolle Handlungen verwendet worden waren. Sol wusste, wozu die Alraune angewendet werden konnte. Es gab so unendlich viele Möglichkeiten. Als Liebeskraut zum Beispiel. Oder um Feinden zu schaden. Oder um dem Besitzer zu Reichtum zu verhelfen.

Ein dünner Lederriemen war an der Alraune befestigt. Sie nickte. Nun gehörte sie ihr, nun konnte sie sie dafür benutzen, wofür sie gedacht war.

Sie richtete den Lederriemen und hängte sich die Alraune so um den Hals, dass man sie nicht sehen konnte. Sie fühlte sich an der Haut auf der Brust schwer und steif an. Sol erschauerte. Die Alraune fühlte sich wie ein Lebewesen an. Doch sie gewöhnte sich schnell daran, sie am Körper zu tragen.

Nun wurde sie von dem mächtigsten Amulett, einem Talisman, beschützt, der auf der Welt das meiste Glück brachte.

Das vermittelte ihr ein Gefühl der Sicherheit – und ein wenig auch ein Gefühl von Feierlichkeit.

Dag war bereits in Kopenhagen. Es würde eine Freude sein, ihn wiederzusehen. Er studierte an der Universität, wollte Rechtsgelehrter werden, so dass er später eine gute Stellung bekommen würde, wenn er wieder nach Norwegen zurückkehrte.

Dag war seit anderthalb Jahren in Dänemark. Zu Hause vertraute man darauf, dass er Sol unter seine Fittiche nehmen würde. Vielleicht konnte diese Reise doch etwas Gutes bringen, eine gute Stellung oder nützliche Kontakte vielleicht? Unter nützlichen Kontakten hatte Silje sich eine passende Heirat vorgestellt, romantisch wie sie war. Dag könnte Sol den richtigen Leuten vorstellen, bei Hof und in anderen vornehmen Gesellschaften. Sie wusste, dass viele seiner Kommilitonen von hoher Geburt waren.

Einen Monat lang sollte sie bei ihm bleiben. Danach musste sie wieder nach Hause.

Sol kicherte, während sie weiter durch den seufzenden, stürmischen Wald eilte. Doch, es war angenehm, den Stiefbruder vor Ort zu haben. Aber die »richtigen Kreise«? Die musste sie doch selbst finden und wählen!

Aber… dennoch. Der Hof war nicht zu verachten. Dort konnte es ja tolle Männer geben. Sol hatte sich auf ehrbarem Terrain gehalten, seit sie als Vierzehnjährige den Knecht Klaus verführt hatte. Jetzt, fand sie, war es an der Zeit für ein neues Abenteuer, die Sache mit Klaus war im Grunde ganz und gar unbefriedigend verlaufen, eher ein Eroberungstriumph, aber mehr nicht. Sie wusste, dass es im Verhältnis zwischen Mann und Frau noch viel spannendere Gefühle gab.

Sie strich mit den Händen über ihren Körper. Doch, sie wusste, dass sie schön war. Allzu viele hatten es ihr gesagt.

Arme Hanna, dachte sie plötzlich wehmütig. Nie hatte sie Sols Möglichkeiten besessen. Hässlich, so hässlich war sie, dass die Leute vor ihr zurückwichen, und wie einsam und abgeschieden sie in dem kleinen Bergtal war...

Sol hatte das ganze Leben vor sich, die ganze Welt lag ihr zu Füßen!

Und wahrhaftig – sie würde ihre Gaben nutzen!

Zu Hause waren alle über ihre Abreise betrübt. Sie wussten jedoch, dass Sol die Freiheit brauchte, um nicht zu ersticken. Das vergangene halbe Jahr war sie recht anstrengend gewesen – ungeduldig und sehr leicht reizbar, das wusste sie. Tengel und Silje hatten sie beim Abschied fest an sich gedrückt. Und der kleinen Schwester Liv hatten Tränen in den Augen gestanden. Charlotte von Meiden war unten auf Lindenallee gewesen, um Abschied von ihr zu nehmen, mit vielen Grüßen an den geliebten Sohn Dag.

Und so waren sie und Are die Allee, Siljes Lindenallee, hinuntergeritten.

In der Allee fehlte ein Baum. Ein Baum war vertrocknet und abgestorben, und Tengel hatte ihn fällen müssen. Es war der Baum der verwitweten Baronin. Die alte Dame war verstorben, nun lag sie auf dem Friedhof von Gråstensholm begraben.

Tengel hatte an der Stelle des alten Baumes eine neue kleine Linde gepflanzt. Sol erinnerte sich gut an diesen Tag. An Siljes seltsame Wut.

»Du darfst nicht noch mehr Bäume besprechen, Tengel«, hatte sie gesagt, während sie am ganzen Körper zitterte. »Ich ertrage diese ständige angespannte Aufmerksamkeit wegen der Bäume nicht länger.«

»Sie waren eine Hilfe für mich«, hatte er sich verteidigt. »Du weißt, dass ich durch sie versteckte Krankheiten aufdecken konnte.«

»Ja, das weiß ich, aber sie machen mir Todesangst! Sehe ich ein vergilbtes Blatt oder einen abgebrochenen Zweig, dann bin ich voller Furcht und Schrecken.«

»Wie du willst«, hatte Tengel gesagt. »Ich verspreche dir, dass ich keine Bäume mehr besprechen werde. Wir haben ja auch keine neuen Familienmitglieder, denen wir sie zueignen könnten.«

»Nein, aber unsere vier Kinder sind allmählich erwachsen geworden. Wir können schon in ein, zwei Jahren Enkelkinder bekommen.«

Tengel hatte sich bereitwillig einverstanden erklärt, die neuen Bäume einfach Bäume sein zu lassen.

Der Wald öffnete sich vor einem kleinen Dorf. Der Meeresduft im Wind verriet Sol, dass sie sich dem Fjord näherte. In weiter Ferne erkannte sie schemenhaft den Rauch vieler Häuser. Das musste Oslo sein – und weiter fort die Festung Akershus.

Es war früh im Morgengrauen. Der Mond war nach und nach verblasst, in gleichem Maße wie der Lichtstreif am Horizont stärker und breiter anwuchs. Nachdem sie aus dem Wald gekommen war, kam es Sol vor, als läge die Stadt in einem flimmernd grauen Schein, und nach dem Rauschen in den Baumkronen war die plötzliche Stille auf ihre Weise ohrenbetäubend.

Sie ging mit leichten, raschen Schritten an den niedrigen Häusern vorbei, die noch nicht zum Leben erwacht waren. Allein das Rauschen des Windes im Gras brach die überwältigende Stille. Sol langte am Kirchplatz an und blieb stehen. Ungeduldig strich sie sich die langen, schwarzen Locken zurück, die der Wind ihr ins Gesicht geblasen hatte.

Für einen Augenblick stand sie still, schaute sich um und drehte sich ein paar Mal. Sie erblickte einen Pranger, einen Staupsäule und eine Stätte, an der Menschen gesteinigt wurden. Weiter fort stand ein Hauklotz. Darauf hatten Verbrecher ihren Kopf für die Axt zurechtgelegt. Ein leerer Galgen befand sich etwas davon entfernt, aber für die Kirchgänger dennoch gut sichtbar.

Das alles sah sie. Doch Sol war imstande, darüber hinaus noch viel mehr wahrzunehmen. Sie stand reglos da – nun dem Wind zugewandt, so dass ihr Haar nicht mehr vor den Augen herumflatterte. Verwundert entdeckte sie, wie viel sie tatsächlich wahrnehmen konnte. Sie spürte die Angst, den Todesschreck all derer, die hier ihr Leben hatten lassen müssen. Sie spürte die Schmach wie einen flüssigen Dunst um den Pranger schweben, sie nahm die Trauer der Angehörigen wahr, die Neugier der Schaulustigen, die Schadenfreude und den geifernden Sensationshunger.

Sol hatte vor den Toten keine Angst. Einmal hatte sie, obwohl sie sich selbst nicht mehr daran erinnern konnte, laut aufgelacht, als sie einen Leichnam erblickte, der schaukelnd an einem Galgen hing. Silje hatte es irrtümlicherweise als die Unwissenheit eines Kindes aufgefasst. Die Nacht, die Dunkelheit und der Tod waren Sols Welt. Der Name Sol, Sonne, den sie zu ihrem Schutz erhalten hatte, war ihr nicht im Geringsten nützlich. Der Mond war ihr Leitstern, nicht die Sonne.

Ein einziges Mal hatte Sol Angst gehabt, als Tengel

unglaublich wütend auf sie gewesen war. Damals hatte sie einen widerlichen Küster getötet, der ihrer Familie schaden wollte. Sie hatte aber auch unglaublichen Respekt vor Tengel, weil sie ihn unbeschreiblich gern hatte.

Genau diese Angst, seinem Zorn ausgesetzt zu sein, hatte bewirkt, dass sie sich so lange ruhig verhalten hatte.

Ansonsten gab es nichts, was Sol Angst einjagen konnte.

Sie war jetzt zwanzig Jahre alt. Man schrieb das Jahr 1599, und ihr wirkliches Leben konnte beginnen.

Are stand wie verabredet am Rand des Waldes. Er war Tengels einziger Sohn, mit dem halbfertigen Gesicht eines Dreizehnjährigen, breiten Backenknochen und rabenschwarzem Haar. Während Tengels und Siljes übrige Kinder und Pflegekinder vollendete Geschöpfe waren, konnte man Are nicht gerade als bildschön bezeichnen. Dafür strahlte er aber ein starkes Gefühl von Sicherheit aus. Und auf Dauer gesehen war das mehr wert, fand Sol.

Er begleitete sie bis zum Hafen und sorgte dafür, dass sie zusammen mit der alten Dame, die angenehm überrascht über ihre Begleiterin war, wohlbehalten an Bord kam. Wie schön, ein so unglaublich hübsches und wohlerzogenes junges Mädchen als Eskorte zu bekommen. Sol setzte sogleich ihr »freundlich-zu-alten-Damen«-Lächeln auf. Ihre Stimme blieb weich und respektvoll, und sie war unbeschreiblich entgegenkommend.

Lang stand sie an Deck und winkte Are, der vom Kai

aus eifrig zurückwinkte. So nahm das Abenteuer seinen Anfang.

Ein heftiger Wind, der das Schiff hin und her warf, machte die Überfahrt nach Dänemark zu einer anstrengenden Reise. Sol hatte jedoch ein Mittel gegen Seekrankheit, wofür die alte Dame sehr dankbar war. Sie schien sich sehr tapfer zu fühlen, so wie sie dastand und sich Sol gegenüber damit großtat, dass sie anscheinend die einzigen Passagiere seien, die nicht der Seekrankheit zum Opfer fielen.

Doch wenn Sol bereits auf der Schiffspassage auf ein kleines Abenteuer gehofft hatte, wurde sie bitter enttäuscht. Alle männlichen Passagiere hingen entweder über der Reling oder lagen sich windend in einer Ecke, und die Besatzung bestand nur aus alten, kurzbeinigen Seebären ohne den geringsten Anflug von Anziehungskraft.

Doch selbstverständlich war für die lebenslustige Sol die Schiffspassage an sich schon unermesslich spannend. So oft sie dazu Gelegenheit hatte, stand sie an Deck, und wenn die Wellen ihr übers ganze Gesicht spritzen, lachte sie laut auf. Tauchte das Schiff in schwindelerregende Wellentäler hinab, so, als ob es nach dem Meeresgrund suchte, kicherte sie hingerissen, und als es sich schwer wieder aufbäumte, von Salzwasser überspült, jubilierte sie aus tiefstem Herzen. Nun begriff sie, wie eintönig das Leben auf Lindenallee für sie wirklich gewesen war.

Als sie im Hafen von Kopenhagen einliefen, stand ein Wagen für die alte Dame bereit, und damit war Sols Auftrag ausgeführt. Die Dame war derart begeistert von ihr, dass sie Sol einen kleinen Beutel übergab, in dem Goldmünzen klimperten. Sol musste sich unglaublich zusammennehmen, um nicht sofort nachzuschauen, wie viel Geld denn nun darin war. Sie knickste und winkte dem abfahrenden Wagen nach.

Sie war sich jedoch nicht selbst überlassen. Dag stand am Kai bereit, um sie in Empfang zu nehmen.

Sol warf sich in seine Arme.

»Aber, Dag, wie elegant du geworden bist! Du bist ja erwachsen geworden, kleiner Bruder!«

Sie hielt ihn etwas von sich ab und sah zu ihm auf. Er hatte sehr männliche Gesichtszüge bekommen. Die lange, gerade Nase und das schmale Gesicht hatte er noch, aber seine Züge waren ebenmäßiger geworden. Die Augenbrauen waren kräftig und verglichen mit dem blonden Haar hellbraun, und die Augen waren metallgrau. Er trug jetzt moderne Kleider, nicht mehr die gewöhnliche wattierte Jacke, die nach unten spitz zulief, und auch nicht mehr den Pfeifenkragen um Hals und Handgelenke. Auch von den kurzen, ballonartigen Hosen war nichts mehr zu sehen. Nein, Dag wohnte jetzt in Kopenhagen und ging mit der Zeit. Er trug einen breitkrempigen Hut, an dessen einer hochgeschlagenen Seite eine Feder befestigt war. Der Kragen war heruntergeklappt, und Jacke wie Hose lagen enger an als früher, so dass seine gute Figur mehr betont wurde, und dazu trug er elegante Stiefel, die Sol kolossal imponierten. Er war elegant, einfach elegant!

Unmittelbar wechselte sie über zu weiblichen Dingen. Ihr Blick glitt hinüber zu den wenigen Damen, die sie im Hafen entdecken konnte. »So zieht man sich jetzt also an? Oh, wie muss ich altmodisch aussehen! Ich würde mich am liebsten verstecken, Dag!«

Er lachte. Die Bewunderung war freilich gegenseitig, ihrer einfachen, norwegischen Kleidung zum Trotz.

»Dazu gibt es keinen Grund. Oh, oh, was habe ich mir da nur eingebrockt.«

»Womit denn?«

»Dir die Bewunderer vom Leib zu halten!«

»Warum solltest du mir denn Bewunderer vom Leib halten?«, lachte Sol, und Dag fasste ihre Worte als Scherz auf. Aber sie hatte es keineswegs so gemeint.

»Ich wohne gleich in der Nähe, wir können das kleine Stück zu Fuß gehen. Lass mich deine Reisetruhe nehmen. Ach Gott, die ist ja überhaupt nicht schwer. Gib mir auch noch das Bündel!«

»Nein, das kann ich selbst tragen.«

Dag sandte ihr einen Blick zu, aber er bestand nicht darauf.

»Wie geht es zu Hause?«, fragte er eifrig, während sie den lebhaften Hafen verließen und zu einer stark befahrenen Straße gelangten.

Sol weiteten sich die Augen angesichts all des fantastisch Neuem – des Menschengewimmels, der Haustiere auf der Straße, des Geruchs von Fisch, Tang, Rauch, Abfall, Obst und Gemüse … Freilich war sie mit Tengel mehrmals in Akershus und Oslo gewesen, aber dies hier war etwas ganz anderes. Dies hier war die große, weite Welt!

»Zu Hause? Gut. Ich soll dich herzlich von allen grüßen und speziell von Charlotte natürlich. Ich habe Briefe dabei. Eine Menge Briefe. Und Geld.«

»Wunderbar«, murmelte Dag.

»Und Are hofft darauf, dass du ihm eins von diesen neumodischen Schnappschlossgewehren beschaffst. Oh, Dag, das ist alles so aufregend! Sieh einmal das Haus da! Wie riesengroß!«

Beim Reden schäumte sie vor Begeisterung fast über.

»Mama Charlotte ist wohl jetzt ganz allein?«

»Ja, sie wartet wohl schon ganz gespannt darauf, dass du hier fertig wirst und wieder nach Hause kommst. Aber sie und Silje treffen sich häufig.«

»Und die anderen? Wie geht es ihnen?«

»Tengel müht sich wie immer mit seinen Patienten ab, und er hat versucht, seine Arbeit auf ein paar Tage in der Woche zu beschränken. Aber das geht nicht so einfach. Die Leute kommen trotzdem, um seine heilenden Hände zu spüren, sie kommen von weither, und er hat ja noch nie nein sagen können. Im Winter hatten wir eine entsetzliche Epidemie, und er verbot den Kranken, zu uns nach Hause zu kommen, damit wir uns nicht ansteckten. Aber sie kamen trotzdem, wie die reinsten Fliegenschwärme, und Tengel war ganz verzweifelt. Trotzdem sind wir gut zurechtgekommen, fast alle. Das Eisvolk ist stark, weißt du. Nur deine Großmutter, die alte Baronin, hat es nicht überstanden.«

»Ja, ich weiß. Und du weißt, dass ich sie schrecklich vermisse.«

»Ich auch«, sagte Sol leise. »Sie war eine gute Frau. Tengel war damals ganz niedergeschlagen. Die beiden standen einander sehr nahe. Aber mit Tengel ist es merkwürdig. Das Alter scheint überhaupt keine Spuren bei ihm zu hinterlassen.«

»Erinnerst du dich noch an Hanna?«, fragte Dag. »Sie ist doch auch so unglaublich alt geworden.«

»Ob ich mich an Hanna erinnere?«, wiederholte Sol mit schneidendem Schmerz in der Stimme. Doch zugleich fing sie sich wieder und lachte laut auf. »Und deshalb werde auch ich uralt, kleiner Bruder. Ich werde euch alle noch überleben!«

»Das werden wir ja sehen«, sagte Dag, dem merklich unwohl zumute war. »Und Silje, wie geht es ihr?«

»Silje ist wie immer. Fröhlich und zuverlässig, solange sie Tengel hat. Sie malt und hat viel zu tun, und sie hat wohl etwas rundere Formen bekommen. Steht ihr aber gut. Und... Ja! Das habe ich ja noch gar nicht erzählt! Liv hat einen Bräutigam!«

Dag blieb mitten auf der gepflasterten Straße stehen. Ein Pferdefuhrwerk bremste hinter ihnen scharf ab, und sie sprangen zur Seite.

»Was hast du da gerade gesagt?«, entfuhr es ihm. »Aber mein Gott, sie ist doch noch ein Kind!«

»Sechzehn, fast siebzehn Jahre alt. Und so sanft und süß, dass kannst du dir gar nicht vorstellen. Silje war nicht viel älter, als sie sich in Tengel verliebte.«

Dag hörte nicht mehr zu. Seine Gesichtszüge waren erstarrt. »Meine kleine Schwester hat einen Bräutigam? Was ist das für ein Kerl?«

»Nun reg dich doch nicht so auf! Tja, was soll ich sagen? Er stammt aus einer feinen Familie. Nicht adelig, natürlich, denn das ist Liv ja auch nicht, aber seine Eltern sind wirklich reich. Kaufleute. Der Vater ist tot. Und Laurents tritt in seine Fußstapfen.«

»Gefällt er dir?«

Sol zuckte die Schultern. »Nicht mein Typ«, antwortete sie ausweichend.

Sie setzten ihren Weg fort. Dag ging lange, ohne ein Wort zu sagen. Er maß dem, was Sol über Menschen sagte, großes Gewicht bei, denn niemand war so hellsichtig wie sie. »Und Liv? Was sagt sie dazu? Heb das Kleid nicht so hoch, Sol, *so* schmutzig ist es hier nun auch wieder nicht!«

»Tja, Liv sagt im Grunde nicht so viel. Ich weiß eigentlich nicht, wie sie darüber denkt. Und du hast auch vor, zu heiraten, habe ich gehört. Ist die Hochzeit bald?«

»Ich? Wer hat das gesagt?«

»Charlotte. Es war eine Baronesse Trolle, wenn ich mich recht erinnere.«

»Hat Mutter das gesagt? Zu Liv?«

»Zu uns allen. Sie war sehr glücklich.«

»Aber meine Liebe«, lachte Dag entmutigt. »In ein paar Briefen habe ich bloß erzählt, dass sie zu meinem näheren Bekanntenkreis gehört, und dass sie ein reizendes und nettes Mädchen ist. Zugegeben, ich war an ihr interessiert, aber sie war nicht die Einzige für mich. Ich habe sie seit Wochen nicht gesehen! Mutter ist doch eine richtige Kupplerin.«

Da er nichts mehr sagte, fuhr Sol fort:

»Und Are ist ein lieber Junge. Zuverlässig und freundlich. Patenter als jemand sonst von uns. Er entwickelt sich gut.«

»Sicher! Weißt du, ich vermisse sie alle! Und du, Sol? Hast du einen Bräutigam?«

»Ich?«, lachte sie laut, wobei sie von der Hauptstraße

in eine vornehme Seitenstraße abbogen. »Nein, woher sollte ich den denn haben?«

»Ach, nun übertreibst du aber! Du musst doch wohl einen ganzen Schwarm von Bewunderern haben?«

Sie wurde ernst. »Kann schon sein. Aber die interessieren mich nicht. Dag, ab und zu habe ich Angst. Anscheinend kann ich mich in niemanden verlieben.«

Er schaute sie lange schweigend an. Dann sagte er einfach: »Du hast bestimmt noch nicht den Richtigen getroffen. Und du kannst doch Menschen in dein Herz schließen, das weiß ich.«

»O ja. Meine Familie. Aber du verstehst, mir scheint, als übertreffe Tengel alle anderen Männer. Versteh mich jetzt nicht falsch, ich bin nicht in ihn verliebt, nein, ganz und gar nicht! Aber er steht einfach wie ein Ideal da, wenn du verstehst, was ich meine. Niemand kommt ihm gleich – ich vergleiche alle jungen Männer mit ihm, und dabei fallen sie hoffnungslos durch.«

»Ja, das ist klar! Es gibt nur einen Tengel.«

»Ja. Das macht die ganze Sache ja so schwierig.«

Dags Gesicht bekam einen gedankenvollen Ausdruck. »Nun könnte man ja sagen, dass du nach einer Vaterfigur suchst, weil du selbst nie einen Vater gehabt hast. Aber so ist es wohl nicht. Nicht nach einem Mann mit Tengels Güte suchst du, Sol, sondern nach einem mit seiner Autorität und seiner dämonischen Kraft!«

»Da hast du ganz recht«, sagte sie kleinlaut.

»Aber da muss ich dir eins sagen, meine liebe Sol. Nicht in Tengel liegt die Stärke. Die holt er sich bei Silje!«

Sol schwieg lange. »Ja«, sagte sie endlich. »Aber ihre

Stärke beruht wiederum darauf, dass sie seine Liebe besitzt.«

»Das ist auch richtig.«

»Die beiden können ohne einander einfach nicht leben.«

»Nein. Wir haben Glück, du und ich, dass wir bei solchen Eltern aufgewachsen sind. Und nun sind wir da. Bei dem Tor dort!«

»Das ist bestimmt ein vornehmes Haus«, sagte Sol und bewunderte die schöne Stukkatur und das fächerförmige Dekor in Gold und Blau über dem Eingangsportal.

»Ja, und ich wohne bei netten Menschen. Du bekommst ein eigenes Zimmer während deines Aufenthaltes hier. Aber leider kommst du zu einem ungünstigen Moment. Denn sie haben ihren kleinen Sohn verloren.«

»Tot?«

»Nein, nur verloren, wie ich schon sagte. Er ist seit drei Tagen verschwunden.«

»Oh«, klagte Sol. »Wie schrecklich! Das ist schlimmer als alles andere.«

»Die Ungewissheit, ja. Die arme Mutter ist kurz davor, den Verstand zu verlieren. Sie haben hier überall gesucht. Nun glauben sie, dass jemand das Kind mitgenommen hat. Schließlich ist es ganz spurlos verschwunden.«

Sie befanden sich nun innerhalb des Hauses und konnten das Gespräch nicht fortsetzen. In dem Moment, als sie den Salon betraten, erhoben sich die Herrschaften und gingen zur Begrüßung auf die beiden zu.

Dag hatte nicht übertrieben. Der jungen Frau zitterten die Hände, und ihr Gesicht trug Spuren von unzähligen Tränen.

Dag stellte sie mit gedämpfter Stimme vor. »Das ist meine Stiefschwester Sol Angelica, und dies sind meine freundlichen Gastgeber, Graf und Gräfin Strahlenhelm.«

»Deine Schwester ist aber bezaubernd«, sagte der Graf und nahm die Hand der tief knicksenden Sol. »Hast du gesehen, Henriette, was für Augen sie hat! So eine Farbe habe ich noch nie gesehen. Bernsteingelb!«

Der Ehefrau gelang es lediglich, blass zu lächeln und zu nicken.

Sol kam nicht umhin, verstohlen ihre Kleider zu bewundern. Sie trug einen Spitzenkragen, der so groß war wie ein Mühlrad, eine perlenbestickte Haube und unter dem Brokatkleid musste sie Hüftpolster von unendlicher Größe haben, denn sie konnte ihre Arme darauf ablegen.

Der Graf wandte sich Dag zu: »Du möchtest Sol vielleicht jetzt ihr Zimmer zeigen, Dag, danach servieren wir gleich eine kleine Mahlzeit. Ich muss euch beide bitten, meine Frau zu entschuldigen. Sie muss sich etwas zurückziehen, momentan ist es ihr alles etwas zu viel.«

»Natürlich, ich verstehe«, sagte Sol leise.

Gleichzeitig bekam sie ein gewaltiges, unbekanntes Gefühl, eine Gewissheit, die sie ungeheuer erregte und nahezu ungeduldig werden ließ.

Das Taschentuch vors Gesicht gepresst, entfernte sich die Gräfin aus dem Salon.

Als sie draußen war, wandte Sol sich an den Grafen.

»Mein Zimmer kann warten. Ich kann Euch bei der Suche nach dem Kind vielleicht behilflich sein.«

»Sol!«, rief Dag in einem warnenden Tonfall aus.

Sein Gastgeber jedoch hob die Hand und bedeutete ihm zu schweigen. »Was meint Ihr damit, junge Dame?«

»Dag, ich weiß, dass ich das nicht sagen sollte, aber versteh doch, die Zeit drängt!«

»Wovon redet Ihr?«, fragte der Graf. »Wisst Ihr etwas?«

Dag stellte sich zwischen sie. »Das ist für meine Schwester ungeheuer gefährlich. Ich zweifle nicht daran, dass sie helfen kann, aber dafür könnte sie ihr Leben verlieren. Alles hängt von Eurer Diskretion ab.«

»Erklärt Euch!«

»Ihr habt die Augen meiner Schwester gesehen, Graf Strahlenhelm. Die kommen nicht von ungefähr. Wenn Sol sagt, dass die Zeit drängt, dann bedeutet das, dass sie fühlt, dass das Kind lebt. Zumindest noch. Und dass sie abgewartet hat, bis Eure Frau aus dem Zimmer war, bedeutet, dass sie fühlt, dass Eure Frau nicht imstande ist, Stillschweigen zu bewahren.«

Der Graf schaute ausdruckslos von einem zur anderen.

»Das Leben meines Kindes bedeutet alles für mich.«

»Schwört Ihr dann, dass Ihr niemals ein Wort über das verlieren werdet, was Ihr gleich erleben werdet?«, fragte Sol. Sie war so ungeduldig, dass sie kaum stillstehen konnte. »Dass Ihr mich niemals ausliefern werdet?«

»Ich schwöre es.«

»Gut. Dann gebt mir etwas, ein Kleidungsstück, das das Kind kürzlich getragen hat und das danach noch nicht gewaschen worden ist! Aber vergesst nicht, ich kann nicht garantieren, dass ich ihn finde. Nur, dass ich mein Bestes geben werde.«

Ein tiefer Seufzer entfuhr dem mageren, hochgewachsenen Mann. »Ich bitte Euch, Jungfer Sol. Für den geringsten Hinweis würde ich Euch auf Knien danken.«

»Und ich kann mich auf Eure Diskretion verlassen?«

»Ich begreife schon, was mit Euch geschehen würde, sobald die Behörden etwas von Euren … Fähigkeiten erführen. Doch meine Frau hat bereits ihrem Wunsch Ausdruck verliehen, dass ich eine sogenannte weise Frau zurate ziehe, aber wir kannten keine, und ich wagte es nicht. Lasst meine Dankbarkeit Garantie genug sein für meine Verschwiegenheit!«

»Und wenn ich keinen Erfolg habe?«

»Dann gilt meine Dankbarkeit Eurem Versuch. Aber meine Frau oder jemand von den Bediensteten könnten kommen.«

Sol suchte in ihrer Tasche. »Gebt Eurer Frau sogleich dieses Schlafmittel! Achtet darauf, dass sie alles auf einmal hinunterschluckt. Und es wird Euch wohl gelingen, die Bediensteten fernzuhalten.«

Der Graf sandte Dag einen fragenden Blick zu. »Davon hast du nie etwas erzählt, Dag.«

Dag lächelte etwas betreten. »Über solche Talente spricht man nicht laut, Euer Gnaden.«

»Nein, nein, da hast du wohl recht.«

Mit dem Pulver in der Hand eilte er aus dem Zimmer.

»Das hättest du nicht tun dürfen, Sol«, murmelte Dag.

»Hätte ich nicht?«

Er seufzte. »Nein. Hast du Erfolg, ist dir seine Freundschaft fürs Leben sicher. Und er ist mächtig, Sol! Mächtiger als du dir vorstellen kannst.«

»Ja, was ist er eigentlich?«

»Richter. Einer der höchsten Rechtsgelehrten Dänemarks.«

»Ach!«, rief Sol aus und schlug sich die Hand vor den Mund. »Da habe ich mir ja was Schönes eingebrockt!«

»Ja. Kein Wunder, dass er keine weisen Frauen kennt! Er hat sie alle zum Tode verurteilt. Deshalb habe ich dich gebeten, den Mund zu halten.«

»Aber ich konnte nicht anders, Dag. Ich fühle, dass das Kind noch lebt, und dass es ihm schlecht geht. Das war im ganzen Zimmer zu spüren. Es ist, als wehklagte es aus allen Wänden.«

»Wir können nur hoffen, dass du den Jungen auch findest«, sagte Dag mit beunruhigter Stimme.

2. Kapitel

Der Graf kam zurück. »Ich habe meiner Frau das Mittel gegeben«, sagte er kurz. »Und ich habe den Dienern gesagt, dass wir ungestört sein wollen. Ihr habt recht, in Henriettes hysterischem Zustand würde sie sofort alles zum Fenster hinausschreien. Hier habe ich ein kleines Spielzeug gefunden, das mein Sohn beim Schlafen immer im Arm hält. Alles andere ist gewaschen.«

Sol nahm die weiche Flickenpuppe entgegen. »Die ist aus Stoff, das ist gut. Darf ich mich hinsetzen?«

»Selbstverständlich. Verzeiht meine Unaufmerksamkeit!«

Sie setzte sich. »Und nun muss ich Euch bitten, still zu sein.«

Im Zimmer wurde es totenstill. Die Geräusche von der Straße konnten nicht eindringen. Für lange, lange Zeit war es still. Sol hielt die Flickenpuppe hoch an ihr Gesicht. Mit geschlossenen Augen saß sie unruhig da.

Endlich sprach sie. Ihre Stimme klang monoton, sie flüsterte fast. »Dunkelheit … Kälte. Es ist eng.«

Der Graf wollte fragen, ob sein Sohn noch am Leben sei, aber er beherrschte sich.

»Er schläft«, sagte Sol, und nun war ihre Stimme wieder normal. »Oder er ist bewusstlos, ich weiß es nicht. Ich spüre Angst, eine enorme Furcht und Einsamkeit. Aber die ist alt, davon merkt er jetzt nichts.«

Oh, mein Gott, dachte Graf Strahlenhelm. Mehr zu denken, war er nicht in der Lage. Alles erschien ihm so unglaublich, und dann diese junge Frau, die ihm eine verzweifelte Hoffnung gab, die er aber eigentlich hätte verurteilen müssen. Was sollte er tun? Nein, jetzt war er vor allem Vater. Der Beruf war unwesentlich, vollkommen unwichtig in diesem Augenblick.

Gleichwohl bereitete ihm das Gewissen Qualen. Er war außerstande, diese Gedanken weiter zu verfolgen, aber dennoch waren sie vorhanden. Was war mit allen anderen solcher Frauen – die er ohne Gnade im Namen der Gerechtigkeit verurteilt hatte?

Sol sprach. Ihre Worte waren eine Mischung aus Fragen an sie und aus Worten, die nur ihr selbst galten.

»Er ist blond. Schlank, flaumiges Haar. Er kann zwischen einem und zwei Jahren alt sein? Eher zwei, glaube ich. In Samt gekleidet. Purpurroter Samt. Ein breiter Spitzenkragen …«

Der Graf sandte Dag einen fragenden, verwunderten Blick zu.

»Ich habe nichts gesagt«, flüsterte Dag die Antwort.

Es schien, dass der unglückliche Vater bei diesen Worten neuen Mut schöpfte. Er streckte seinen Rücken, und Hoffnung entzündete sich in seinen Augen, die deutliche Anzeichen von durchwachten Nächten trugen. Er war auf seine Weise ein eleganter Mann. Viel älter als seine Frau, asketisch mager, gepflegt, mit scharfem Blick. Nun blickte er seinen sonderbaren Gast gespannt an.

Sol genoss die Situation. Sie durfte ihre Gaben einsetzen, sie stand im Mittelpunkt der Aufmerksamkeit. Die missliche Lage des Kindes jedoch quälte sie, Unruhe zerrte an ihren Nerven.

»Die Zeit drängt«, sagte sie ungeduldig. »Die Zeit drängt fürchterlich!«

»Aber wo ist er?«, rief der Graf.

»Ich weiß es nicht«, zischte Sol. Sie hatte ihre guten Manieren nicht mehr unter Kontrolle.

»Hat ihn jemand mitgenommen?«

»Nein, ich spüre nichts Böses. Halt jetzt den Mund, ich habe etwas!«

Auch der Graf war von dem Geschehen derart in Anspruch genommen, dass er die Weise, in der Sol mit ihm sprach, überhörte.

Dag war sowohl stolz auf seine Schwester als auch besorgt darüber, wie das Ganze wohl ausgehen mochte. Er war zwar mit Sols und Tengels eigentümlichen Fähigkeiten aufgewachsen, hatte sich aber dennoch nie daran gewöhnen können. Zudem waren solche Fähigkeiten seiner eigenen Persönlichkeit vollkommen fremd. Plötzlich stellte er fest, dass er die Hände rang. Worauf hatte Sol sich da nur eingelassen? Wenn das nur gut ausging!

»Ich sehe einen Haken«, sagte sie nervös und befingerte die Flickenpuppe. »Einen Haken, der ins Schloss gefallen ist.«

»Hat ihn jemand eingesperrt?«, fragte der Vater des Kindes heiser.

»Nein, der Haken liegt im Dunkeln.«

Er wollte schon fragen, wie sie all das zu sehen vermochte, wenn es dunkel war, doch er hatte Angst, die Frage könnte zu naiv wirken.

»Er hat sich selbst eingeschlossen«, entschied sie. »Und dann konnte er die Tür nicht wieder öffnen.«

Der Graf saß wie auf glühenden Kohlen. Seine Augen leuchteten wie von Sinnen.

»Hier im Haus?«

Sol war sich nicht sicher. »Das glaube ich nicht. Ich spüre seine Nähe nicht. Aber er kann nicht weit gekommen sein, so klein wie er ist! Wie ist er Euch abhanden gekommen?«

»Ich saß hier nebenan im Arbeitszimmer, zusammen mit Dag, der seine Hausarbeiten machte. Meine Frau hatte ein paar Freundinnen zu Besuch. Sie saßen zum Plaudern im Salon zusammen. Der Junge saß hier auf dem Fußboden und spielte. Das Kindermädchen war oben in seinem Zimmer und legte alles zum Umziehen zurecht. Als sie ihn holen kommen wollte, fragte sie nach ihm – und erst da stellten die Damen fest, dass er fort war.«

»Wie lange …?«

»Sie glaubten vielleicht eine Viertelstunde. Er ist ein sehr ruhiger Junge, der viel für sich allein spielt. Jungfer Sol … findet ihn! Ich bitte Euch … tut das Äußerste!«

Sie nickte. »Wo saß er?«

Der Graf zeigte es ihr. »Dort. Auf dem Boden beim Kamin.«

Sol erhob sich und ging hin. Sie kniete sich hin und berührte die Bodendielen leicht mit der Handfläche. Sie sah verwirrt aus.

»Etwas muss geschehen sein. Etwas, was Ihr vergessen habt.«

»Das ist nicht möglich. Wir sind alles tausend Mal

zusammen durchgegangen, haben in jedem Winkel des Hauses gesucht ...«

»Er ist nicht im Haus.«

Der Graf seufzte. »Wir *können* nichts vergessen haben.«

»Wie aber ist er hinausgekommen? Konnte er die Tür allein öffnen?«

»Nein. Aber wie Ihr seht, stehen alle Türen zwischen den Zimmern offen. Das Tor kann er unmöglich aufbekommen haben, und die Tür zum Garten ist abgeschlossen. Deshalb haben wir geglaubt, dass jemand ihn mitgenommen hat. Aber das stimmt wohl nicht?«

Sol stand auf. Sie zitterte vor Aufregung und Irritation.

»Hier ist etwas ... Habt Ihr einen Hund?«

»Ja«, antwortete der Graf überrascht. »Eine große deutsche Dogge.«

»Kann der Hund die Türen öffnen?«

»Die Tür zum Garten, ja. Aber die war beim Verschwinden des Jungen zu.«

Dag erhob sich sofort und ging ins Zimmer nebenan. Dort befand sich eine Tür, die die Damen nicht hatten sehen können. Die beiden anderen folgten ihm.

»Aber der Hund war nicht im Haus«, wandte der Graf ein. »Der war an seinem Platz unter dem Küchenfenster angebunden.«

»Draußen im Garten?«

»Ja. Um die Ecke, beim Küchengarten.«

»Habt Ihr ihn dort angebunden?«

»Nein, ich weiß nicht, wer das gemacht hat. Ein Diener wahrscheinlich.«

»Dann habt Ihr das also nie überprüft?«

»Nein, der Hund wurde nie in Betracht gezogen, weil er angebunden war.«

Sie schauten auf die Tür zum Garten. Die Türklinke war für ein Kleinkind zu hoch. Aber …

Dag legte seine Hände auf die Klinke, als wären sie die Pfoten eines großen Hundes. Dann ließ er sie wieder los.

Das Schloss war aufgesprungen, und sie konnten sich mühelos vorstellen, wie der Körper eines großen Hundes die Tür aufgeschoben haben konnte. Dag blieb einen Augenblick lang ruhig stehen und betrachtete die Tür. Langsam und lautlos glitt sie wieder zu, und das Schloss schnappte mit einem leisen Knacken ein. Die Tür war wieder geschlossen.

»Ja, aber der Hund war angekettet«, wandte der Graf ein.

»Die Frage lautet: Wann wurde er angekettet?«, sagte Dag. »Das kann geschehen sein, nachdem der Junge verschwunden ist, und bevor die Damen entdeckt haben, was passiert ist.«

»Ich werde das sofort feststellen«, sagte sein Gastgeber. »Wer den Hund angebunden hat und wann. Ihr versteht, wir sind schließlich die ganze Zeit davon ausgegangen, jemand sei durch das Tor ins Haus gekommen und habe den Jungen in einem unbeobachteten Moment mitgenommen. Wartet kurz, dann werde ich die Bediensteten fragen …«

»Nicht jetzt«, sagte Sol schnell. »Wir haben keine Zeit, uns mit unwesentlichen Dingen zu befassen. Ich habe die Mitwirkung des Hundes bei der Sache gefühlt, und das wird sich aufklären. Lasst uns in den Garten gehen!«

Der Garten war nicht groß, umgeben auf der einen Seite von einem hohen Nachbarhaus, einer dichten Hecke geradeaus, und zu ihrer Rechten standen einige niedrige Schuppen, die ans nächste Grundstück angrenzten. Sie gingen zu den Schuppen hinüber, und dort sahen sie rechts den Küchentrakt. Dort lag der Hund bei seiner Hundehütte. Er stand auf und wedelte mit dem Schwanz. Dag ging zu ihm und streichelte ihn ein wenig.

Sol hatte sich bereits drangemacht, die Schuppen abzugehen. Ein eifriges Gegacker verriet, dass einer davon ein Hühnerstall sein musste. In einem anderen grunzte ein Schwein.

»Wir haben selbstverständlich hier überall gesucht«, sagte der Graf. »In jedem einzelnen Schuppen.«

Sie nickte. »Hier ist er nicht. Habt ihr den Hund seine Witterung aufnehmen lassen?«

»Selbstverständlich. Aber das ist kein Spürhund, und selbst wenn wir einen von Bekannten leihen, wäre die Spur jetzt zu alt. Es hat die ganze Nacht geregnet, nachdem der Junge verschwunden ist.«

Die Wand des Nachbarhauses war undurchdringlich. Allein die Hecke blieb noch als letzte Möglichkeit.

Sol kroch auf allen vieren daran entlang, hin und wieder legte sie sich flach auf den Bauch.

»Eure Kleider!«, sagte der Graf. »Die ruiniert Ihr Euch.«

»Darauf pfeife ich!«, fauchte sie. »Hier geht es um ein Menschenleben. Sucht mit!«

Die beiden Männer gehorchten.

»Die ist zu dicht«, sagte der Graf. »Wir haben sie schon abgesucht.«

»Ein Kind ist zu den unglaublichsten Dingen imstande«, antwortete Sol.

Dag hatte die Hand durch die Dornen gesteckt. »Ist das zu eng, was glaubt ihr?«

Die beiden anderen schauten nach. Sol lag, flach wie ein Pfannkuchen, halb in der Hecke.

»Das sieht nicht so aus, aber wenn er hindurchgekommen ist, dann muss es hier gewesen sein«, sagte sie. »*Wir* kommen nicht da durch. Aber ein Zweijähriger? Ist er für sein Alter klein, Euer Gnaden?«

»Ja, das kann man wohl sagen. Und er ist nicht älter als neunzehn Monate. Aber trotzdem könnte er hier nicht durchgekommen sein, das ist unmöglich!«

»Doch, stellt Euch vor, ihm sei es gelungen«, sagte Sol und schlängelte sich wieder aus der Hecke hervor. »Seht Euch das doch einmal an. Das hing an den Dornen.«

Sie öffnete die Hand und zeigte ihnen eine dünne, blonde Haarsträhne.

»Albrekt!«, rief der Graf aus. »Die erste Spur von ihm!«

»Steckt den Kopf hier herein«, sagte Sol, »dann werdet Ihr sehen, wenn er rechts in die Hecke gekrochen ist, dann könnte er an der anderen Seite wieder herausgekommen sein.«

Der Graf gehorchte. »Ja, so *könnte* es gewesen sein. Aber in Wirklichkeit ist das kaum vorstellbar!«

»Kinder machen kaum vorstellbare Dinge. Was ist dahinter?«

»Der Hinterhof einer Werkstatt.«

»An was für einem Wochentag ist er verschwunden?«

»An einem Sonntag. Aber wir haben auch dort gesucht. Das ganze Viertel hat nach dem Jungen gesucht.«

Sol setzte sich auf. Sie war schmutzig, im Gesicht zerkratzt und überaus hinreißend.

»Er ist hier hindurchgekrochen, darauf verwette ich mein Seelenheil«, sagte sie.

Für sie wäre das ein Kinderspiel, dachte Dag böse. Soweit er wusste, hatte Sol sich nie um ihr Seelenheil geschert.

»Könnt Ihr seinen Aufenthaltsort nicht etwas besser beschreiben?«, bat Graf Strahlenhelm.

»Nein. Da war ein Geruch, den ich gerochen habe, den ich nicht einordnen kann. Ich habe den Geruch vorher schon einmal gerochen, aber im Moment kann ich mich nicht erinnern, wo das war.«

»Kannst du denn nicht die Umgebung sehen?«, fragte Dag leise. »Davor?«

»Nein, davor sehe ich nichts. Und in dem engen Verschlag waren so wenige Gegenstände. Da stand etwas Großes, Schwarzes in der Ecke, glaube ich. Aber ich erinnere mich nicht genau, denn jetzt sehe ich nichts. Das ging nur dort drinnen, als ich die Puppe in der Hand hatte.«

»Ich hole die Puppe«, sagte der Graf.

»Nein, ich habe schon alles gesehen, was ich damit sehen konnte. Aber das schwarze Ding ist es, das so riecht. Ich glaube es ist aus Holz. Pfui Teufel, es ist doch zu dumm, mir fällt die ganze Zeit immer nur der Begriff Daumenschrauben ein.«

Die beiden Männer sahen einander an.

»Eine Art Presse?«, fragte Dag.

»Ja-a«, sagte sie zögernd. »Das könnte es sein. Aber ich bin mir nicht sicher.«

»Da gibt es etwas, was ich nicht verstehe«, sagte Dag. »Wie konnte sich der kleine Kerl einschließen? So hoch kommt er doch nicht?«

Sol strich sich über die Stirn. »Ich glaube, ich habe gesehen, dass etwas in der Tür lag. Er muss es umgestoßen haben.«

»Und dann konnte er die Tür nicht wieder öffnen?«

»Wahrscheinlich nicht.«

»Was für ein Verschlag hat einen Türhaken an der Innenseite?«, fragte der Graf, der jetzt ganz eindeutig Sols Fähigkeiten vollkommen akzeptiert hatte.

»Bloß einer, soweit ich weiß«, sagte Dag trocken.

»Nein«, entschied Sol. »Es ist kein… Abtritt. Ich frage mich, ob es ein Durchgang sein kann.«

»Noch eine Tür also?«

»Schon möglich. Ich kann es nicht genau verstehen.«

»Sonntag?«, sagte Dag gedankenverloren. »Der Junge kann lange geschrien haben, ohne dass ihn jemand gehört hat. Wenn es denn im Handwerkerviertel war.«

»Wir müssen hier durch«, sagte Sol und nickte zur Hecke hin.

»Das ist nicht nötig«, antwortete der Richter. »Wir gehen drumherum.« Er wanderte geschwind ums Haus herum.

»Sol, du siehst schrecklich aus«, murmelte Dag.

Graf Strahlenhelm hörte seine Worte und blieb stehen. Gemeinsam begannen die beiden Männer, sie etwas vom Schmutz zu befreien, und dann bürsteten sie ihre eigenen Kleider ab.

Den Häuserblock zu umrunden und in dem Hinterhof auf die andere Seite zu gelangen, dauerte nicht lange. Dort standen einige Häuschen und ein Wirrwarr an alten Fässern. Ratten huschten in alle Winkel, die sie erreichen konnten. Der Graf erschauerte.

Auf dem Weg durchs Haus hatte Sol die Flickenpuppe wieder an sich genommen. Sie stand mit geschlossenen Augen und hielt sie krampfhaft an sich gedrückt. Nur mit knapper Not konnte sie noch erkennen, wie der kleine Junge über den Hof lief. Er sah sie neugierig an, mit dem gleichen verständnislosen Ausdruck in den Augen wie die Diener, die am Fenster standen und die drei bei der Hecke beobachteten. Der Junge verschwand genauso schnell wie er aufgetaucht war, und dann waren die drei wieder allein.

»Nein«, sagte Sol halblaut. »Ich habe wohl alle Impulse empfangen, die ich überhaupt aufnehmen kann.«

»Versuch es!«, bat Dag.

Mit Erleichterung stellte sie fest, dass Dag Vertrauen zu ihr hatte – früher hatte er sich mehr als nur einmal über sie aufgeregt. Nun entspannte sie sich, ließ alle Gedanken entschwinden, bis sie vollkommen leer war.

So kamen die Eindrücke.

»Nein, das Kind ist nicht hier in der Nähe«, sagte sie. »Graf Strahlenhelm, er atmet so schwach! Wir müssen uns beeilen, und ich weiß nicht, wo er …«

»Wenn er durch die Hecke geschlüpft ist«, sagte Dag, »und sich nicht hier irgendwo aufhält …«

»Dann muss er auf die Straße hinausgegangen sein«, ergänzte der Graf Dags Worte.

»Glaubt Ihr, dass die Tür offen war?«, fragte Sol. »An einem Sonntag?«

»Das muss sie gewesen sein. Wir haben keine Zeit, das genauer zu überprüfen«, antwortete der Richter.

Schon eilten sie durch das Tor und wieder auf die Straße hinaus. Das war zwar nicht die Hauptstraße, aber eine Querstraße dahinter.

»Jemand muss ihn hier gesehen haben«, wandte Dag ein.

»Nicht, wenn er ganz schnell auf einen anderen Hof gelaufen ist«, sagte Sol. Sie blieb stehen. »Der Geruch … Wenn ich mich doch bloß erinnern könnte, woher ich den Geruch kenne. Eine Art metallischer, öliger Geruch … der in der Nase sticht.«

»Ist es hier in der Nähe?«, fragte der Graf leise.

»Nicht, soweit ich es fühle.«

Der Vater des Jungen seufzte schwer.

»Wenn ich ein ganz kleiner Junge wäre, der gerade auf eine fremde Straße gekommen ist, was würde ich dann tun?«, dachte Dag laut nach. »Ich würde mich umsehen … Würde ich kehrtmachen und zurückgehen? Nein, das kann er nicht getan haben, denn zu Hause ist er nicht angekommen.«

Ein Pferdefuhrwerk ratterte auf der großen Straße vorbei. »Er ist ein ängstlicher kleiner Junge«, sagte der Graf rasch. »Der Lärm von der Hauptstraße würde ihn erschrecken.«

»Dann gehen wir in die andere Richtung«, entschied Sol.

Sie eilten die enge Straße entlang, untersuchten alle Tore darauf, ob sie verschlossen waren …

»Schaut mal!«, sagte Dag. »Unter diesem Tor ist ein breiter Spalt. Hier kann er unten durchgekrochen sein.«

»Ja, und das Tor sieht unserem ähnlich«, sagte der Graf eifrig. Sol bemerkte, dass er zitterte wie ein Jagdhund, der Witterung aufgenommen hat, aber noch nicht von der Leine gelassen worden ist.

Sie öffneten die Tür und traten in einen Innenhof ein, der erneut in eine Straße mündete. Die gegenüberliegende Tür hatte unten eine ganz ähnliche Öffnung. Hier handelte es sich also nur um einen Durchgang zwischen zwei Gassen.

»Nein, nun sind wir zu weit von zu Hause entfernt«, sagte der Graf, als sie auf die neue Straße gelangten. »Das kann nicht sein.«

»Inzwischen müsste der Junge schreckliche Angst bekommen haben«, sagte Dag.

»Nun stürzt er einfach weiter, hilflos, ohne Vater und Mutter zu finden. Oder irgendetwas kann seine Aufmerksamkeit gefesselt haben, ein Tier zum Beispiel. Und es war Sonntag und wenig Leute auf der Straße.«

»Seht dort«, rief der Graf aus. »Seht das Schild dort unten in der Straße! Dort auf der rechten Seite. Kann das etwas zu bedeuten haben, Jungfer Sol?«

»Buchdruckerei«, las sie vor. »Buchdruckerei! *Ja!* Druckerschwärze! *Das* ist der Geruch gewesen …!«

Sie liefen fast um die Wette zur Druckerei und stießen die Tür auf.

»Guten Tag«, sagte der Graf und versuchte, sich zu beherrschen. Zwei Männer arbeiteten dort in der Druckerei, und er begrüßte sie nacheinander. »Ich bin Richter Strahlenhelm, ich weiß nicht, ob ihr gehört habt, dass mein kleiner Sohn seit drei Tagen verschwunden ist?«

»Doch, das war Euer Sohn?«, sagte der ältere der Männer.

»Ja, wir haben davon gehört. Aber Ihr wohnt ganz unten in der Straße beim Rosenbaum, nicht wahr?«

»Ja, aber wir haben eine Spur gefunden, die möglicherweise darauf hindeutet, dass er hier sein könnte. Habt ihr einen kleinen Raum, in dem eine alte Presse steht?«

Die beiden Männer schauten einander fragend an, ganz offensichtlich konnten sie keinen Sinn in der Invasion der aufgeregten Fremden erkennen. »Wir haben erst kürzlich diese Druckerei übernommen«, sagte der Jüngere langsam. Dem äußeren Anschein nach konnte er der Sohn des Älteren sein. »So etwas haben wir nicht.«

»Habt ihr einen Hinterhof?«

»Ja, natürlich!«

»Können wir den sehen?«

»Selbstverständlich.«

Sie machten Anstalten, zu einer Tür im Hintergrund zu gehen.

»Nein«, sagte Sol. »Das Kind muss von der Straße hineingekommen sein. Alles andere ist unmöglich.«

Sie zögerten. »Ja, es gibt eine Tür zur Straße. Aber die ist abgeschlossen.«

Dag war schon draußen, rasch gefolgt von den anderen.

»Da unten ist eine Öffnung, dadurch kann er hineingekrochen sein.«

Der Buchdrucker hatte einen großen Schlüssel geholt und die Tür aufgeschlossen. Sie kamen auf einen Hinterhof.

Der Hinterhof war aufgeräumt und übersichtlich, mit wenigen Türen zu Abtritten und Holzschuppen. Schnell sahen sie in alle hinein.

»Nein«, sagte der Graf niedergeschlagen. »Das war eine Sackgasse.«

Sol stand ganz still. »Pst! Er ist hier! Ganz in der Nähe. Ich weiß es, ich weiß es, oh, beeilt euch!«

Erschrocken schauten sich die beiden Buchdrucker an. Sie begriffen nichts.

»Aber hier gibt es doch keine Türen mehr«, wandte Dag ein.

»Keine andere als die Hintertür zur Druckerei«, sagte der ältere der Männer.

»Die hätte er niemals öffnen können«, sagte der Graf.

Der Mann wandte sich an seinen Sohn. »Warst du nicht am Sonntag hier?«

»Doch, das war ich.«

»Stand die Tür vielleicht aus irgendeinem Grund offen?«, fragte Dag aufgeregt.

Der jüngere der Männer dachte nach. »Doch, die stand offen. Als ich draußen auf dem …« Er vollführte eine verlegene Handbewegung in Richtung Abtritt.

Dag erschauerte. Er wusste, wie solche Abtritte für

aussahen. Ein dunkler Ablauf in die Erde, wo man sich vorsehen musste, um auf dem Boden noch einen freien Fleck zu finden. Eine unangenehme Angelegenheit.

»Ihr habt dort nichts gehört?«, fragte der Graf. »Das Weinen eines Kindes, oder dergleichen?«

»Nicht, soweit ich mich erinnern kann. Aber vielleicht habe ich es nur nicht bemerkt.«

Sol hatte inzwischen die Tür zur Druckerei erreicht. Der ältere der Männer schloss ihnen auf.

Erneut traten sie in die Druckerei ein, diesmal von hinten.

»Der Geruch«, sagte Sol leise. »Ja, hier ist es!«

»Wie kann mein kleiner Junge hierhergekommen sein?«, klagte der Graf. »So unendlich weit fort von zu Hause. Nein, das kann ich mir nicht vorstellen. Wo soll er denn auch überhaupt stecken? Hier gibt es doch keine Verstecke.«

»Und der Buchdrucker, der am Sonntag hier war, muss ihn doch gesehen haben, zumindest hier drinnen«, sagte Dag. »Nein, Sol, ich glaube jetzt bist du auf der falschen Fährte.«

Doch Sol ließ sich nicht irremachen. Eine Menge Gedanken und Eindrücke durchfuhren sie. Sie wandte sich fieberhaft an den jungen Mann: »Als Ihr vom Hinterhof wieder hereinkamt, was habt Ihr dann gemacht? Denkt nach! Es ist wichtig.«

Er blickte sie verwirrt an. »Das war das Letzte, was ich getan habe, bevor ich nach Hause ging. Ich schloss ab und ging.«

»Das war zu knapp formuliert. Geht hinaus auf den Hof und kommt wieder zur Tür herein.«

Er gehorchte schwerfällig. »Zuerst schloss ich die Hintertür ab. So. Dann guckte ich nach, ob alles für die Arbeit am Montag bereitlag, räumte etwas Kleinkram zusammen und schmiss ihn weg, bevor ich durch den Haupteingang hinausging und abschloss.«

»Und das war alles?«

»Das war alles. Ja, und dann schloss ich natürlich auch noch die Tür zum Lager ab.«

»Die Tür zum Lager?«, riefen alle wie aus einem Munde.

»Ja, da hinter den Regalen. Neben der Tür zum Hinterhof. Die hätte ich beinah vergessen, weil wir so selten da drinnen sind.«

Der Graf stand schon bei der Tür zum Lager. Hinter den Regalen befand sich eine niedrige Tür. Er rüttelte daran. Sie war abgeschlossen.

»Stand die am Sonntag offen?«

»Ja, ich war da drinnen gewesen, um etwas zu holen.«

»Wohin führt sie?«, fragte Dag, während der Buchdrucker aufschloss.

»Zu einem Gang auf der Hinterseite des Hauses. Dort bewahren wir alles auf, was wir nur selten brauchen. Da drinnen liegt hauptsächlich altes Gerümpel, und wir hatten nie die Zeit, alles genau durchzusehen.«

Die Tür ging auf, und sie gelangten in einen schmalen Gang, vollgestopft mit diversen Gerätschaften.

»Lasst Sol vorgehen«, sagte Dag.

Sie ließen sie vor.

»Habt ihr nicht eine kleine Abseite?«

»Nein, die ist nur ein Durchgang zum Lager eines Radmachers im nächsten Haus, ihr seht es…«

Der ältere der Männer blieb ruckartig stehen. »Nein, aber ist denn die Tür ins Schloss gefallen? Die steht doch immer offen! Das ist eine einfache Tür von hier ins Lager, die Tür hier neben war noch nie abgeschlossen.«

Sein Sohn fragte: »Sagt mal, steht in dem Gang nicht eine alte Presse?«

»Ja, doch das stimmt, wer hätte das gedacht. Wir sind noch nicht dazu gekommen, all das alte Gerümpel durchzugehen. Oh, die Tür ist ja verschlossen! Von innen!«

Im selben Moment warf sich der Graf mit den Schultern dagegen. Aber das Einzige, was er erreichte war, dass seine Schulter schmerzte; die Tür ging nämlich nach außen auf.

Zunächst rührte sich die Tür nicht. Dag schob die Finger unter die eine Ecke und zog daran. Auf der Innenseite leistete irgendetwas Widerstand. Ein Türhaken?

»Helft mir!«, rief er.

Die Männer zwängten ihre Finger zwischen Tür und Wand. Der jüngere Buchdrucker fand eine Eisenstange und setzte an. Der Haken zerbrach, und die Tür sprang auf.

Sie blickten in einen kleinen, dunklen Raum mit einer ähnlichen Tür auf der gegenüberliegenden Seite, einer alten, zugedeckten hölzernen Druckerpresse mit Zwingen, auf dem Fußboden Gerümpel… und die Wange darangelehnt, lag ein kleiner Junge in purpurrotem Samt, der hinten kläglich nass war.

Der Graf gab einen Laut von sich, der sich am ehesten nach einem Glucksen anhörte, wobei er den kleinen erschlafften Körper aufhob.

»Oh, Gott«, flüsterte er. »Oh, Gott, mein Gott!«

»Du lieber Himmel«, rief der ältere Buchdrucker aus. »Dass er hier gelegen hat! Aber woher konntet Ihr das wissen …?«

Dag ließ ihm lieber keine Zeit, um darüber nachzudenken. »Wir haben eine Spur verfolgt. Aber seltsam, dass ihr ihn nicht gehört habt?«

»Wir hätten ihn wohl kaum bis in die Werkstatt hören können. Außerdem ist es dort immer sehr laut. Und hier in den Lagergang gehen wir wie gesagt ziemlich selten. Oh, was für eine Tragödie … Der kleine Bursche hat sich bis hierher verlaufen, ohne dass ihn jemand gesehen hat!«

Sie eilten wieder hinaus in die Werkstatt.

»Lebt er?«, fragte der Richter mit bebender Stimme. »Albrekt, antworte deinem Vater! Wir müssen ihn sofort zum Arzt bringen …«

»Das ist nicht nötig«, sagte Dag ruhig. »Sol hat meinem Stiefvater schon fünf Jahre hilfreich zur Seite gestanden, und in der Heilkunst ist sie fast so gut bewandert wie er.«

»Besser«, sagte Sol unbescheiden. »Auf meinen Gebieten. Ich habe nur nicht seine heilenden Hände. Gebt mir das Kind!«

Nach einem kurzen Zögern übergab ihr der Graf das erschlaffte kleine Bündel.

»Ja, jetzt könnten wir Tengels Hände gut gebrauchen«, räumte sie ein. »Aber der Junge lebt, Herr Richter, daran besteht gar kein Zweifel, auch wenn seine Zeit fast abgelaufen war.«

Oh, nein, Sol, dachte Dag bei sich. So schlimm stand

es nun auch wieder nicht um ihn. Er hätte auch noch ein, zwei Tage überstanden. Aber Sol musste immer etwas übertreiben, um das Leben spannender zu machen.

»Wir müssen ihm sofort etwas Wasser einflößen«, fuhr Sol fort, »denn der Durst ist am gefährlichsten.«

»Das Wasser schmeckt schlecht«, sagte der Buchdrucker. »Wir brauchen es für die Arbeit. Aber wir haben etwas Wein...«

»Ist der fertig gegoren und ausgereift?«, fragte der Richter.

»Erste Güte!«

»Dann versuchen wir es damit«, sagte Sol, auch wenn sie an diesem Qualitätsurteil ihre Zweifel hatte.

Während die Männer den Wein eingossen, richtete sie den Jungen auf. »Ich kann nichts tun, bevor er nicht wach ist«, sagte sie. »So, wach jetzt auf, du kleiner abenteuerlustiger Bursche!«

Sie gab dem Jungen leichte Ohrfeigen, aber das war zu viel für den Vater. »Nein, nein...!«, protestierte er.

»Das schadet ihm nichts«, unterbrach ihn Sol. »Seht! Nun wacht er auf.«

Der Junge blinzelte ins Licht und schlug langsam die Augen auf.

»Danke, lieber Gott!«, flüsterte der Graf.

Sol war nicht ganz einverstanden damit, wem hier der Dank zu gelten hatte, doch wohlweislich schwieg sie zu diesem Thema. »Her mit dem Wein«, sagte sie, »ehe er wieder einschläft.«

Alle hoben sie den kleinen Körper hoch.

Der Junge schluckte einige Male, dann verzog er das Gesicht und heulte laut los.

»Ja, ja, Papa ist hier«, versuchte der Graf ihn zu beruhigen, während er ihn Sol abnahm. »Ja, ja, nun wird alles wieder gut.«

Der Junge schlief an der Schulter seines Vaters ein – oder fiel in Ohnmacht. Die Augen des Grafen standen voller Tränen, die er noch nicht einmal zurückzuhalten versuchte.

Sie bedankten sich bei den Buchdruckern für die Hilfe und gingen schleunigst nach Hause.

»Nun müssen wir ihm so schnell wie möglich stärkende Tropfen eingeben«, sagte Sol, die neben dem Grafen halbwegs lief und ein wachsames Auge auf das verschlossene Gesicht hatte.

»Erlaubt Ihr mir, ihn zu behandeln?«

»Selbstverständlich, natürlich, wenn Ihr so freundlich sein wollt! Aber sagt meiner Frau noch nichts«, bat er sie. »Falls es nicht gelingen sollte. Ich hoffe inständig, dass sie schläft.«

Im Haus setzte fiebrige Geschäftigkeit ein. Bestürzte und aufgeregte Bedienstete liefen auf Sols Anordnungen hin und her. Die schmutzigen, stinkenden Kleider wurden mit einem Ruck ausgezogen, und der Junge wurde in wohliges Badewasser gelegt.

Das machte ihn endgültig wach, und Sol glückte es, ihm einen warmen Trank einzuflößen, der all die stärkenden Kräuter enthielt, die sie dabeihatte.

In vollen Zügen genoss sie all die Aufmerksamkeiten, die ihr zuteilwurden, und vollzog die Prozedur noch etwas absonderlicher, als sie eigentlich war, betrachtete stirnrunzelnd jede einzelne Tüte, als sei sie gerade dabei, einen ernsthaften medizinischen Ratschluss zu ziehen.

Dag schaute sie an und musste in sich hineinlächeln. Er kannte seine Stiefschwester.

Der Junge weinte und wurde wieder aus dem Waschzuber genommen. Geschwinde Hände trockneten ihn mit vorgewärmten Handtüchern ab. Dann zog das Kindermädchen ihm trockne, warme Kleider an, nachdem der wunde kleine Kerl eingecremt worden war.

Alle waren sehr, sehr glücklich.

»Er wird es wohl überleben?«, fragte der Graf Sol.

»Natürlich! Setzt ihn bloß nicht der Kälte aus, und gebt ihm weiterhin die Arznei, die ich verordne! Gebt sofort Bescheid, wenn er Fieber bekommt, und gebt ihm nach und nach mehr zu essen.«

Wichtigtuerin, dachte Dag und musste wieder lächeln. Nun trumpfst du aber ein bisschen zu viel auf! Aber was machte das schon, so stolz wie er auf sie war!

»Nun gut«, sagte der Graf und atmete erleichtert auf. »Kann jemand so freundlich sein und meine Frau wecken?«

Eine ältere Frau eilte davon. Kurz darauf war ein Schrei zu hören, rasch gefolgt von eiligen Schritten auf der Treppe.

»Albrekt?«, rief die Frau lange, bevor sie unten angenommen war. »Ist es wahr? Ich kann es nicht glauben, ich kann es nicht glauben, ich kann es nicht glauben, ich …«

Dann stand sie in der Tür, blass, schwankend.

Ihr Mann hielt den kleinen erschöpften Jungen hoch. Die Gräfin schrie erneut laut auf, und Sekunden später war sie bei ihrem Mann und entriss ihm den Jungen. Sie umarmte ihn so fest, dass der Kleine wild protestierte.

Sol begriff augenblicklich, dass es sehr klug vom Grafen gewesen war, die Frau schlafen zu lassen, während sie sich um das Kind gekümmert hatten, sonst hätten sie keine Ruhe dabei gehabt. Selbst jetzt mussten sie ihr den Jungen behutsam abnehmen und sie in einen Sessel setzen, damit sie sich beruhigte.

Nach einer Weile gelang es ihr, sich so weit zu sammeln, dass sie verständlich sprechen konnte. »Wo ist er gewesen? Wo habt ihr ihn gefunden? Und wer hat ihn gefunden?«

»Die kleine Sol hier hat ihn gefunden«, sagte der Graf sanft.

»O nein«, sagte Sol mit etwas falscher Bescheidenheit. »Ich glaube viel eher, wir alle drei haben einander geholfen, ihn zu finden. Ich fand die Spur – für die Logik sind die beiden zuständig.«

»Welche Spur?«, wunderte sich die Gräfin.

Sie wechselten rasch einen Blick. »Ein Büschel Haare in der Hecke«, sagte Dag schnell. »Danach war es praktisch ein Kinderspiel.«

Das war nun wohl eine etwas zu simple Erklärung, aber solange niemand genauer nachfragte, würden sie nicht näher darauf eingehen.

»Wir müssen in der Kirche einen Dankgottesdienst abhalten lassen«, sagte die Gräfin. Dag wunderte sich nicht im Geringsten über die Grimasse seiner Schwester.

Schließlich konnte Sol ihr Zimmer in Augenschein nehmen. Und später wurde ihr zu Ehren ein üppiges Mahl aufgetragen, um den großen Tag zu feiern.

Ihr Besuch in Dänemark hatte sehr vielversprechend begonnen. Sie war eine Heldin, und das gefiel ihr ausgezeichnet!

3. Kapitel

Dag fand endlich Zeit, die Briefe zu lesen, die Sol ihm mitgebracht hatte. Er begann mit dem Brief von Liv. Langsam öffnete er ihn.

Mein lieber Bruder, schrieb sie. *Wie ich Dich vermisse! Ohne Dich ist Gråstensholm so leer. Ab und zu besuche ich Tante Charlotte, und dafür ist sie dankbar, denn dann darf sie von Dir sprechen. Und ich tue es ebenso gern. Aber ich vermisse unsere Wanderungen durch das Schloss, ich schaue zum Turm hinauf und erinnere mich, wie wir einmal dort oben standen und uns über das Leben unten im Dorf unterhalten haben, über die kleinen Menschengestalten, die sich dort unten abschufteten wie Ameisen.*

Warum muss man nur erwachsen werden, Dag?

Ich habe gehört, dass Du die Absicht hast, eine Baronesse Trolle zu heiraten. Es freut mich, dass Du eine Lebensgefährtin gefunden hast. Ich hoffe, sie ist gut zu Dir. Sonst bekommt sie es mit mir zu tun! Niemand darf meinem Bruder etwas Böses antun!

Ich habe Laurents Berenius' Heiratsantrag angenommen, und ich glaube nicht, dass ich es bereuen werde. Du hast ihn nicht kennengelernt, er ist eine wirklich gute Partie, und ihm würde ich nie von unserem armseligen Leben im Tal des Eisvolkes erzählen können. Er hat alles, dieser Mann. Gerade hat er das blühende Ge-

schäft seines kürzlich verstorbenen Vaters übernommen – handelt mit dem Ausland – deutsche und niederländische Schiffe kommen mit Waren nach Oslo oder holen Ware ab, ich weiß es nicht so genau. All das übernimmt nun Laurents. Er sieht sehr gut aus und kann Konversation machen. Etwas rechthaberisch ist er allerdings, kategorisch, so ein Besserwisser, wenn Du weißt, was ich meine. Aber das kommt wohl daher, dass er etwas älter ist als wir. Und es wahrscheinlich wirklich besser weiß. Es würde ihm nie einfallen, mit mir über seine Geschäfte zu sprechen, deshalb weiß ich so wenig darüber Bescheid. Er überschüttet mich mit seiner Aufmerksamkeit, so dass es mich fast geniert. Ich bin das einfach nicht wert! Aber alle sagen, dass ich eine Närrin wäre, wenn ich seinen Antrag nicht annähme, und ich mag ihn schließlich auch, also werde ich es bei ihm bestimmt gut haben. Es ist schwer, so viel Freundlichkeit zu widerstehen, weißt Du.

Die Hochzeit wird eine Woche nach dem ersten Wintertag stattfinden. Wir hoffen alle, dass Du und Sol dann nach Hause kommen werdet. Grüß Deine Baronesse Trolle, und lebe wohl, mein lieber Bruder!

Deine Dich liebende Schwester Liv.

Dag ließ die Hände sinken. Mit leichtem Unbehagen blieb er sitzen. Dann nahm er sich den nächsten Brief vor.

Der war von Mama Charlotte und enthielt die üblichen Ermahnungen und viele Worte darüber, wie sehr sie ihn vermisste und wie einsam sie war.

Livs Zukünftiger ist so bezaubernd, schrieb Charlotte. *Ich war es, die die beiden zusammengeführt hat, hier auf Gråstensholm haben sie sich kennengelernt, und er war ihr augenblicklich verfallen. Das ist nicht weiter verwunderlich, denn Liv muss wohl für alle Männer der Traum von einer Ehefrau sein. Ich freue mich so für sie.*

Silje schrieb mit ihren charmanten Rechtschreibfehlern über die bevorstehende Hochzeit.

Wir hatten etwas Bedenken, Tengel und ich, weil Liv doch noch so jung ist. Aber der Junge kann es kaum apwarten, sie zu heyraten, und er ist eine auserordentlich gute Parti für unser kleines Mädchen. Bessa kann sie es gar nicht treffen. Ja, Junge ist wohl nicht der richtige Ausdruck, er ist ein gestandenes Mannsbilt. Sie zieht dann nach Oslo, und das ist gut so, weil sie dann nich so weit wech ist.

Du und Sol, ihr müst zur Hochzeit nach Hause kommen. Ich mache mir Sorgn um Sol, du weißt warum, und wir verlassen uns auf Dich. Du kannst stols auf sie sein, Dag. Sie war ganz fantastisch in den letzten Jaaren, aber in letzter Zeit ist es so schlimm geworden, dass ich befürchtete, dass die Erpanlagen wieder durchkommen könnten. Uns ist es nicht gelungen, sie noch länger zurückzuhalten.

Tengel schrieb in seiner kräftigen Handschrift auch einige Zeilen. Sie handelten hauptsächlich davon, dass es allen zu Hause gutging, und dass sie ihn vermissten.

Dann war da noch ein kleiner Brief von Are. Are, der kleine Bruder … auch er wurde wohl so langsam erwachsen.

Es war eigentlich kein Brief, sondern vielmehr eine

Skizze von Lindenallee, um zu illustrieren, wie er sich den Um- und Ausbau der Stallungen vorstellte. Nach großen Plänen sah es aus. Doch, Are würde das fertigbringen. Er wusste, was er wollte, und er hatte immer zu Ende geführt, was er einmal begonnen hatte.

Dag hatte plötzlich Heimweh. Er klaubte die Briefe zusammen und spürte, dass er nicht schnell genug nach Hause kommen könnte. Aber zur Hochzeit konnte er nicht fahren, nein, es war schließlich mitten im Semester. Und Sol? Nein, ihr wäre es sicher auch unmöglich, solange sie das neue Leben noch nicht ausgekostet hatte!

Aber er würde es versuchen – und Sol wurde um diese Zeit ja ohnehin zu Hause erwartet.

Doch, Dag teilte Siljes Sorge. Sol war keine, auf die irgendwer so einfach aufpassen konnte.

Sonnabend würde er sie zu einem Fest mitnehmen und sie seinen Kommilitonen vorstellen. Was daraus wohl werden würde?

Wie dem auch sei, jedenfalls hatte sie hier im Haus einen sehr guten Eindruck hinterlassen!

Laurents Berenius …

Was war das für ein Schuft von Besserwisser?

Sol schaute sich mit glänzenden Augen in der erleuchteten Schenke um, wo die Freunde von Dag feierten.

Sie saßen alle um einen langen, runden Tisch herum, der ganz eindeutig nicht neueren Datums war. Es waren junge, geistreiche Männer in Begleitung ihrer Schwestern und Kusinen – eine mitzubringen, die nicht zur Familie gehörte, war nicht gestattet. So etwas war unschicklich und würde auf die jeweilige Dame ein sehr schlechtes Licht werfen. Sowohl die Perlen als auch die Augen der Frauen leuchteten. Auf dem Tisch standen Schüsseln mit gediegenen Speisen und gefüllte Holzbecher.

Sol wusste, dass sie Aufmerksamkeit erregte. Die Gräfin Strahlenhelm hatte ihr eines ihrer abgelegten Kleider überlassen, das für Sols Maßstäbe ein Wunderwerk aus Samt und Seide war. Nie zuvor war sie sich so elegant vorgekommen, und tatsächlich verrieten die Blicke der jungen Männer, dass sie ihre Auffassung teilten.

Aber diese Burschen interessierten Sol nicht sonderlich. Ausgenommen einer, aber das hatte andere Ursachen.

»Dag«, flüsterte sie ihrem Bruder zu. »Was sagt man noch gleich von dem hier, den sie Preben nennen?«

»Vergiss es«, sagte Dag und nahm sich einen Hühnerschenkel.

»Nein, ich will es wissen! Sie haben etwas von Schwarzer Kunst gesagt.«

»Sol«, sagte er und drehte sich entmutigt zu ihr um. »*Musst* du unbedingt gefährlich leben?«

»Nein, ich nenne es natürlich. Na, ich kann das auch jederzeit selbst herausfinden.«

»O nein, du wirst nicht rumlaufen und überall Fragen stellen! Nun, wie du willst, er ist Mitglied in einer esoterischen Vereinigung hier in Kopenhagen.«

Esoterische Vereinigung! Geheim – nur für Eingeweihte!

»Aber davon hältst du dich fern«, sagte Dag. »Hast du das verstanden?«

»Ja, kleiner Bruder«, sagte Sol gehorsam, während ihr Blick den Prebens suchte.

Er war nicht gerade sehenswert, ein Allerweltsgesicht, das man vergaß, sobald man sich umdrehte. Aber er hatte Sol entdeckt, vielleicht ihr Interesse bemerkt, und nachdem ihr Blick seinem mehrmals begegnet war, kam er am späteren Abend zu ihr hinüber. Dag befand sich zu dem Zeitpunkt in einer anderen Ecke der Schenke. Wenn Sol sich nicht irrte, schäkerte er gerade mit einem jungen Mädchen.

»Du bist Dags Halbschwester, wie ich hörte«, sagte Preben.

»Ja, so etwas Ähnliches. Wir sind zusammen aufgewachsen.«

»Mir ist dein Interesse an meiner geringen Person aufgefallen. Darf ich fragen, womit ich die Ehre verdiene?«

Sol musste lächeln. »Nun, ich kann nicht gerade behaupten, dass es an deinen güldenen Locken liegt«, sagte sie. »Denn du hast ja keine, kannst du es dir nicht denken?«

»Doch. Deine Augen … Etwas sagt mir, dass du dasselbe Interesse hast wie ich.«

Sie nickte. »Nimm mich zu einem der Treffen mit!«

»Wir fürchten Spione und Verräter.«

»Sehe ich aus wie eine Spionin oder Verräterin?«

»Nein. Du siehst aus, als seist du von Mystik angezogen.«

»Ja, das bin ich – zumindest von dem, was *du* Mystik nennst. Für mich sind das Binsenwahrheiten. Aber ich hungere nach Kontakt mit Gleichgesinnten. Ich habe in

Norwegen mein ganzes Leben lang isoliert gelebt. Ich muss mit jemandem darüber sprechen, mehr lernen!«

Er setzte eine gewichtige Miene auf und nickte. »Lernen wirst du reichlich! Ganz entsetzliche Dinge gehen vor sich, musst du wissen.«

»Angst habe ich nicht gerade«, lachte Sol gedämpft.

»Wie du willst. Ich werde deine Bitte bei der nächsten Versammlung vortragen – und wenn sie dich akzeptieren, darfst du das Mal darauf dabei sein. Aber ich warne dich, es ist nicht eben wenig, was sie können! Hast du eine Empfehlung?«

»Nur mich selbst. Das sollte eigentlich ausreichen. Du *kannst* Dag fragen, aber ich glaube nicht, dass das so sinnvoll wäre. Er darf nicht alles wissen, was ich in Kopenhagen treibe.«

»Gut! Das ist eine vernünftige Einstellung.«

Die Hochzeit von Liv und Laurents Berenius fand wie geplant statt, aber weder Sol noch Dag konnten zu diesem Fest nach Hause reisen. Es war beiden einfach nicht möglich, da zu diesem Zeitpunkt kein Schiff nach Oslo auslief. Der Segelverkehr zwischen Dänemark und Norwegen war sehr sporadisch und unregelmäßig.

Liv war das sanfteste der vier Kinder von Tengel und Silje. Sogar noch sanftmütiger als Silje, der sie ansonsten sehr glich. Es war, wie Charlotte es geschrieben hatte. Sie war der Traum von einer Ehefrau und einer Schwiegertochter. Passte sich leicht an, konnte sich ganz in den Hintergrund stellen, wenn es nötig war, und war im Großen und Ganzen auf den meisten Gebieten sehr geschickt.

Ihre Geschicklichkeit hatte Laurents Berenius in seine Berechnung mit einbezogen.

Liv selbst lebte in einem Zustand der Betäubung. Sie verfolgte die Gespräche der anderen, ohne selbst viel zur Unterhaltung beizutragen. Alles wird schon gut werden, sagte sie sich selbst. Laurents ist so nett. Und ein so angenehmer Anblick. Ich glaube, ich bin außerordentlich glücklich, und Dag wird die Baronesse Trolle heiraten, und zu Hause freuen sich alle unseretwegen. Doch, ich bin wirklich glücklich.

Charlotte hatte sich nicht lumpen lassen, was das Ausrichten der Hochzeit anging. Silje wollte sie auf Lindenallee feiern, und das war natürlich auch ihr gutes Recht. Charlotte jedoch ließ ganze Wagenladungen von Speisen auffahren und hatte einen feierlichen Zug mit prunkvollen Kutschen zur und von der Kirche aufgeboten. Am letzten Tag wollte sie unbedingt die letzte Mahlzeit auf Gråstensholm abhalten.

Doch, dem konnte Silje zustimmen, solange der Großteil der Feierlichkeiten auf Lindenallee stattfand.

»Wir müssen auf die Familie Berenius Eindruck machen«, sagte Charlotte bei ihren Versuchen, Tengel und Silje zu überreden. »Der Junge darf nicht glauben, dass er unter seinem Stand heiratet. Denn das tut er *nicht*! Nichts ist gut genug für Dags beste Spielkameradin.«

Liv war in der Tracht der Region ein bezaubernder Anblick. Ihr Haar war mit den Jahren nachgedunkelt und hatte nun den Glanz von unpoliertem Kupfer. Ihre Augen waren derart intensiv blaugrün und zuversichtlich, dass man nahezu gerührt war, wenn man in sie schaute. Laurents war so verliebt, dass er strahlte.

Sie lächelte ihm schüchtern zu, wobei sie versuchte, ihr Herzklopfen zu verbergen. Sie hatte Angst, war unsicher, und hatte ein schmerzendes Gefühl von Leere in der Brust. Aber so ging es wohl allen Bräuten, dachte sie. Laurents war so elegant. Hochgewachsen, mit ganz kurz geschnittenem, schimmernd braunem Haar, graubraunen Augen und einer geraden, edlen Nase. Sie gelobte sich, ihn glücklich zu machen.

Der einzige Wermutstropfen im Becher war, dass Dag und Sol nicht da waren. Mit ihnen hätte sie sich in den letzten Wochen so gern unterhalten. Ihre Meinung über Laurents gehört. Sol hatte ihn immerhin kennengelernt, aber sie hatte sich ungewöhnlich zurückhaltend verhalten – stets hatte sie etwas anderes vor, wenn Laurents zu Besuch war, so dass Liv Sols Ansicht über Laurents nicht kannte.

Doch immer war es Dag gewesen, an den sie sich mit ihren Sorgen gewandt hatte. Und jetzt war er so weit fort. Er konnte sich jetzt nicht mit ihren Gedanken und Überlegungen befassen, wenn er die Baronesse Trolle im Kopf hatte. Eine Schwester war nicht so interessant wie eine Liebste.

Das Ausbleiben der Geschwister hatte sie noch unsicherer gemacht.

Ja, und dann passierte etwas, als sie von der Kirche in den Hochzeitshof geritten kamen. Den Weg säumten die Bewohner von Dorf und Hof, für die das Fest in der Scheune stattfand, und die später an den Festlichkeiten auf dem Gut teilnehmen sollten.

Are hatte die Scheune geschmückt, zusammen mit den Mägden, und das war ihm äußerst gut gelungen!

Der Ritt von der Kirche ging ungestüm vonstatten, wie es auch Brauch war. Das Pferd der Braut sollte unter Gewehrschüssen und wilden Rufen davonstieben, damit die Braut Trollen und bösen Geistern entkam, die ihr am letzten Tag, an dem sie Jungfrau war, sonst noch etwas anhaben könnten. Liv jedoch war eine gute Reiterin, und sie kam wohlbehalten zu Hause an.

Dort draußen auf dem Gut musste sie eine große Schale mit Bier in Empfang nehmen und in einem Zug leeren, während alle zusahen. Danach musste die Schale über das Hausdach geworfen werden. Kam die Schale übers Dach, war das ein Zeichen für eine gute Ehe. Die Schale aber entglitt Liv, traf nur kurz auf das Dach auf und rollte auf derselben Seite wieder herunter.

Auch wenn alle bemüht waren, es mit Scherzen zu übergehen, verzweifelte Liv dennoch über diesen Vorfall.

Doch es dauerte nicht lange, bis alle dieses »Missgeschick« vergessen hatten. Es wurde eine Hochzeitsfeier großen Stils, die die drei vorgeschriebenen Tage andauerte, und von der die Leute lange sprachen.

Erst als sie allein in dem großen Haus in Oslo waren, wurde es Liv klar, wie endgültig die Hochzeit war. Ihre Kindheit bei Tengel und Silje war vorüber, nun würde sie nur noch als Gast nach Lindenallee und Gråstensholm zurückkehren.

Das bereitete ihr ein nagendes Gefühl von Wehmut, das sie nur schwer verbergen konnte.

Aber wieder tröstete sie sich damit, dass wohl alle Bräute so empfanden.

Ganz allein waren sie in dem großen Haus allerdings nicht. Laurents' Mutter wohnte auch bei ihnen im Haus. Sie hatte selbstredend an der Hochzeit teilgenommen, doch sie hatte die ganze Zeit kaum einen Ton von sich gegeben. Es war, als hätte sie nur darauf gelauert, etwas zu entdecken, was sie kritisieren konnte – ohne etwas zu finden. Doch, ein Wort allerdings hatte Liv sie vor sich hinmurmeln gehört, das Wort Verschwendung!

Liv jedoch war überzeugt davon, wenn die Hochzeit nicht so prächtig ausgefallen wäre, dass sie sich dann über Geiz und Armut beschwert hätte.

Laurents hatte sie auf dem Brauthof nicht anrühren wollen, wollte damit warten, bis sie ganz allein sein würden. »Ich kenne sie, diese aalglatten Personen, die wie aus Versehen ins Schlafzimmer des Brautpaars stürmen«, sagte er. »Niemand darf unsere erste Nacht besudeln, Liv.«

Stattdessen hatte er neben ihr gelegen, sie im Schein des Talglichtes angesehen und zärtlich gestreichelt, sie ganz, ganz vorsichtig geküsst, bis sie in allen Ehren eingeschlafen waren.

Nun aber waren sie in dem Haus eingetroffen, in dem sie zukünftig die Hausherrin sein sollte.

Behutsam legte Liv das Brautkleid zusammen, oder besser gesagt das »Frauenkleid«, das sie am Morgen nach der Trauung angezogen hatte. Von nun an musste sie immer ein Kopftuch tragen, als Zeichen dafür, dass sie eine verheiratete Frau war. Sie lächelte ein wenig in sich hinein. Silje hatte sich immer geweigert, ein Kopftuch zu tragen, und Tengel hatte sie darin unterstützt. Deshalb hatte sie viele Vorwürfe zu hören bekommen, doch die beiden waren so stark, dass es für sie nicht schwer war, sich über das Gerede der Leute hinwegzusetzen.

In ihrem Schlafzimmer war es dunkel, nur ein Talglicht brannte in einer Ecke. Wie sonderbar es war, mit Laurents hier allein zu sein! Mit einem Mal war es, als kenne sie ihn gar nicht. Angst ergriff sie.

Aber so etwas durfte sie nicht denken! Nicht jetzt! Sie mochte ihn doch so sehr. Ein so reifer Mann – wie elegant er war, als er dastand und sich im Halbdunkel die breitschultrige Weste auszog.

Sie musste ihm all die Liebe geben, die er verdiente.

»Männer haben auch das Bedürfnis nach Liebe«, hatte die Mutter sie ermahnt. »Sie müssen fühlen, dass sie geliebt werden. Gib aus ganzem Herzen, mein Kind! Das, glaube ich, ist das Geheimnis Tengels und meines Glücks. Wir sind vollkommen offen füreinander, trauen uns, einander zu zeigen, wie viel wir füreinander empfinden.«

Doch, Laurents verdiente all ihre Liebe, dachte Liv bei sich.

Zu Hause auf Lindenallee lagen Tengel und Silje im Bett und starrten ins Dunkel hinein.

»Das war eine wunderbare Hochzeit«, sagte Silje glücklich lächelnd. »Ich fühle mich wie ein ausgewrungener Scheuerlappen.«

»Ja, du hast dir wirklich viel Mühe gemacht«, sagte Tengel. »Ich habe dich die ganze Zeit in Bewegung gesehen. Und dennoch waren diese drei Tage bloß der Abschluss einer langen Reihe von Vorbereitungen.«

Silje ergriff seine Hand. »Haben wir richtig gehandelt, Tengel? Sie ist doch noch so jung!«

Er seufzte. »Das habe ich mich auch schon gefragt. Aber du warst damals genauso jung. Und du wusstest genau, was du wolltest! Hast du es je bereut?«

Sie schmiegte ihren Kopf an seine Schulter. »Nun fischst du aber nach Komplimenten. Aber ich fand, Liv sah so klein und erschöpft aus. So wehrlos … so unsicher … nein, ich finde dafür keine Worte.«

»Ich weiß, was du meinst. Wenn der Bursche nicht so eifrig und unermüdlich gewesen wäre, dann hätte ich niemals zugestimmt. Aber er ist ein guter Mann. Solide. Und sehr in Liv verliebt.«

»Und sie selbst wollte es ja auch. Pfui, wir sind doch bloß ganz gewöhnlich besorgte Eltern, die ihre Kinder nicht loslassen wollen. Unser Kind der Liebe, Tengel …«

»Ja. Damals warst du stur. *Wolltest* diese Kind haben. Nun bin ich dir für deine Sturheit dankbar.«

»Sie verlassen uns, Tengel! Zuerst Dag, dann Sol – aber die kommt wohl zurück, hoffe ich – und nun Liv. Nun haben wir nur noch Are.«

»Ja. Und er wird bleiben.«

»Gott sei Dank!«

»Es tut weh, die Kinder zu verlieren.«

»Wir verlieren sie doch nicht. Sie sind da, aber wir sehen sie nur nicht mehr.«

»Das ist richtig«, sagte Tengel. »Lindenallee ist ein Teil von ihnen geworden – ein Teil, den sie mit hinaus in die Welt nehmen. Genau wie sie etwas von sich hier zurückgelassen haben. Sie sind noch immer hier, Silje.

Ihr Lachen auf dem Dachboden, ihre Schritte auf dem Fußboden … Sie haben das Haus und den gesamten Hof mitgeprägt.«

»Ja. Und ich glaube, sie sind hier glücklich gewesen.«

»Bestimmt waren sie das!«

Er legte seine Arme um sie, und sie rückten näher zusammen.

Im Haus in Oslo wurden die Lichter gelöscht. Liv lag im Bett, in den Armen von Laurents. Er flüsterte ihr schöne Worte ins Ohr, strich vorsichtig über ihren Körper.

Liv war in Gedanken ganz woanders, als gelte all das nicht ihr. Doch sie entsann sich Siljes Worten und legte ihre Arme um seinen Hals. Seine Liebkosungen wurden allmählich wagemutiger, und mit einem Mal verspürte Liv eine neue Empfindung, eine süße Wärme, die langsam und träge in ihrem Körper entflammte. Sie stöhnte und schmiegte sich enger an ihn.

»Laurents«, flüsterte sie ihm verwundert ins Ohr.

Seine Hand blieb unbeweglich liegen. Im Zimmer wurde es ganz still.

»Lieg still«, sagte er halb erstickt. »Bleib ruhig, Liv, du brauchst nichts zu tun oder zu sagen. Eine Ehefrau hat das Begehren ihres Mannes zu empfinden. Er ist der Jäger, sie das Wild.«

Sie versuchte, einen Einwand anzubringen. »Aber ich möchte dir doch so gern zeigen, wie sehr ich dich lieb habe«, sagte sie unglücklich. »Meine Liebe zu dir …«

»Deine Liebe kannst du auf tausenderlei andere Weise zeigen«, sagte er streng. »Indem du mir immer zu Gefallen bist. Der Mann ist der aktive Part beim ehelichen Akt, die Frau soll sanft sein, eine Quelle der Freude für ihn. Es schickt sich für sie nicht, Gefühle zu zeigen. Das tun nur Dirnen oder Straßenmädchen.«

Liv starrte mit großen verzweifelten und verständnislosen Augen in die Dunkelheit, und alles schien in ihr abzusterben. Das Feuer in ihr erlosch, und mit einem Gefühl bodenloser Scham empfing sie die Begierde ihres Mannes, seine Zärtlichkeit und seinen Körper.

Als er endlich vollkommen erschöpft neben ihr eingeschlafen war, weinte Liv still, zurückhaltend und hilflos in sich hinein.

Sol folgte dem geheimnisvollen Preben in ein kleines heruntergekommenes Haus am Rand Kopenhagens. Ihr war es gelungen, sich aus dem Haus zu schleichen, so dass weder Dag noch jemand anders aus dem Haus des Richters sie gesehen hatte.

»Sie haben dir nur unter größten Bedenken Zutritt gewährt«, sagte Preben mit gewichtiger Miene. »Deshalb bitte ich dich, ihre sakrale schwarze Messe nicht mit weltlichen Banalitäten zu stören! Satan ist heute Abend mit uns, vergiss das nicht!«

Sol nickte. Das klang spannend, fand sie.

Sie gingen eine schmale Kellertreppe hinunter, und Preben hämmerte kräftig und dramatisch gegen die eine Tür.

Von drinnen fragte eine Stimme nach dem Passwort.

»Bei den Knochen der Gräber«, antwortete Preben. Sol hätte um ein Haar losgeprustet.

Die Tür wurde von einem Mann in schwarzem Mantel geöffnet und nach wenigen Sekunden waren sie drinnen.

Eine neue Tür führte in einen Kellerraum, wo eine Anzahl junger Menschen in schwarzen Mänteln versammelt war. Die Neuankömmlinge wurden schweigend von ihnen in Augenschein genommen.

Einer der Männer war bedeutend älter als die anderen und sein Mantel war mit rotem Futter ausgeschlagen. Er trug eine Maske vor den Augen. Aber die Maske konnte den Ausdruck seiner Augen nicht verbergen, als Sol die Bühne betrat. Solche Blicke kannte sie schon von früher und wusste sehr gut, was sie zu bedeuten hatten.

Sie warf schnell einen Blick um sich. Eine Menge schwarzer, in Wachs gegossener Kerzen erhellte das geschwungene Gewölbe. Direkt vor ihr stand ein langgestreckter, niedriger Altar, und darüber hing verkehrt herum ein Kreuz. Ansonsten waren die weißen Kalkwände über und über mit magischen Zeichen und Namen von Dämonen bedeckt.

Eine junge Frau sprach. Sie hatte die Stimme zu einer Art monotonen Psalmodie gesenkt.

»Wir haben uns bereit erklärt, eine Novizin aus der Provinz Norwegen an unserer Zusammenkunft teilhaben zu lassen. Wir bestimmen selbst, ob sie weitere Male hierherkommen darf. Da wir alle sehr weit im Teufelskult fortgeschritten sind, erwarten wir, dass die norwegische Ignorantin sich unseren Regeln beugt und lediglich unsere Fertigkeiten studiert. Du hast bereits deinen Eid bei Apollyon – das ist Preben – abgelegt, nicht wahr? Dass du uns niemals verraten wirst? Gut.«

Sie verstummte, und eine andere junge Frau begann

zu reden. »Dir wurde gestattet, herzukommen, weil dein Freund deine sonderbaren Augen hervorhob. Aber ein Augenpaar macht noch keine echte Hexe. Du hast noch viel zu tun, bevor du alles gelernt hast.«

Sol sagte nichts. Der maskierte Mann flüsterte der ersten Frau etwas zu.

Die Frau zögerte, ihr Gesicht straffte sich. Der Widerwille stand ihr im Gesicht geschrieben. Doch dann nickte sie und wandte sich an Sol.

»Unser Hexenmeister, der die Inkarnation von Satan selbst ist, wünscht, dich schon heute Abend einzuweihen. Das ist höchst ungewöhnlich und eine außerordentliche Ehre. Damit du weißt, wie du dich zu benehmen hast, wird unser Meister die Zeremonie zuerst mit einer der anderen Frauen vollziehen.«

Sol nickte.

Alle Frauen – es waren insgesamt fünf – stürmten auf den Meister zu, um ihm ihre Dienste anzutragen. Er jedoch schickte sie mit einer abweisenden Geste zurück.

Einer der jungen Männer lief sogleich mit einem kleinen Fass in der Hand zum Altar. Er tauchte die Finger hinein und zeichnete mit Blut ein verworrenes Muster auf den Altar.

Der Hexenmeister ging hinauf und stellte sich in die Mitte des aufgemalten Musters. Alle anderen sanken auf die Knie nieder und begannen, mit ekstatischen Stimmen zu singen.

Daraus ergab sich eine schauderhafte Kakophonie.

Während die Gemeinde noch weitersang und sich in Ekstase steigerte, führte der Hexenmeister einige Rituale aus. Er zündete etliche Kerzen an und legte diverse Dinge auf den Altar. Sol konnte in seinem Handeln keinen Sinn erkennen. Für sie machte das alles den Eindruck von erfundenen Teufelsritualen.

Sie spürte, wie sich Unlust in ihr breitmachte. Sol war sehr empfänglich für atmosphärische Schwingungen … Und hier witterte sie nur Strapazen, Schweißgeruch und absolute Leere.

Mit einem Mal brach der Mann die Vorstellung ab, indem er den Arm erhob. Alle warteten still ab, die Frauen in hektischer Anspannung.

Dann ließ er den Arm langsam sinken und zeigte mit dramatischer Geste auf eine der jungen Frauen, die hingerissen nähertrat. Sie ließ den Mantel fallen und darunter war sie vollkommen nackt.

Der Hexenmeister deutete auf den Altar, und das Mädchen legte sich gehorsam darauf.

Die anderen begannen wieder zu singen. Ihre Körper schwankten, und auch sie ließen ihre Mäntel fallen. Alle waren nackt.

Nur der Hexenmeister behielt seinen Mantel an. Er zeichnete ein Muster auf den Körper der jungen Frau. Sol dachte ein wenig spöttisch, dass es Ähnlichkeit damit hatte, wie ein Bogenschütze sein Ziel markiert.

Sol musste höhnisch in sich hineinlächeln. Hatte er etwa Angst, sein Ziel zu verfehlen?

Dann legte er sich zu der jungen Frau und ließ den Umhang über sie beide und den Altar fallen. Es war ein großer Umhang, aber niemand konnte darüber im Zweifel sein, was sich darunter abspielte. Auch die anderen Versammelten wandten sich einander unter entrückten

Seufzern zu, sie stöhnten und wimmerten laut in einer neuen Symphonie von Lauten.

Als der Hexenmeister sich selbst genügend in Erregung versetzt hatte, brach er den Akt ab und erhob sich rasch.

Er wandte sich, den Mantel um sich geschlungen, an Sol, während die junge Frau, völlig befriedigt, vom Altar herunter zu den anderen kroch. Die Frau, die offenbar das Sprachrohr des Meisters war, sagte zu Sol: »Nimm den Platz der jungen Frau ein! Satan ist bereit, dich zu weihen!«

Sol runzelte die Stirn.

»Zieh dich aus«, sagte die Frau ungeduldig. Offensichtlich gefiel es auch ihr nicht, dass dieser Neuankömmling vorgezogen wurde.

Die Enttäuschung und Wut, die Sol nach und nach erfüllt hatten, explodierten. Ihr Augen funkelten.

»Ich soll diesem Schwindler zu einem billigen Vergnügen verhelfen? Nie im Leben!«

Die Gesichter erstarrten.

»Du hast den Eid abgelegt«, sagte die Frau streng. Preben sah ängstlich aus.

»Du wagst es, unseren Meister einen Schwindler zu nennen?«, rief die junge Frau, die auf dem Altar gelegen hatte.

»Ich nenne euch alle ausgemachte Einfaltspinsel!«, fauchte Sol wütend.

»Was wisst ihr denn schon von Hexenkunst? Ihr seid eine Versammlung unwissender Narren, die ohne die Spur von Talent versucht, gefährliche und dämonische Spielchen zu spielen. Wenn ihr auch nur im Geringsten versucht hättet, euch mit etwas Humor zu betrachten, dann wäre ich noch hiergeblieben und hätte euch etwas anderes beigebracht. Aber ihr nehmt euch verdammt wichtig und seid todernst bei der Sache! Hat euch dieser Mann eingeredet, dass er in Kontakt mit Satan steht? Dass er sein Stellvertreter ist – oder sogar Satan selbst?«

Der gute Ruf des großen Meisters war in Gefahr. Endlich erhob er seine Stimme, die dünn und piepsig war.

»Uns etwas anderes beibringen, was denn?«, sagte er voller Hohn. »Ich lasse nicht zu, dass ein Kind aus Norwegen versucht, sich mir zu widersetzen. Dann verleugnest du meine Hexenkunst? Sieh dir das an!«

Er nahm ein Pulver aus einer Tasche in seinem Mantel und warf es ins Feuer. Das ging schnell vonstatten, so dass die Gemeinde seine rasche Handbewegung nicht registrieren konnte. Das Pulver explodierte mit einem lauten, kurzen Knall.

»Das soll Hexenkunst sein? Schießpulver ins Feuer zu werfen?«, fragte Sol. »Dazu ist selbst ein kleines Kind imstande.«

»Ich kann dich verhexen!«

»So, kannst du das! Dann lass uns mal sehen!«

Er holte tief Luft. Die Stimmung war jetzt ganz bedrohlich. Es war deutlich zu spüren, dass die Anwesenden Sol nicht leiden konnten, und der Meister kämpfte um seine Position.

Der Hexenmeister ging zu Sol und bemühte sich, so furchteinflößend wie möglich auszusehen. Mit all der Autorität, die er aufbieten konnte, zischte er: »Ich befehle dir, meine Hand zu küssen.«

Sol sah ihm nur verachtungsvoll in die Augen. Mit ihren blitzenden Augen, ihrem wilden, dunklen Haar und den warmen Farben ihres Gesichts war sie unbeschreiblich schön.

Er streckte die Hand aus. »Satan sagt: Küss die Hand!«

Für einen Augenblick war es in dem Kellergewölbe totenstill. Sol schloss die Augen wieder halb.

»Glaubst du das alles selbst?«, fragte sie mit monotoner Stimme. »Auf die Knie!«

In die Augen des Meisters trat ein hilfloser Blick. Widerstandslos fiel er auf die Knie.

»Zieh den Mantel aus«, sagte Sol.

Er gehorchte. Alle Anwesenden hielten den Atem an. Ihr Held, ihr Gott gehorchte dem Befehl!

»Seht ihn euch an!«, sagte Sol und zeigte auf den Mann, der sie in einer Art Trance anstarrte. »Seht euch seine schrumpelige, mickrige Männlichkeit an, die hängenden Schultern und die Runzeln auf seinem Bauch! Seht ihn euch jetzt an!«

Mit einer geschwinden Handbewegung hob sie die Hände zum Hals und zog die Schnur mit der Alraune über den Kopf. Als die bizarre »Menschenwurzel« zum Vorschein kam, holte der Meister so tief Luft wie möglich und wich zurück. Sol hielt sie ihm mit beiden Händen entgegen.

»Leg dich auf den Boden, Mann! Leg dich hin und kriech zum Altar hinauf und drehe das Kreuz richtig herum, weil du nichts mit Satanismus zu tun hast. Hier in diesem Raum gibt es dergleichen nicht.«

Zur großen Betroffenheit der Anwesenden schlängelte sich der große Meister wie eine Schlange auf dem Bauch zum Altar, erhob sich, die Hände an der Wand emporgehoben, und drehte das Kreuz um. Dann blieb er sitzen und blickte Sol mit hündischer Unterwerfung an.

Sol war wütend, und das machte sie doppelt so stark. In ihrer Einsamkeit hatte sie viel geübt und experimentiert – und nun wollte sie eins der gefährlichsten Kunststücke ausprobieren, von denen Hanna ihr erzählt hatte.

Sie schloss die Augen und holte tief Luft. Alle saßen wie gelähmt da und starrten sie an. Als Sol all ihre Kräfte gesammelt hatte, schlug sie ihre Augen wieder auf. Dann ging sie langsam zum Altar hinauf und stellte sich zur Rechten des »Meisters«.

»Erbärmlichkeit«, sagte sie monoton zu ihm. »Du, Erbärmlicher, siehe deine linke Seite!«

Ein halb erstickter Schrei ertönte von den Anwesenden. Sol lachte brüsk. Nun wusste sie, dass es gelungen war.

»Sie ... sie steht auf beiden Seiten neben ihm!«, klagte einer der Anwesenden. Die Augen des Meisters fuhren zwischen den beiden Gestalten hin und her, und sie konnte hören, wie ihm vor Schreck die Zähne klapperten. Sie selbst konnte sich nicht sehen, denn sie musste ruhig stehen bleiben, um sich konzentrieren zu können. Ihr Bewusstsein hatte gleichsam ihren echten Körper verlassen, um sich auf die andere Seite des Altars zu begeben.

Dann entspannte sie sich langsam, sie kehrte zurück, und die Erscheinung verschwand. Sie spürte, dass ihre

Stirn schweißnass war, und ihre Beine waren ganz schwach. Der Herz schlug ihr unangenehm schnell!

Danach tat sie die Alraune wieder an ihren Platz, ging hinunter zum nächsten Mann unter den Anwesenden und ergriff den Lederbeutel, der neben ihm lag.

»Du …«, sagte sie und wiegte den Beutel in der Hand. »In diesem Beutel hast du zehn Silbertaler … eine getrocknete Rose und einen Brief.«

Er war lediglich imstande, heftig zu nicken.

»Und du«, sagte sie und wandte sich einer der Frauen zu, »du erwartest ein Kind von dem Stümper dort beim Altar. Du hast es niemandem erzählt, du weißt es noch nicht sicher, aber genauso ist es. Du wirst wegen des Kindes leiden, und der da wird dir nicht helfen.«

Sie wandte sich an einen anderen Mann und legte die Hand auf seine Schulter. »Gerade jetzt hast du nur eins im Kopf, nämlich zu deiner Frau nach Hause zu kommen, der du nichts von dieser Versammlung erzählt hast. Du hast ein Verhältnis mit dem Mädchen, das neben dir steht, und sie glaubt, dass du vorhast, sie zu heiraten.«

»Halt!«, schrie die Nächste, die Frau, die am Anfang zu Sol gesprochen hatte. »Halt!«

»Eine richtige Hexe«, flüsterte einer der Männer. »Eine echte Hexe! Ich dachte immer, die gibt es gar nicht!«

»Doch, die gibt es«, sagte Sol, und spürte zugleich, wie müde sie war. »Aber es gibt nicht viele. Und du bist krank, mein guter Mann. Du kannst das Essen nicht bei dir behalten.«

»Das stimmt«, nickte er.

»Hier«, sagte Sol. »Nimm dieses Mittel. Trink jeden Morgen einen Absud davon! Und begleiche deine Schulden, dann wirst du wieder gesund. Preben, vergib mir, dass ich deine Illusionen zerstört habe. Aber das hier ist kein Spiel, glaube mir. Und ich will nicht, dass dieser Betrüger hier euch ausnutzt. Ich werde euch nicht verraten – und ich vertraue darauf, dass auch ihr über mich den Mund haltet.«

Mit diesen Worten verließ sie den stinkenden Kellerraum. Die anderen blieben vor sich hin starrend auf ihren Plätzen sitzen. Sie hatten viel verloren. Ehre, Ansehen – und Sol selbst und ihre Geheimnisse.

Liv gab sich große Mühe, alles in dem großen Haus richtig zu machen. Ihr Gesicht besaß nicht mehr die innere Glut und Glückseligkeit, die sie immer ausgezeichnet hatte. In ihren Augen lag jetzt eine ständige Angst, dass sie den Anforderungen nicht genügen könnte. Sie wollte so gern etwas für ihren Mann tun, aber sie hatte eine schmerzhafte Lektion lernen müssen. Alles sollte nach seinen Vorstellungen gehen.

Mit einem Gefühl von Beklemmung erinnerte sie sich an ihre kleinen Versuche, ihn zu erfreuen. Wie mit dem kleinen Blumenbild, das sie ganz heimlich gemalt und ihm zum Geburtstag geschenkt hatte.

Lange hatte er es betrachtet. »Das ist lieb von dir, Liv, und es ist wirklich schön. Hübsch gemacht, aber …«

»Aber was?«, hatte sie ängstlich gefragt.

»Ich glaube, du solltest dich besser ans Sticken halten, mein Kind. Es schickt sich nicht für eine Frau, Bilder zu malen. Das ist nur etwas für große, anerkannte

Künstler. Und ich will meine kleine Frau dafür haben, wozu sie geschaffen ist. Wie steht es übrigens damit, noch immer keine Anzeichen, dass du ein Kind bekommst?«

Liv schüttelte den Kopf. Sie kam sich vollkommen unnütz vor. Nicht einmal *das* brachte sie fertig. Armer Laurents, wie unzufrieden er mit ihr sein musste!

Aber dass er sie liebte, daran hatte sie nie einen Zweifel. Immer wieder überhäufte er sie mit Beweisen seiner Liebe. Der Fehler war bloß, dass er sie als sein Eigentum betrachtete.

Sie erinnerte sich, wie sie einmal Gäste hatten. Sie hatte sich mit einem älteren Mann unterhalten, und das Gespräch hatte sich zu einer lebhaften Debatte über die aktuellen Ereignisse entwickelt – über die Entwicklung des Volkes und was der König für Norwegen getan hatte. Liv war vollauf begeistert gewesen, der Mann war intelligent und interessant, und sie hatten viele der Gäste in ihre Unterhaltung mit einbezogen.

Plötzlich war sie Laurents Blick begegnet. Er war wütend! Mit einer Kopfbewegung befahl er ihr, die Gruppe zu verlassen, und sie hatte sich entschuldigend zurückziehen müssen.

An jenem Abend war er nicht gnädig gewesen. Er hatte ihr erzählt, was er von Frauen hielt, die sich in Männerangelegenheiten einmischten. »Du darfst mich nicht zum allgemeinen Gespött machen«, hatte er gesagt. »Bilde dir nicht ein, dass du dich mit einem Mann messen kannst! Eine so unweibliche Ehefrau kann ich nicht gebrauchen! Ach, Liv, ich sehe jetzt, dass ich noch ein großes Stück Arbeit vor mir habe. Du hast mich hinters Licht geführt. Ich habe ja nicht geahnt, dass du so schlecht erzogen worden bist. Aber du bist ja so niedlich und liebenswert und du bist mein allerliebster Schatz, es wird uns schon noch gelingen, deiner Unarten Herr zu werden, du wirst schon sehen. Gräme dich nur nicht, ich werde dir dabei helfen.«

Doch, sie begann nun etwas zu lernen. Solange sie tat, was er wollte, war alles gut.

Aber ach, wie schwer war es doch, die Impulse zu beherrschen, die ein Teil ihrer Persönlichkeit waren!

In der vergangenen Woche hatte sie sich wieder vergessen. Sie waren zu Besuch bei einem von Laurents' Kollegen und beim Abschied hatte Laurents bemerkt, wie hell Sirius an jenem Abend leuchtete. Ohne nachzudenken hatte Liv in korrigiert, indem sie sagte, dass es nicht Sirius sei, der so leuchtete, sondern Denab im Sternbild des Schwan.

An jenem Abend hatte Laurents Hand an sie gelegt. Als sie nach Hause gekommen waren, hatte er sie zweimal ins Gesicht geschlagen, weil sie ihn so sehr vor den anderen gedemütigt hatte. Er wusste sehr wohl, dass es Sirius war, was hatte sie sich eigentlich dabei gedacht?

Liv hatte den Eindruck, dass Sirius der einzige Stern war, den er kannte.

Anschließend hatte er es bereut und sie um Verzeihung gebeten und dann hatte er sie im Bett heiß und innig geliebt. Irgendetwas jedoch war zwischen ihnen in Stücke gegangen.

Und Liv, die kleine geschickte Künstlerin, konnte sich in ihrem ganzen Leben nie wieder überwinden, einen Pinsel in die Hand zu nehmen.

Auch Laurents' Mutter machte ihr das Leben nicht leichter. Sie war eine herrschsüchtige alte Frau, die auf Liv unsagbar neidisch war. Sie hatte den Sohn für sich allein behalten wollen, und sie würde *keine* Schwiegertochter toleriert haben. Die sanfte, milde Liv war für sie eine leichte Beute, um über sie zu herrschen und zu bestimmen. Das herauszufinden, hatte die Alte nicht viel Zeit gekostet, und sie wusste es vollends auszunutzen.

Laurents sagte nichts, er fand, der Friede in seinem Haus sei vollkommen. Und kam es einmal zu dem geringsten Vorfall, dann nahm er garantiert für seine Mutter Partei. Liv war ja nur ein unwissendes Kind.

Sie schrieb nach Hause. Muntere kleine Berichte an Mama Silje, darüber wie gut sie es hatte. Sie musste jedoch das Briefpapier weit von sich halten, damit ihre Tränen nicht darauf tropften.

4. Kapitel

Eigentlich hätte Sol schon längst nach Hause fahren sollen. Doch sie stand bei der Familie Strahlenhelm derart hoch in der Gunst, dass man sie gebeten hatte, den Winter über als Kindermädchen für Albrekt zu bleiben. Sie hatten sie sogar um Entschuldigung gebeten, weil sie ihr eine so geringe Stellung anboten, doch sie wollten so gern, dass ihr Sohn mit ihrer ansteckenden Lebensfreude aufwachsen sollte.

Sol hatte darüber nachgegrübelt. Sie war nicht gerade auf Reisen gegangen, um Kindermädchen zu werden, doch hatte sie sonst nur die Alternative, wieder nach Hause zu fahren. Noch hatte sie vom Leben nicht viel gesehen, und irgendeine Unterkunft musste sie schließlich haben. Hier war es bestimmt auszuhalten. Das Einzige, was ihr Kopfzerbrechen machte, war ihre Sehnsucht nach einem Ort, der Brösarps Backar hieß. Hanna hatte ihr erzählt, dass dort die echten Hexen lebten.

Sie hatte Dag gefragt, doch er hatte den Namen nie gehört. Das Einzige, was ihm dazu einfiel, war, dass der Ort möglicherweise in Schonen liegen konnte. »Du weißt doch, dass Schonen auf der anderen Seite des Öresunds liegt, nicht wahr? Und Schonen grenzt an Schweden, das weißt du wohl auch?«

Ja, das wusste sie.

Über den Sund? Das wäre für sie im Winter eine allzu

lange und beschwerliche Reise. Also akzeptierte sie das Anerbieten des Grafen Strahlenhelm. Als Kompromiss nannte man sie Gouvernante, und obwohl der Sohn noch zu klein war, um unterrichtet zu werden, war Sol intelligent und gebildet genug, um einen solchen Titel zu tragen. Außerdem erwartete die Gräfin ihr zweites Kind, und sie brauchte auch aus diesem Grunde eine, die ihr den Sohn abnahm.

Für das Grafenpaar entwickelte sich alles zufriedenstellend. Sol benahm sich beispielhaft, und sie wurde hochgeschätzt. Was sie abends in ihrem Zimmer trieb, kümmerte und interessierte niemanden. Dort nahm sie ihr Bündel hervor und übte ihre Kunst.

Es waren insbesondere zwei Dinge, von denen sie träumte. Zum einen wollte sie nach Brösarps Backar, zum anderen führte sie eine Zeremonie durch, die sie in Verbindung mit dem Bösen selbst setzen sollte – ein Ritt zum Blocksberg. Dazu jedoch fehlte ihr ein Kraut, so dass sie auch aus diesem Grund bis zum Frühjahr warten musste.

Tengel und Silje schrieben, dass sie sehr zufrieden mit ihrer Anstellung waren und dass sie bleiben konnte, solange Dag da war. Sol fand, sie schrieben mittlerweile sehr wenig über Liv. Auch wenn sie es nicht schrieben, so konnte sie doch deutlich zwischen den Zeilen lesen, dass sie enttäuscht darüber waren, dass Liv anscheinend keine Zeit für einen Besuch auf Lindenallee hatte, und sie waren offenbar auch noch nicht in Livs neuem Zuhause gewesen.

Was sie nicht ahnten, dass Laurents immer eine Entschuldigung fand, um die Verwandten seiner Frau nicht zu empfangen. Mit geschickten Worten verbot er ihr auch, zu Besuch nach Hause zu fahren. Selbst wenn Silje ihnen Pakete schickte, wurde er wütend. Glaubten denn ihre Eltern, dass er nicht alles zu geben imstande war, was sie brauchte? Liv wurde übernervös von der Aufregung, doch sie weigerte sich, die Geschenke fortzuwerfen. Sie wusste, wie viel Liebe darin steckte, deshalb versteckte sie sie gut.

Sol spürte von all dem nichts. Livs merkwürdiges Verhalten bereitete ihr lediglich ein unbehagliches Gefühl.

Sol traf viele andere von Dags Kommilitonen. Sol jedoch wollte keinen jungen Intellektuellen. Sie suchte unbewusst nach einer Autorität, die zugleich viril und etwas primitiv sein sollte. Dass die meisten an der Universität zukünftige Pastoren waren, machte die Angelegenheit nicht leichter. Pastor war der vornehmste Beruf, den man sich denken konnte. Die anderen Fakultäten, die juristische, die allgemeinwissenschaftliche und so weiter, nahmen im Verhältnis dazu eine vollkommen untergeordnete Stellung ein. Die Theologiestudenten sahen deshalb auch etwas auf die anderen herab.

Manchmal seufzte Sol entmutigt. Primitive, virile Autoritäten – wo gab es die? Sie wuchsen bestimmt nicht auf den Bäumen!

Oft dachte sie, dass der Einzige, der ihre Sinne entflammen könnte, Satan selbst sei!

Das Jahr 1600 wurde mit großen kirchlichen Feiern und Festen eröffnet. Sol nahm daran nicht teil. Sie hatte im Übrigen eine gute Entschuldigung gefunden, um nicht in die Kirche zu gehen. Sie »opferte sich« und blieb zu Hause, um auf den kleinen Albrekt aufzupassen, so dass die gesamte gottesfürchtige Dienerschaft zum Gebet gehen konnte. Die Gräfin war etwas in Sorge ihretwegen, Sol jedoch erklärte munter, dass sie irgendwann unter der Woche in die Kirche gehe, um auf diese Weise des Segens teilhaftig zu werden.

In Wahrheit hatte sie keinen Pastor aus nächster Nähe mehr gesehen seit ihrer fatalen Taufe, bei der sie Hochwürden ins Gesicht gespuckt und dem frommen Mann durch Tritte blaue Flecken am Bein beschert hatte.

Im Laufe des Frühjahrs wurden sie und Dag mit der gräflichen Familie zu einem Hofball eingeladen. Sie waren so stolz auf das hübsche Mädchen, das bei ihnen wohnte, dass sie sie gern ihren Freunden vorstellen wollten.

Die Gräfin hatte ihr ein Kleid herausgelegt und die Farben passten hervorragend zu Sols Augen. Das Kleid war aus dicker, grüner Seide, und wenn Sol sich darin bewegte, kam an den Schlitzen ein Unterrock aus Goldlamé zum Vorschein. Sie hatten auch versucht, ihr das Haar aufzustecken, aber es stellte sich heraus, dass es sich am besten machte, wenn es offen herunterhing. Sie war wirklich atemberaubend schön.

Auf dem Weg zum Schloss hatte Dag sie darauf vorbereitet, dass die Männer sie umschwärmen würden, und er hatte sie gebeten, sie auf gebührendem Abstand zu halten.

Sol schnaubte bloß verächtlich. »Pah, ich will sowieso keinen dekadenten Hofnarren! Ich will einen, der rangeht!«

»Verschone uns«, murmelte Dag matt. »Die vulgären

Züge des Eisvolkes lassen sich nicht verleugnen. Von Hanna steckt eine ganze Menge in dir.«

»Darauf bin ich stolz«, antwortete Sol. »Aber hab keine Angst, kleiner Bruder! Ich werde mich so tugendhaft und prüde benehmen, dass dir die Luft wegbleibt!«

Da musste Dag lachen.

Dann musste Sol einen tiefen Knicks vor König Christian machen, einem robusten 23-jährigen, dem unleugbar bei ihrem Anblick ein gewisses Funkeln in die Augen trat. Da er aber im dritten Jahr verheiratet war und zudem noch gerade eine andere kleine Affäre unterhielt, waren ihm die Hände gebunden, was für ihn allerdings kein Hinderungsgrund war, sich nicht heimlich ihren Namen und ihre Adresse zu notieren.

Aber auch viele andere Adlige unterschiedlichen Alters und Aussehens bewiesen lebhaftes Interesse an Sol. Ein gewisser Christian Friis freite stehenden Fußes um sie, und zwei andere Jünglinge, ein Gyldenstierne und ein Bille, hätten beinah um ihre Gunst eine Schlägerei angezettelt.

Sol gefiel der Ball ausgezeichnet. Sie spielte die Tugendhafte, flirtete aber gleichzeitig hemmungslos und mit anzüglichen Augenaufschlägen. Die Tänze, die Charlotte ihr beigebracht hatte, waren mittlerweile aus der Mode gekommen, aber die Kavaliere wetteiferten, ihr die neuen Schritte beizubringen, die sie schnell lernte. Sie bekam die unglaublichsten Angebote, fand es jedoch nicht im Mindesten schwer, die Ehrbare zu spielen, denn sie war einfach an keinem der Männer interessiert.

Aber dennoch ereignete sich auf dem Ball etwas, das

mit einem Schlag ihrem prächtigen Leben in Kopenhagen ein Ende setzte.

Es waren so viele Menschen dort versammelt, dass sie bei weitem nicht alle wahrnehmen konnte. Aber plötzlich fühlte sie sich beobachtet – und nicht nur das, denn Sol war empfindsam genug, um den Hass zu spüren, der ihr entgegenströmte.

Sie entdeckte schnell, wer ihr diese hasserfüllten Blicke und unversöhnlichen Signale zusandte. Es war eine Frau, die sie augenblicklich wiedererkannte – die »erste Frau« des Hexenmeisters, wie Sol sie insgeheim bezeichnete, die, die in dem zweifelhaften Keller am meisten gesprochen hatte. Aha, die Dame hatte es also weit gebracht! Kein Wunder, dass sie es mit der Angst zu tun bekommen hatte, wenn man bedachte, was Sol über sie wusste!

Aber diese Frau führte Böses im Schilde, das war nicht zu übersehen. Sol beschloss, auf der Hut zu sein.

Der König war als einer der Ersten dermaßen betrunken, dass er auf seinem Stuhl ins Bett getragen werden musste.

Sol war zwar auf Festen schon oft hemmungslose Völlerei und Trinkgelage begegnet, aber das hier brach alle Rekorde. Der Sitte gemäß gingen die Männer hinaus, um sich den Finger in den Hals zu stecken, so dass sie noch mehr essen konnten. Einige schafften es noch nicht einmal bis vor die Tür, und sie überließen das Wegwischen den Dienern. Schweine!, dachte Sol verächtlich, und sehnte sich zurück ins Haus des Richters.

Ein Mann trat zu ihr und verbeugte sich höflich.

»Jungfer Sol? Euer Bruder wünscht Euch zu sprechen. Er ist unten im Zimmer am anderen Ende der Halle.«

Sol bedankte sich etwas verwundert, ging die Treppe hinunter und betrat das Gemach. Eine Weile wartete sie in dem leeren Raum, ohne zu wissen, was sie hier sollte. Der Raum hatte mehrere Türen, aber alle waren verschlossen, und Sol hatte nicht im Mindesten Lust, in irgendeinem Schlafgemach oder dergleichen zu landen.

Dag tauchte auch nach längerem Warten nicht auf, ebenso wenig diejenigen, die Dag vor kurzem gesehen haben wollten. Vielleicht war sie im falschen Zimmer? Nein, das konnte nicht sein. Etwas irritiert begab sie sich wieder hinauf in den Ballsaal, um den Mann genauer zu fragen. Doch weder er noch Dag waren zu sehen.

Sie ging zum Richterehepaar hinüber, aber auch sie hatten Dag seit geraumer Zeit nicht mehr gesehen. Die Frau aus dem Keller war ebenfalls verschwunden. Sol wurde von einem inneren Unbehagen ergriffen. Irgendetwas stimmte hier nicht.

Es dauerte nicht lange, bis ihre bösen Ahnungen bestätigt wurden.

Die Frau stürmte plötzlich in den Saal. »Mein Mann! Mein Mann ist tot!«, schrie sie.

Sogleich versammelte sich eine Schar Menschen um sie, und Fragen hagelten auf sie ein, so dass niemand ein Wort verstehen konnte. Schließlich gelang es Richter Strahlenhelm, die Anwesenden zum Schweigen zu bringen, und bat sie dann um eine ruhige Erklärung.

Endlich war die Frau imstande zu erklären, dass ihr Mann tot in einem der Räume unten bei der Halle lag.

So ist das also, dachte Sol. Herzlichen Dank!

»Er sieht aus, als sei er vergiftet«, schrie die Frau. »Und weil wir eine Pulverhexe unter uns haben, ist es nicht schwer zu erraten, wie das alles vor sich gegangen sein muss.«

Das war unvorsichtig von dir, dachte Sol, aber dann wurden ihre Gedanken von dem Mann unterbrochen, der sie gebeten hatte, sich mit Dag zu treffen.

»Vor einer Weile habe ich die junge Frau in dem Zimmer gesehen.«

»Nachdem Ihr mich gebeten habt dorthin zu gehen, ja.« Sol versuchte ruhig zu klingen, innerlich jedoch bebte sie.

»Wie belieben?« Der Mann hörte sich überrascht an.

»Ihr seid mit einem Gruß von meinem Bruder gekommen, dass er mit mir zu sprechen wünsche, aber er war nicht da. Wo ist mein Bruder?«

»Sie ist die Hexe«, schrie die Frau.

In dem Moment trat Dag ein.

»Wo bist du gewesen?«, fragte Sol, und ihre Augen verrieten die Angst, die ihre Stimme verbarg.

»Ich bin von einer Frau aufgehalten worden, die ein juristisches Problem mit mir zu diskutieren wünschte.«

»Welche Frau?«, fragte der Richter rasch.

Dag zeigte unverwandt auf die Frau, die von ihrem getöteten Mann geschrien hatte.

»Er lügt!«, schrie sie. »Das ist ein Komplott, die beiden Geschwister arbeiten zusammen!«

Für einen Moment war die Situation vollkommen aus dem Ruder geraten, und die Stimmung wurde zusehends unangenehmer. Endlich ergriff der Richter wieder das Wort und forderte die betroffenen Parteien auf, ihm zu folgen und den Toten zu untersuchen.

Der Mann lag in einem der kleinen Räume, vor denen Sol auf Dag gewartet hatte, auf dem Boden. Unschwer war zu erkennen, dass er vergiftet worden war. Sol bat den Richter um ein Gespräch unter vier Augen.

Sie erzählte ihm alles von dem Besuch in dem Keller.

Als sie ihren Bericht beendet hatte, holte er tief Luft. »Das war unglaublich unvorsichtig von dir, Sol! Wir haben doch diesen Winter in ein und demselben Haus gewohnt, und wir haben dich sehr in unser Herz geschlossen. Aber selbstverständlich habe ich bemerkt, dass du andere Gaben hast als wir anderen. Ich habe es nur geflissentlich übersehen, weil du dich im Zaum gehalten und dich so gut betragen hast. Aber nun sind wir beide in eine heikle Situation geraten. Du musst mir die Namen von allen im Keller geben.«

»Das kann ich nicht, weil ich sie nicht kenne. Außerdem waren die jungen Leute recht unschuldig, und sie haben wohl einen solchen Schreck bekommen, dass sie von diesem Unsinn genug haben.«

Sie wollte Prebens Namen nicht preisgeben. Er war Dags Freund, und sie hatte ihn schließlich mehr oder minder gezwungen, sie mitzunehmen.

»Aber der Mann? Der Hexenmeister?«

»Ja, dem Schwein würde ich gern eine Lektion erteilen, so wie der mit falschen Karten gespielt hat. Aber auch seinen Namen kenne ich nicht.«

Doch sie lieferte stattdessen eine so gute Beschreibung des »Meisters« wie möglich.

Im selben Augenblick trat ein Diener ins Zimmer und flüsterte dem Richter etwas zu. Dann verschwand er wieder.

Der Richter blickte sie erleichtert an. »Du bist gerettet, Sol. Eine der anwesenden Damen hat erzählt, dass sie dicht bei dir stand, als du gebeten wurdest, hinunter ins Zimmer zu gehen – von dem Mann, den man für den Geliebten der Frau halten muss. Ein Komplott war es also doch, allerdings aus der entgegengesetzten Richtung. Dag!«

Dag kam zu ihnen ins Zimmer. Der Richter wandte sich ihm zu.

»Sol ist von jedem Verdacht befreit. Und du auch, selbstverständlich. Ich werde mich der Frau und ihres Geliebten annehmen, doch Sol ist dennoch in Schwierigkeiten. Sie ist als Hexe abgestempelt worden, und diesen Makel kann sie nur schwerlich wieder loswerden. Und ich kann auch nicht umhin, sie zu verurteilen. Sie hat das Leben unseres Kindes gerettet und war immer liebenswürdig zu uns allen, während sie bei uns gewohnt hat. Deshalb will ich zum Dank ihr Leben retten. Und das kann ich nur auf eine Weise tun. Bring deine Schwester schnell in unser Haus, Dag, und morgen früh, bevor jemand anders auf ist, werden zwei Männer in königlichem Auftrag nach Glimmingehus reiten. Sie holen Sol noch vor Sonnenaufgang in unserem Haus ab. Sol, du fährst mit dem Schiff von Schonen nach Norwegen. Für eine, die so hübsch ist wie du, Sol, sollte es keine Schwierigkeit sein, eine Schiffspassage zu ergattern. Kannst du dem Plan folgen?«

Sie nickte. Doch in ihrem Kopf hatte sie sich bereits

ihre eigenen Pläne zurechtgelegt. Schonen? Dort sollte doch Brösarp liegen! Dorthin wollte sie von allen Orten am liebsten!

Dag protestierte. »Aber meine Schwester kann die lange Strecke nach Norwegen nicht allein reisen!«

Der Graf lächelte bissig. »Ich glaube, deine Schwester wird hervorragend zurechtkommen. Und die Männer des Königs werden ihr helfen, ein passendes Schiff zu finden. Welche anderen Alternativen haben wir denn?«

»Reg dich nicht auf, Dag, ich schaffe das schon«, sagte Sol. »Ich bin Euch zutiefst zu Dank verpflichtet, Euer Gnaden.«

»Beeilt euch jetzt, ihr beide«, sagte der Graf. »Wir nehmen eure Kleider mit nach Hause. Ich werde sagen, dass du mir entwischt bist, Sol. Beeilt euch jetzt!«

Sie verschwanden rasch durch eine Hintertür. Dag schimpfte auf dem ganzen Weg nach Hause mit ihr, aber sie hörte nicht zu. Ihr Herz war voller Erwartung. Sie würde nach Brösarps Backar fahren! Nur das zählte. Doch sie versprach Dag, dass sie zur selben Zeit wie er zurück in Norwegen sein werde, wenn er sein Studium abgeschlossen hatte. Das würde sie dann auch sein, um Dag nicht allzu viele Unannehmlichkeiten zu bereiten.

Früh am nächsten Morgen, als die Luft so kalt war, dass es aus den Nüstern der Pferde dampfte, wartete ihre Eskorte vor dem Haus des Richters. Sie verabschiedete sich schnell von Albrekt und seinen Eltern und versprach Dag, sich gut zu benehmen, während sie zugleich ihre Begleiter in Augenschein nahm.

Ihre Begleitung bestand aus zwei stattlichen Männern, bekleidet mit Lederbrünne und hohen Stiefeln. Ausgerüstet waren beide mit Radschlossgewehren und Schießpulverbehältern, die sie quer über der Brust trugen. Der eine war noch recht jung, hatte blondes Haar und helle Haut, in regelmäßigen Abständen stieg ihm die Röte ins Gesicht und verschwand wieder.

Oh, oh, dachte Sol bei sich, was für ein süßer Bursche. Den werden wir wohl verführen müssen.

Wenn nur nicht der andere mit so düsterem Blick über ihn wachte...

Der andere der beiden Männer war ein riesengroßer Mann, der offensichtlich Sol als Strafe und Plage ansah. Er mochte um die vierzig Jahre alt sein, schätzte sie, ein eingefleischter Krieger. Es reizte sie, dass es schwer sein würde, das eine oder andere kleine Duell mit ihm zu vermeiden.

Dag gefiel die ganze Angelegenheit überhaupt nicht. »Ich hätte mit dir kommen sollen. Aber ich habe noch so schrecklich viel zu studieren. Die Abschlussexamina nehmen all meine Zeit und meine Kraft in Anspruch.«

»Glaubst du, du wirst es schaffen?«, fragte sie.

»Ich glaube, ich werde problemlos bestehen, wenn ich weiterhin so fleißig arbeite wie bisher. Aber ich bin trotzdem nervös.«

»Viel Glück, lieber Bruder! Ich mache mich bald auf den Weg nach Norwegen.«

»Ja, aber du hättest eine Anstandsdame gebraucht, eine ältere Frau, um deine Ehre zu beschützen.«

»Das ist nicht nötig«, antwortete der finstere Krieger kurz. »Sie ist vor Übergriffen von unserer Seite ganz sicher.«

Seine Worte hörten sich fast wie eine Beleidigung an.

»Aber was sehe ich denn da!«, rief die Gräfin aus. »Das Pferd für Sol hat gar keinen Damensattel!«

»Wir müssen schnell reiten, Euer Gnaden«, sagte der Mann. »Die junge Dame muss sich damit abfinden, rittlings zu sitzen.«

Sols Augen blitzten auf. »Umso besser! Ich konnte die unbequemen Damensättel noch nie ausstehen!«

»Könnt Ihr denn wie ein Mann reiten?«, wunderte sich der Mann. Sol kam nicht umhin, den spöttischen Unterton zu hören.

»Da könnt Ihr ganz sicher sein!«, fauchte sie.

Schließlich machten sie sich noch vor Sonnenaufgang auf den Weg. Sie ritten an diesem stillen Morgen zum Hafen hinunter. Die Hufe klapperten auf dem Straßenpflaster.

Sol ritt vor zu den beiden Männern.

»Wie heißt Ihr?«, fragte sie ungezwungen. Bei dem Gedanken an das bevorstehende Abenteuer war sie heiterer Laune.

»Es wäre doch nett, Eure Namen zu wissen, wenn wir schon so lange zusammen unterwegs sein werden.«

Die Männer betrachteten ihr strahlendes Gesicht mit den weißen Zähnen.

Der junge Mann ritt dicht neben ihr und antwortete deshalb zuerst. »Ich heiße Jørgen«, sagte er schüchtern. Als es still blieb, fuhr er fort: »Und mein Vorgesetzter heißt Jacob Skille.«

»Und ich heiße Sol. Ich bin sehr dankbar dafür, dass ich mitkommen durfte.«

Der ältere der Männer schnitt eine Grimasse.

Ein Nachen brachte sie über den Öresund, mitsamt den Pferden und der anderen Ladung. Sol stand an der Reling und genoss die frische Meeresluft. Im leichten Nebel konnte sie schemenhaft mitten im Sund eine Insel erkennen, wie ein Traumland. »Das ist Ven«, hatte Jørgen erklärt. Sie wandte ihren Blick nach vorn, dem Land entgegen, in dem sie endlich ihresgleichen treffen würde, Menschen, die mehr als andere wussten. Aber sie rief sich selbst in Erinnerung, dass sie schon einmal in dieser Hinsicht enttäuscht worden war, in Prebens Keller, und nun war sie nicht bereit, noch weitere Enttäuschungen hinzunehmen.

Die Hexen versammeln sich den ganzen Sommer hindurch jeden Donnerstag bei Vollmond in Brösarps Backar, hatte Hanna gesagt. Die alte Frau hatte immer davon geträumt, einmal dorthin zu fahren.

Aber das war jetzt schon viele Jahre her. Wer wusste denn schon, ob sie sich noch immer dort versammelten? Wer wusste denn schon, ob es in ganz Skandinavien überhaupt noch Hexen gab? Wenn Sol nun die Einzige war?

Wie einsam sie sich vorkam!

Donnerstag bei Vollmond...? Sie war etwas zu früh dran. Es waren noch ein paar Tage bis dahin, doch das Datum rückte näher.

Nun ja, sie war ja noch nicht dort angekommen.

Kopenhagen ließ sie hinter sich. Soweit sie begriffen hatte, war ihr die Stadt für alle Zeiten verschlossen. Es sei denn natürlich, die Leute vergaßen alles. Wie dem auch sei, sie sehnte sich nicht gerade zurück nach Kopenhagen. Denn vor ihr lag das Abenteuer!

Jacob Skille stand bei den Pferden, um sie ruhig zu halten. Der junge Jørgen stand allein vorn.

Sol ging zu ihm.

Der junge Bursche errötete sofort wie eine Mohnblume.

»Was habt ihr in Glimmingehus vor?«, fragte sie und sah ihm sanft in die Augen.

Sein Blick wich ihrem aus. »Wir haben Kurierpost von Seiner Majestät König Christian an den Schlossherrn Rosenkrantz. Es hat Unruhen in Schweden gegeben, und Schonen ist ein gefährdeter Teil von Dänemark. Ihr wisst doch, dass die Schweden Schonen gern für sich haben wollen, dass sie es als einen natürlichen Teil Schwedens ansehen.«

»Was für Unruhen?«

Es war offensichtlich, dass er bemüht war, sich in natürlichem Tonfall mit ihr zu unterhalten, doch es wollte ihm nicht so recht gelingen.

Die ganze Zeit hantierte er an einem Tauende herum, das er in den Händen hielt. »Habt Ihr denn nicht vom Blutbad in Linköping gehört?«

»Vom Blutbad von Stockholm habe ich wohl gehört, aber vom Blutbad in Linköping?«

»Das war im letzten März. Der große Gustav Banér, sein Bruder Sten und etliche Mitglieder der Sippen Sparre und Bielke haben ihre Köpfe während Herzog Karls Säuberungsaktion unter den Sigismund-Anhängern verloren. Viele schwedische Edelmänner flohen außer Landes, hauptsächlich nach Polen, aber auch nach Schonen. König Christian ist besorgt, dass es möglicherweise eine Auseinandersetzung geben könnte. Der Herzog trägt sich anscheinend mit dem Gedanken, König von Schweden zu werden – genauso streng und hart wie sein Vater, Gustav Wasa.«

»Aber Gustav Wasa ist doch schon längst tot! Seit mehr als vierzig Jahren!«

»Ja, aber Ihr wisst doch, dass zuerst sein Sohn Erik XIV. König war, und der wurde gefangen gesetzt und wahrscheinlich von seinem Bruder umgebracht, von Johan XIII. Nach Johan kam sein Sohn, der polnisches Sigismund – und Erik und Johans Bruder, Herzog Karl.«

»Ach so. Auch dort Machtkampf, wie überall. Sind die Leute in Schonen dem Dänenkönig treu ergeben? Ich meine – so dass wir nicht riskieren, einen Dolch in den Rücken zu kriegen?«

»Es besteht kein Grund zur Sorge. Jedenfalls hat er in den Jenischen gute Unterstützung.«

Sol begriff, dass Jørgen ein Junge aus der aufgeklärten Oberschicht sein musste. Sie selbst hatte sich nie sonderlich für die Schweden und ihre Könige interessiert. Sie fragte, wer die Jenischen seien, und Jørgen erzählte ihr alles, wobei sein Gesicht abwechselnd rot und wieder blass wurde. Die Jenischen lebten im Nordosten von Schonen, und sie waren schon immer kriegerisch gewesen. Sie wurden nach ihren Waffen auch Schnapphähne genannt.

»Und die sind wirklich dänenfreundlich?«

»Ja.«

»Na, gut zu wissen. Wo liegt Brösarp?«

Bei ihrer unerwarteten Frage zuckte er zusammen.

Sol dachte bei sich, dass sie ihm mit Spuk und Schabernack bestimmt Angst machen konnte. Hätte er gewusst, wozu sie imstande war, dann wäre er sicher in Ohnmacht gefallen!

»B-Brösarp? Das weiß ich nicht.«

Ohne dass sie es bemerkt hatten, war Jacob Skille zu ihnen nach hinten gekommen.

»Brösarp liegt an der Ostküste«, sagte er steif.

Sol wandte sich der strengen Erscheinung zu. Sie musste ziemlich hoch aufblicken, um ihm in die Augen schauen zu können.

»Ist das weit von Glimmingehus?«

»Nein, nicht sehr.«

Er nahm einen Stock und zeichnete eine Art Karte auf das dunkle Lattenwerk. »Hier ist die Südostspitze von Schonen. Da liegt Glimmingehus. Folgt man der Ostküste hinauf, kommt man bald nach Simrishavn und Kivik – direkt nördlich von Kivik liegt Brösarp. Warum wollt Ihr das wissen?«

»Ich will dahin.«

»Was? Nein, wisst Ihr was? Ich werde Euch auf ein Schiff nach Norwegen setzen, sobald wir in Schonen einlaufen.«

»Aber hat mein Bruder nicht gesagt, dass ich nach Brösarp fahren soll?«, gab Sol überzeugend vor.

»Nicht ein Wort. Was sollt Ihr dort?«

»Eine Bekannte besuchen.«

Skilles Gesicht verriet ihr, was er von jungen Frauen hielt, die sich eigenmächtig auf lange Reisen begaben.

»Das lasse ich nicht zu!«

»Ich komme allein zurecht.«

»Ich habe mein Wort gegeben«, sagte er kurz und scharf. »Versucht ja nicht, mich hereinzulegen!«

Sol senkte den Blick ein wenig, so dass ihre Augen katzengrün funkelten.

Skille hatte sofort das Gefühl, unnötig streng zu Sol gewesen zu sein, aber er musste sich doch darüber wundern, wie schnell er seine Meinung änderte.

»Wir kehren am Sonntag nach Kopenhagen zurück«, sagte er zahm. »Bis dahin müsst Ihr Euren Besuch erledigt haben und uns bei Glimmingehus wieder treffen. Denn ich habe Richter Strahlenhelm versprochen, Euch wohlbehalten an Bord eines norwegischen Schiffes zu bringen.«

»Selbstverständlich.«

Sol hatte ganz und gar nicht vor, Brösarps Backar so schnell wieder zu verlassen. Doch sie schwieg schlauerweise.

Es dauerte nicht mehr so lange, bis Dag sein Studium abgeschlossen hatte. Und dann mussten sich beide in Norwegen treffen.

Oh, wie viel hatte sie bis dahin zu erledigen!

Dann erreichten sie Schonen und gingen an Land. Zuerst ritten sie über meilenweite Ebenen fort von der Küste. Die Sonne war aufgegangen und schlaftrunkene Lerchen jubilierten unter dem Himmelszelt.

Der Frühling hielt endgültig Einzug in Dänemark. Die Buchenwälder standen im Grün, die Felder dufteten nach frischgepflügter Erde und der Boden war warm und trocken. Sol hatte das Gefühl, innerlich zu zerspringen von dem Freiheitsgefühl, das der Frühling stets mit sich brachte.

In den frühen Morgenstunden ritten sie wahrhaftig schnell! Sols Haar flatterte im Wind, aber es war ein wunderbares Gefühl, und ihr Kleid ließ auch etwas mehr Bein erkennen als ehrbar war, aber das kümmerte sie nicht. Nach all diesen Jahren hatte sie es satt, sich selbst Zwang aufzuerlegen. Sie musste dem, was in ihr wütete, freien Lauf lassen, und sie warf den Kopf nach hinten und lachte in den Wind.

Wenn der Kurier des Königs geglaubt hatte, dass sie ihn bitten würde, doch auf sie zu warten, dann hatte er sich getäuscht. Sol konnte leicht mit ihnen Schritt halten.

Sie verließen die Ebenen mit ihren typischen viereckigen Bauernhöfen dieser Gegend und gelangten in einen dunklen Buchenwald, in dem unzählige Vögel zwitscherten. Sol ritt auf dem schmalen Pfad als Letzte, aber deshalb geriet sie nicht in Rückstand. Sie bemerkte sehr wohl, dass Skille versuchte, hin und wieder das Tempo zu steigern, um sie unter Druck zu setzen, aber das sollte ihm nicht viel nützen.

Am Ende musste er mit Rücksicht auf die Pferde das Tempo drosseln.

Sie kamen auf eine Wiese, und Skille gab Order anzuhalten. Sie waren schon lange unterwegs, und Mensch und Tier brauchten etwas zu essen.

Sol holte die Speisen hervor, die Familie Strahlenhelm ihr mitgegeben hatte. Als die Männer Sols Proviant zu Gesicht bekamen, weiteten sich ihre Augen. Ihr eigener Mundvorrat hatte unleugbar äußerst soldatische Ausmaße.

»Greift ruhig zu«, sagte Sol heiter. »Ich kann nie im Leben all das essen.«

Nach gewissem Zögern griffen sie sehr zaghaft zu.

»Nein, ordentlich!«, sagte Sol. »Ich meine es ehrlich. Der Weg zum Herzen eines Mannes geht durch den Magen, und ich habe vor, euch beide mit meinem unwiderstehlichen Frühstück zu erobern. Hier ist etwas Wein, um eure Stimmung weiter zu lockern.«

Sie sah mit eindeutiger Selbstironie, dass Jørgen breit grinsen musste. Sogar Skille musste etwas die Mundwinkel nach oben verziehen.

Die Männer sagten nicht eben viel, Sol hingegen sprach die ganze Zeit. Ihre Augen strahlten und spielten mit Jørgen, der am Ende nicht mehr wusste, wohin er seine Blicke wenden sollte.

»Ihr könnt Euch die Mühe sparen«, sagte Skille trocken. »Der Junge ist ganz vernarrt in ein kleines Fräulein namens Ottilie.«

Jørgen drehte sich verärgert zu seinem Kameraden um. »Nein, aber ...«

»Oh, was für ein Spaß!«, sagte Sol begeistert. »Hat er ein Mädchen? Wie glücklich du sein musst, dass du eine Freundin hast! Erzähl mir von ihr! Wollt ihr heiraten?«

»Er traut sich nicht, sie zu fragen«, sagte ihr Anführer verächtlich. »Bewundert sie aus der Ferne und seufzt in der Kaserne, so dass man nachts kein Auge zutun kann.«

»Wie sieht sie aus? Ist sie niedlich?«

»O ja«, flüsterte Jørgen. »Aber ich weiß nicht, wie ich mich ihr gegenüber verhalten soll. Ich habe vorher noch nie einem Mädchen den Hof gemacht. Könnt Ihr mir nicht sagen, wie ich das anstellen soll, Jungfer Sol?«

»Natürlich. Aber dabei kommt es darauf an, was für eine Art Mädchen sie ist.«

»Oh, sie ist so rein und ehrbar, wie man es sich nur vorstellen kann. So scheu wie ein Reh.«

»Dann musst du weiterhin keusch sein wie ein Gralsritter«, entschied Sol. »Aber du musst auch wissen, dass du der Stärkere von euch beiden bist, denn solche Mädchen wollen bewundernd zu ihrem Liebsten aufsehen. Sei höflich und abwartend ihr gegenüber, du musst nicht den Schüchternen spielen, denn das bist du, aber du musst sie wie eine richtige Frau behandeln.«

»Ja, auf dem Gebiet habt Ihr wohl Erfahrung«, sagte Jacob Skille barsch.

Mit leuchtenden Augen wandte sie sich ihm zu. »Nein, das habe ich nicht«, sagte sie kalt. »Ich wurde als Vierzehnjährige vergewaltigt und danach hat mich niemand mehr anrühren dürfen.«

Bei sich dachte sie, dass eine kleine Verdrehung der Wahrheit wohl nichts schaden konnte. Es war gewiss eher das Gegenteil der Fall gewesen. Klaus musste ihr jetzt verzeihen.

»Armes Kind«, sagte Skille leise. »Vierzehn Jahre und vergewaltigt.«

Sol spürte, wie etwas Seltsames in ihrem Inneren geschah, ihr wurde ganz heiß vor Wut. Der Mann empfand für sie Zärtlichkeit! Zärtlichkeit! Sie wollte die Bewunderung der Männer, sehen, dass sie sie begehrten. Dann war sie stark, dann fühlte sie sich überlegen und konnte sie auf Abstand halten, auf sie niederblicken. Sie wollte keine Zärtlichkeit! Sie wusste nicht, wie sie damit umgehen sollte.

Sie musste aufstehen und ein paar Schritte fortgehen, um ihn nicht zu ohrfeigen. Die beiden Männer deuteten ihr Verhalten falsch und glaubten, dass die Erinnerung an das vermeintliche Erlebnis sie quälte, so dass sie weggehen musste, damit sie nicht ihre Tränen sahen.

Nachdem sie sich beruhigt hatte, ging sie zurück und warf sich wieder ins Gras. »Wie weit bist du mit ihr?«, fragte sie Jørgen in nachlässigem Ton.

Jørgen errötete wieder. »Ich war mit ihr allein im Garten ihres Vaters. Sie ist ein sehr vornehmes kleines Mädchen, versteht Ihr. Ich war vor Sehnsucht nach einem Kuss ganz krank, aber ich traute mich nicht. Denn ich weiß gar nicht, wie man das macht.«

»Ich auch nicht«, log Sol frisch von der Leber weg. »Dann können wir doch zusammen üben?«

»Aber… das schickt sich wohl nicht.«

»Skille kann es uns beibringen«, neckte Sol die beiden Männer. »Er hat bestimmt schon Kinder und Enkel.«

»Skille, nein! Er ist Soldat, seit er laufen gelernt hat.«

Jacob Skilles Gesichtsausdruck verfinsterte sich. »Enkel!«, zischte er zutiefst beleidigt. »Für wie alt haltet Ihr mich eigentlich, Jungfer Sol? Nein, es ist an der Zeit aufzubrechen und keine Zeit mit solchem Geschwätz zu verplempern.«

Nach dieser Rast jedoch sahen die beiden Männer sie mit anderen Augen. Der junge Jørgen hatte eine Art Bewunderung im Blick, etwas Schmerzliches, als habe er darüber nachgegrübelt, dass es vielleicht mit einer Lektion im Küssen gar nicht so verkehrt wäre. Skille sah sie als armes, wehrloses Kind an, dessen Leben von einem rücksichtslosen Verbrecher zerstört worden war.

Der arme, liebe Klaus ein rücksichtsloser Verbrecher? Sol bekam unweigerlich einen Anflug von schlechtem Gewissen.

Sie hasste Skilles neue, beschützende Haltung. Wenn Sol auf etwas stolz war, dann war es ihre eigene Selbstständigkeit.

Nun trieb er sie auch nicht mehr so gnadenlos an.

Am Ende des Romelebergkammes blieb er stehen. »Ihr könnt hier so lange warten. Ich werde in der Umgegend nach einem Nachtquartier suchen.«

Die Sonne stand am Horizont. Sie befanden sich in einem waldigen Gebiet, und die Drossel sang einsam in den Bäumen. Sol und Jørgen stiegen von den Pferden und reckten sich.

»Da spürt man seinen Hintern«, sagte Sol unverblümt, und natürlich musste Jørgen wieder rot werden. Was glaubte er denn? Dass feine Damen nichts hatten, worauf sie saßen?

Jørgen wollte die Unterhaltung fortsetzen, die sie beim Frühstück begonnen hatten. Sol jedoch hatte die Lust verloren, ihn zu verführen. Er war zu unschuldig und zu grün hinter den Ohren, fand sie. Wie sie zu Dag gesagt hatte: Sie wollte einen haben, der »rangeht«.

Dennoch ließ sie ihn sich etwas vortasten. Ließ ihn ihr Gesicht streicheln und sie mit den Lippen berühren, und sie wies ihn zurecht, als sie fand, er habe sich allzu unbeholfen angestellt. Sie erzählte ihm, welche Worte ihrer Meinung nach eine ehrbare Jungfrau hören wollte, und, begleitet von großem Zweifel, ließ sie ihn die Konturen ihres Körpers abtasten.

Doch weiter wollten beide nicht gehen. »Das ist für

sie eine heilige Sache«, sagte Sol, »du kannst deine Hände nicht beschmutzen, indem du eine andere Frau anrührst.«

Dem stimmte er zu, Sol jedoch sah, dass es ihm schwerfiel. Seine Hände und auch seine Lippen zitterten, und er klemmte auf kindische Weise die Beine zusammen. Sol hatte nicht die geringste Lust auf ihn.

Sie begann, den Sattel vom Pferd zu nehmen, um Jørgen abzulenken. Doch in ihrem Inneren war sie recht unruhig. Ich muss vollkommen gefühlskalt sein, dachte sie bekümmert. All diese Berührungen hätten mich erregen müssen, aber ich fand es nur langweilig.

Jacob Skille kehrte zurück und rettete sie aus der peinlichen Situation. »Ich habe in der Nähe keine Gebäude gefunden. Sollen wir weiterreiten oder sollen wir hier unser Lager aufschlagen?«

»Wir bleiben«, entschied Jørgen. »Ich glaube, die Pferde brauchen Ruhe.«

Und so geschah es. Sol breitete die Decken aus, während sie Jacob Skille von der Seite betrachtete. Er hatte sich verändert, fand sie.

Aber ihr wurde schnell klar, dass sich ihre Einstellung ihm gegenüber verändert hatte. Und sie dachte weiter, dass das an Jørgens unbeholfenen Berührungen liegen musste.

Skille war der Starke, der Anführer, der über sie alle bestimmte. Er war groß und körperlich stark, ein derber Krieger, der an Frauen nicht interessiert war. Wenn sie sein Gesicht studierte, entdeckte sie an ihm eine gewisse Anziehungskraft. Er war kein Adonis, ganz im Gegenteil, seine Augen aber besaßen eine Glut und eine

Schärfe, die sie anzogen. Er hatte gesunde, starke Zähne und braungebrannte Haut. Etwas unrasiert war er, etwas Wasser für Gesicht und Hände hätte nichts geschadet, und auch eine Schere für die wild wuchernden Haare nicht. Sein Körper aber bewegte sich geschmeidig und leicht, den Bewegungen haftete etwas Unwiderstehliches an.

Sol holte tief Luft. Ich bin doch gar nicht so gefühllos, dachte sie.

In all den Jahren, in denen sie Tengel bei der Arbeit mit den Kranken geholfen hatte, hatte sie ihr Interesse an Männern und Erotik gebändigt. Sie hatte solche Angst vor Tengels Wut, dass sie alles getan hätte, um ihn zufriedenzustellen.

Nun aber war die Vaterfigur Tengel, der einzige Mensch auf der Welt, vor dem sie Respekt hatte, weit fort. Sie war frei, ebenso frei von den Banden an Richter Strahlenhelm und seiner Familie und von Dag. Niemand konnte wissen, was sie zwischen dem Abschied in Kopenhagen und ihrer Rückkehr nach Norwegen getan hatte. Diese Freiheit würde sie auskosten!

Auf die eine oder andere Weise. Sie wusste nur noch nicht so genau, wie.

Es war keine Zeit für ein abendliches Gespräch. Nachdem sie die recht spartanische Mahlzeit verzehrt hatten, rollte sich Skille in seine Decke und befahl den anderen, es ihm gleichzutun. Dann wünschte er eine gute Nacht.

Zum Glück lag Sol so, dass Jørgen keine Möglichkeit hatte, sich ihr zu nähern.

Dafür war sie dankbar. Weitere herumfingernde Jünglingsberührungen wollte sie nicht zulassen, und sie ertrug auch keine zitternd in ihr Ohr geflüsterten Worte mehr. Sie bedankte sich inständig für weitere sichtbare und unsichtbare Beweise seines Begehrens. Ottilie konnte ihn unberührt haben.

Wenn sie richtig nachdachte, dann war sie wirklich sehr müde. Außerdem fühlte sie sich nach dem langen Ritt wie ein mürbe geklopftes Stück Fleisch. Es dauerte nicht lange, bis sie eingeschlafen war.

5. Kapitel

Die Geschwister waren in alle Winde verstreut. Zu Hause auf Lindenallee diskutierte Are mit seinem Vater und Charlotte über Forstwirtschaft. In Kopenhagen befand sich Dag im Endspurt seines Examens, und Sol war wegen Hexerei aus Kopenhagen vertrieben worden und ritt jetzt durch Schonen.

Die drei Geschwister waren im Großen und Ganzen glücklich. Schlechter stand es da um Liv, sie war vielleicht diejenige, die das Beste verdient hätte, so aufopfernd und freundlich und so sehr den Menschen zugetan.

In dem wohlhabenden, jedoch nicht sonderlich gemütlichen Haus in Oslo kämpfte Liv ihren fast aussichtslosen Kampf, ihrem Mann zu Gefallen zu sein. Am Tage, wenn er im Kontor war, hatte ihre Schwiegermutter freie Bahn, über das gehorsame Mädchen zu verfügen, und am Abend musste sie dem Ehemann zu Diensten sein. Laurents streichelte ihr abwesend über den Kopf und fragte, wie es seinem kleinen Honigschnäuzchen denn ergangen sei. Er hörte jedoch nicht zu, wenn sie ihm ein wenig von ihrem Tagesablauf erzählte. Nicht, dass so viel zu erzählen gewesen wäre. Und über die Erniedrigungen hatte sie gelernt zu schweigen. Als sie einmal darüber gesprochen hatte, war Laurents scharf geworden und hatte sie der Undankbarkeit bezichtigt. Seine Mutter war alt und hilfsbedürftig, das musste sie doch begreifen – und trug er sie nicht auf Händen? Einmal hatte sie ihn um mehr Selbstständigkeit gebeten, um ihm zu beweisen, wozu sie imstande war. Gern, hatte er geantwortet. Geh in die Küche und bitte den Koch um Erlaubnis, einen Kuchen zu backen, meine Liebe! Danach hatte sie es aufgegeben.

Ihre Schwiegermutter scheuchte sie von ihrem Sofa aus hin und her – an diesem Frühlingstag wie an allen anderen Tagen. Liv rannte das eine Mal nach der Konfektschale, dann um den Spiegel oder den Bierkrug zu holen, dennoch brachte die alte Frau es fertig, ihr ein schlechtes Gewissen einzureden.

»Niemand kümmert sich um meine Qualen«, jammerte die Schwiegermutter und griff sich ans Herz. Auf der falschen Seite, aber das wagte Liv nicht anzumerken. »Mein Sohn redet nur von Geschäften, und meine Schwiegertochter ist zu faul und denkt nicht an meine Wünsche und Bedürfnisse.«

»Was wünscht Ihr denn, liebe Mutter?«, fragte Liv scheu.

»Ach, wie kannst du mir denn helfen, du denkst doch nur an dich! Ich liege hier allein. Vergessen. Gleich nachdem du hinunter zum Essen gegangen bist, bekam ich einen Herzanfall. Mein armes Herz kann nicht damit leben, dass mein Sohn so miserabel verheiratet ist. Hilflos habe ich hier gelegen… einsam… voller Angst…«

»Ich wusste nicht…«

»Ich habe gerufen«, stöhnte die Schwiegermutter.

»Aber niemand hat darauf reagiert. Niemand konnte mir helfen.«

Schuldgefühle durchfluteten Liv, weil sie zum Frühstück hinuntergegangen war. Mit dem schlechtesten Gewissen der Welt fragte sie die Schwiegermutter, ob sie etwas zu essen haben wolle.

Nein, sie habe keinen Hunger. Könne keinen Bissen hinunterbringen. Denn sie habe sich heimlich fünfzehn Sahnepfannkuchen einverleibt. Seit vielen Tagen habe sie keinen Appetit mehr gehabt. Ihr bleibe jetzt nicht mehr viel Zeit. Aber wen kümmere das schon? »Es ist deine Schuld, Liv, wenn ich sterbe. Ich will, dass du das weißt – und es nicht vergisst!«

Liv blickte hinunter auf ihre Hände. »Dann … ist es vielleicht das Beste, wenn ich auch zu Hause bleibe? Die Frau von einem Kollegen von Laurents hat mich heute zu sich eingeladen, wie Ihr wisst, aber wenn Ihr Euch nicht wohlfühlt, Mutter …«

Die Stimme der Schwiegermutter blieb streng. »Ach so, sie hat dich eingeladen und nicht mich! Ja, geh nur, das ist ja mal wieder typisch für dich, dass du nur an dein Vergnügen denkst. Geh nur, nimm auf mich keine Rücksicht, was macht das schon!«

Es war Livs erste eigene Einladung, und sie hatte sich gefreut, für eine Weile aus dem Haus zu kommen, obwohl ihr klar war, dass sie aus reiner Höflichkeit eingeladen worden war. Liv wurde im Bekanntenkreis der Familie Berenius nicht akzeptiert, sie stammte schließlich nicht aus dem Osloer Bürgertum und zählte deshalb nicht mit.

»Ich kann eine Absage schicken.«

»Nein, das wirst du nicht tun. Ich komme gut allein zurecht, ich bin es ja gewöhnt, dass man mich vergisst. Wie schön war es doch, als Laurents und ich noch allein waren. Da hatte er für mich Zeit, und er war seiner alten Mutter gegenüber so aufmerksam. Jetzt hingegen muss er sich abschuften, um seine anspruchsvolle Frau zufriedenzustellen. Er, der er jedes Mädchen aus den wirklich vornehmen Familien hier in der Stadt hätte haben können. Alle jungen Frauen in Oslo waren hinter ihm her, und dann musste er sich eine Jungfer Habenichts vom *Lande* aussuchen!«

Die letzten Worte spuckte sie fast aus.

Liv versuchte, nicht zuzuhören. Sie wusste, dass Laurents und seine Mutter nicht lange allein im Haus gewohnt haben konnten, denn der Vater war kurz vor der Hochzeit gestorben.

Eine andere Sache, über die Liv nachgegrübelt hatte, war die Krankheit ihrer Schwiegermutter. Wenn sie etwas interessierte, Skandale und dergleichen, konnte sie lange Wege gehen. Aber wenn nichts passierte, dann lag sie auf dem Sofa und war so krank, so schrecklich krank ...!

»Ja, wenn es so ist, dass es Euch besser geht, dann gehe ich jetzt«, sagte Liv unsicher. »Habt Ihr alles, was Ihr braucht?«

»Geh du nur«, sagte die ältliche Frau matt.

Sollte Liv wirklich ausgehen dürfen? Sie würde danach wohl eine Ladung von spöttischen Bemerkungen über sich ergehen lassen müssen, aber das machte nichts. Sie fühlte, wenn sie nicht bald aus diesem Haus herauskäme, dann würde sie ersticken. Und nun, nun sollte sie wirklich gehen dürfen! O nein, das sollte sie nicht!

Ihre Schwiegermutter hatte ganz und gar nicht die Absicht, ihr die Freude zu gönnen, etwas anderes zu sehen. Als sie gerade gehen wollte, griff die Schwiegermutter sich an die Gurgel. Ihrem Hals entstiegen einige röchelnde Laute. »Oh, ich bekomme keine Luft! Ich bekomme keine Luft!«

Liv rannte nach dem Riechfläschchen. »Soll ich den Arzt holen?«, fragte sie, als die Schwiegermutter wieder etwas zu sich gekommen war.

»Nein, nein. Wir können einen so beschäftigten Mann nicht mit solchen Bagatellen belästigen. Das würde sich schön ausnehmen, wenn sich nicht meine eigene Familie um mich kümmerte.«

Liv sah das bleiche, leidende Gesicht und resignierte. Sie sandte eine Absage an die Frau, die sie eingeladen hatte.

Kurz darauf genas die Schwiegermutter erstaunlich rasch, und es währte nicht lange, bis ihr alter Gesundheitszustand so weit hergestellt war, dass sie erneut auf der Schwiegertochter herumhacken konnte.

Sol erwachte jäh von einem halb erstickten Schrei. Zugleich setzte Jacob Skille sich auf.

Es war mitten in der Nacht und recht dunkel. Der Mond erhellte ein sonderbares Szenario. Die Pferde wieherten und waren unruhig. Zwei Männer knieten auf Jørgen, der offenbar um sein Leben kämpfte. Auch auf Skille stürzten sich zwei Männer.

Sol schnappte sich einen Stein und schlug ihn mit

voller Kraft auf den Kopf des einen Mannes, der auf Jørgen kniete. Noch bevor der andere aufsehen konnte, hatte sie sein Gesicht schon mit dem Stein zerschmettert.

Jørgen rang nach Luft; offenbar hatten sie versucht, ihn zu erwürgen. Das Blut der beiden Männer lief an ihm herunter, aber Sol hatte keine Zeit, sich damit zu befassen. Sie drehte sich um, um Skille zu Hilfe zu kommen.

Aber das war überflüssig, denn der hatte sein Messer gezogen und den einen bereits getötet. War er doch glücklicherweise rechtzeitig aufgewacht. Nun kämpfte er mit dem anderen Räuber einen Kampf auf Leben und Tod.

Noch bevor Sol sich entscheiden konnte, ob sie eingreifen sollte oder nicht, kam ein anderer Mann aus dem Wald gestürmt und griff sie an. Sol wehrte sich so gut sie konnte, doch er hatte sie von hinten angefallen, und sie konnte nicht verhindern, dass der Räuber sie aufs nächste Pferd warf und mit ihr davonritt. Ihr gelang es immerhin noch, einen Blick nach hinten zu werfen und zu erkennen, dass Skille den anderen Mann getötet hatte und nun auf die Pferde zustürmte.

Sols erbitterte Flüche darüber, dass sie verschleppt werden sollte, mussten den guten Dragoner erschüttert haben. Solche Worte nahm eine wehrlose Jungfrau nicht in den Mund!

Aber wahrscheinlich hörte er sie gar nicht so bei diesem besessenen Ritt. Sol warf sich hin und her, biss und kratzte.

»Beug dich runter!«, hörte sie Skille rufen, während ihr die Zweige eines Baumes ins Gesicht peitschten.

Sie gehorchte unwillkürlich. Ein Schuss erscholl über dem Romelebergkamm, der Räuber schrie auf und breitete die Arme aus. Sie fiel kopfüber vom Pferd und rollte schnell außer Reichweite der Pferdehufe.

Skille sprang vom Pferd. Das andere Pferd lief weiter, kam jedoch auf sein Kommando wieder zurück. Offensichtlich hatte der Räuber Skilles eigenes Pferd genommen. Sicher hat er deshalb so schnell die Verfolgung aufgenommen, dachte Sol finster, wie sie da in stechenden Wacholderbüschen lag.

Doch in Wirklichkeit war sie es, der er Beistand leisten wollte.

»Tut mir leid, dass ich jetzt erst komme, aber es dauert etwas, bis man auf dem Pferd das Gewehr geladen hat. Wie geht es?«, fragte er besorgt.

Sol erhob sich schwankend. »Gut, glaube ich. Das war ein Volltreffer«, murmelte sie, wobei sie ihm in die Arme fiel. Jacob Skille hielt sie fest, ganz offenbar machte er sich Sorgen um sie.

»Was sagst du?«, fragte er.

»Nichts. Mir geht es gut. Du bist groß und stark, weißt du. Wir müssen nach Jørgen sehen.«

»Ja, natürlich.«

Etwas widerwillig ließ er sie los.

Jørgen war nicht ernsthaft verletzt. Ihm fiel das Sprechen schwer, und er hatte einen Messerstich in den Arm abbekommen. Aber er lebte.

»Vielen Dank«, flüsterte er Sol heiser zu. »Du warst sehr schlagfertig.«

»Was?«, rief Jacob Skille aus. »Du hast das hier angerichtet?« Er zeigte auf die beiden Männer mit eingeschlagenem Schädel. Sie nickte heftig.

»Armes Kind«, sagte er. »Wie viel Angst musst du gehabt haben, dass du so etwas Brutales fertigbringen konntest!«

Sol versuchte, vor Angst zu zittern, aber das wollte ihr nicht recht gelingen.

»Das war wirklich selbstlos von dir, wir sind dir sehr dankbar. Solche Schwachköpfe, erdreisten sich, die Kuriere des Königs anzugreifen! Aber das war ihnen wohl nicht klar. Wie geht es dir, Jørgen?«

Der junge Bursche taumelte etwas: »Ich... habe bestimmt viel Blut verloren.«

Erst jetzt stellten sie fest, dass er noch weitere Messerstiche abbekommen hatte.

»Du musst behandelt werden«, sagte Sol und riss ohne mit der Wimper zu zucken einen großen Stoffstreifen aus ihrem Unterrock. »Du musst dich ordentlich ausruhen. Gibt es in der Nähe wirklich kein Haus?«

»Nein«, antwortete Skille. »Es sei denn, wir reiten südwärts zum Meer...«

»Dann lass uns das machen«, entschied sie, während sie Jørgen so gut es irgend ging verband. »Er kann so nicht weiterreiten.«

»Sol hat recht«, sagte Skille. »Du schaffst es nie bis Glimmingehus.«

Jørgen gab nach. Er merkte selber, dass es so besser war.

Als sie ihn auf den Rücken des Pferdes gehievt hatten und ein Stück Weges geritten waren, hielt Sol ihr

Pferd an. »Warte einen Augenblick! Kann ich noch einmal umkehren? Ich möchte gerne für ihre Seelen beten.«

Skille wollte erst protestieren, aber er besann sich. »Du bist ein gutes Mädchen. Sollen wir mitkommen? Du willst dich vielleicht allein nicht wieder diesem Anblick aussetzen?«

»Nein, nein, das ist nicht nötig. Ich mache mir nur Sorgen, dass uns ihre Geister verfolgen könnten.«

»Ich verstehe. Wir warten.«

Sie eilte zurück und sprang vom Pferd. Nachdem sie sich davon überzeugt hatte, dass ihre Weggefährten sie nicht sehen konnten, ging sie zu einem der toten Räuber, einem älteren Mann mit langem grauweißem Haar. Es war einer von denen, die Skille getötet hatte, deshalb hatte er keinen zertrümmerten Schädel.

Sol lachte in sich hinein, während sie ihm das Haar abschnitt. Dann machte sie einen Knoten in das Büschel Haare und steckte es in ihr Bündel. Danach eilte sie zurück zu Skille und Jørgen.

»Nun ist es gut«, sagte sie fromm. »Friede ihren Seelen!«

Skille murmelte leise etwas, und dann setzten sie ihren Ritt fort, nun südwärts, wobei die beiden Unverletzten je zu einer Seite von Jørgen ritten, um ihn aufrecht zu halten.

Nicht lange danach gelangten sie zu einer kleinen Ansammlung von Höfen. Beim ersten hielten sie an, weckten die Bewohner und erzählten ihnen von dem Überfall.

»Ach ja«, stöhnte der Bauer. »Die fünf haben uns

schon lange zu schaffen gemacht! Dann mussten sie durch die Trabanten von König Christian ins Gras beißen! Dafür sei euch gedankt! Ich hoffe, das war für die junge Dame nicht zu viel!«

Sie und Skille wechselten Blicke. Es war schließlich die junge Dame, die ihnen gewissermaßen auf die Zehen gestiegen war.

»Wenn sie einen so mutigen Krieger wie Seiner Majestät Trabanten Jacob Skille in Reichweite hat, dann ist jede Jungfrau sicher«, sagte sie schüchtern.

Skille wandte sich ab und murmelte etwas Unverständliches.

Die Hofbewohner versprachen, sich bestens um Jørgen zu kümmern. Sol stellte fest, dass sie eine niedliche junge Tochter besaßen. Gut für Jørgen, dachte sie. Diese ehrbare pingelige Ottilie schien langweilig zu sein. Er konnte es bestimmt brauchen, sich einmal in den Armen eines handfesten Bauernmädchens auszuruhen.

Dann ritten nur noch zwei durch die mondblaue Nacht. Doch es dauerte nicht lange, bis der Mond verschwand und graue Wolken den Himmel bedeckten. Eine Weile darauf, lange vor der Morgendämmerung, setzte auch Regen ein.

Dann hatten sie das Meer erreicht.

»Verdammt noch mal«, fauchte Skille durch die Zähne. »Ich kann dich einem solchen Sauwetter nicht aussetzen, vor allem nicht nach allem, was du heute Nacht erlebt hast. Und so zart und zerbrechlich wie du bist. Ich glaube, da hinten liegt ein Fischerdorf. Da schlüpfen wir unter.«

Das Fischerdorf bestand bei näherer Betrachtung aus

zwei alten, verfallenen Bootshäusern. Wenn sich Höfe in der Nähe befanden, so waren sie jedenfalls von dort aus nicht zu sehen.

Skille ging in eine der Fischerhütten, und Sol folgte ihm, völlig durchnässt und vor Nachtkälte zitternd. Zart und zerbrechlich? Ja, ja. Man lernt im Leben doch nie aus.

»Die ist seit Jahren nicht gebraucht worden«, sagte Skille, und seine Stimme hallte in der leeren, grauen Hütte wider. »Hier können wir die Pferde unterstellen, und die andere nehmen wir für uns.«

Nun goss es in Strömen. Die Wellen der Ostsee schlugen regelmäßig an den Strand. Die Pferde schienen sich zu freuen, dass sie ein Dach über den Kopf bekamen, und Sol erging es verständlicherweise ebenso.

»Du frierst«, konstatierte Jacob Skille, während er in dem Bootshaus eine Pritsche bereitete. »Willst du dich hier hinlegen, dann gehe ich zu den Pferden.«

»Nein«, sagte sie rasch. »Da gibt es keine vernünftige Stelle, an der man sich hinlegen könnte. Und ich will nicht allein bleiben.«

»Das verstehe ich«, sagte er mitfühlend. »Du bist durchgefroren und hast Angst. Ich werde bei dir bleiben, und du kannst dich auf meine Ehrbarkeit verlassen.«

Er verhielt sich ihr gegenüber in der Tat hervorragend. Sol war so viel Umsicht nicht gewohnt. Zuerst wusste sie nicht richtig, wie sie das aufnehmen sollte, doch als sich Wärme in ihrem Körper ausbreitete, entspannte sie sich allmählich und genoss es. Sie ließ sich von seinen großen Händen warm reiben und verabreichte ihm reichlich Wein aus dem Fässchen, das sie vom Richter mitbekommen hatte, und trank selbst auch einen ordentlichen Schluck. Zum Schluss packte er sie und sich in Decken und legte den Arm um sie, damit sie warm würde und sich sicher fühlen könnte. Sie hörte auf zu zittern.

»Geht es dir gut?«, flüsterte er und zog sie näher zu sich heran.

»Sehr gut«, murmelte Sol. »Weißt du übrigens, wo Nachtschatten wachsen?«, fragte sie aus einem plötzlichen Einfall heraus.

»Nachtschatten? Was ist das?«

Nein, diese Frage hätte sie sich sparen können.

Kurz darauf schlief sie ein. Und Jacob Skille auch.

Er, der hartgesottene Krieger, der bis dahin Frauen als etwas ansah, für das er keine Zeit hatte, hatte einen sonderbaren Traum.

Er schwebte und schaukelte in einem sonderbaren Meer, in dem das Wasser nicht Wasser war, sondern eine weiche und bequeme Unterlage. Er war von ätherischen Zauberwesen umgeben. Eins davon trat näher zu ihm, er griff nach ihr – und willig kam sie zu ihm, schmiegte sich an seinen Körper, eine behagliche Wärme ausstrahlend. Was Jacob Skille spürte, war ihm aus seltenen, geheimen Träumen bekannt, nur war es jetzt viel stärker, viel heftiger. Seine Hände tasteten nach dem Unterleib dieser wundersamen Gestalt, wo sich zwischen all den Kleidern die größte Verlockung der Welt zu befinden schien. Seine Finger suchten sich ihren Weg, sie half etwas nach, und schon lag sie bloß da. Die Haut war warm an seinen Händen, die sich weiter vorantasteten, bis sie auf etwas Heißes und Feuchtes trafen. Jacob presste sich mit zuckendem Körper näher an sie, und eine unerträgliche Hitze schmerzte in seinem Unterkörper. Seine eigenen Kleider waren im Weg, aber zierliche, kleine Finger tasteten sich voran und fanden, was sie suchten …

Auch Sol hatte geträumt, erwachte jedoch schneller. Sie sah sofort, was vor sich ging, sah, dass der große Krieger einen Traum ganz besonderer Art hatte und gar nicht merkte, was er tat. Vorsichtig legte sie sich zurecht, half seiner Hand etwas nach und verspürte selbst ein Verlangen. Ein kribbelnder Eifer erfüllte sie. Als sie selbst bereitlag, fingerte er an seiner Hose herum, erhitzt und atemlos, ohne hinzufinden. Sogleich war ihre Hand zur Stelle. Sie schnappte nach Luft, als sie sein Geschlecht fand und die Bereitschaft ihres Körpers spürte.

Da erwachte er. Sol wandte sich ab und stellte sich schlafend. Sie hörte seinen erschrockenen Seufzer über das, was er hier tat, aber sie presste sich so an ihn, so dass er nicht widerstehen konnte.

Als er in sie eindrang, »erwachte« sie, wimmerte wie ein ängstliches Hundebaby und sah mit großen Augen in sein Gesicht.

Skille war vor Schreck wie versteinert, konnte aber nicht aufhören.

»Jacob?«, flüsterte sie verwundert. »Jacob!«

Sie schlang die Arme um seinen Hals, ihr Körper beantwortete seinen Rhythmus, und so waren beide mit der süßen Arbeit der Erotik beschäftigt.

»Vergib mir«, flüsterte er, als sie ermattet nebeneinander auf der Pritsche lagen. »Ich weiß nicht, wie das kommen konnte. Ich habe geträumt …«

»Ich auch, Jacob«, murmelte sie. »Ich auch, das war wohl der Lauf der Natur. Wir sind beide so allein gewesen.«

»Ja. Danke, dass du es so gut aufnimmst.«

»Bitte.«

»Das war himmlisch, Sol, wahrhaft himmlisch.«

»Dann wirst du also in Zukunft etwas mehr auf Mädchen achten?«

Er war erschrocken. »Aber für mich gibt es nur dich, das verstehst du doch! Ich habe nicht vor, dich jetzt im Stich zu lassen!«

»Oh, mein lieber Jacob«, sagte sie etwas wehmütig. »Ich muss Dänemark verlassen. Und ich will nicht meine Achtung vor dir verlieren, wenn du dich deinem Dienst entziehst. Lass uns die kurze Zeit, die uns noch bleibt, aneinander erfreuen. Und einander in Herzlichkeit gedenken! Du hast mir ein fantastisches Erlebnis beschert, mir, die ich geglaubt habe, dass ich die Nähe eines Mannes nicht ertragen könnte. Du hast mich geheilt, du hast mich dieses schreckliche Erlebnis von damals vergessen lassen.«

»Habe ich das? Dann bin ich glücklich.«

Noch einmal waren sie zusammen, im Morgengrauen, ehe sie weiterzogen. Dieses Mal spielten sie mehr und waren einander vertraut und offener, lernten voneinander ein bisschen über alle Mysterien auf dem Gebiet der sinnlichen Liebe.

Als sie sich an der Wegkreuzung nahe Glimmingehus trennten, wussten sie, dass sie sich innerhalb weniger

Tage wiedersehen würden. Und beide freuten sich darauf. Sie nahmen Abschied, und der eine begab sich auf den Weg zu der Burg, die sich so majestätisch in der Ebene erhob, während die andere sich nach Brösarps Backar auf den Weg machte.

Sol jagte am Ostseestrand nordwärts. Es schien, als liebe es das Pferd, sich auf dem harten Sand auszutoben, auf den Sonnendunst zu, der vor ihnen lag.

Das Meer lag in weichem Nebel, die Wellen waren lang und schläfrig. Hier und dort brach sich ein Sonnenstrahl auf dem Wasser und ließ die graublauen Pastellfarben in schrille Lichtblitze zersplittern.

Sie hatte sich den Weg am Meer entlang vorangefragt. Nun war sie dem Ziel nahe. Ein Fischer jedoch, der ihr gerade begegnet war, hatte ihr teilweise den Mut genommen. Vorsichtig hatte sie sich nach Brösarps Backar erkundigt, und sie hatte ihm weisgemacht, sie frage aus Furcht, Hexen zu begegnen …

»Hexen?«, hatte er lachend geantwortet. Was hatte man ihr da nur für alte Märchen aufgetischt? Nein, in Brösarps Backar konnte sie sich vollkommen sicher fühlen, nur die Älteren faselten noch etwas von Hexen.

Ihre Hoffnung sank, und in Sol breitete sich eine verzweifelte Stimmung aus. Doch sie wollte mehr wissen. Was erzählten die Alten?

Nein, wenn sie vor vielleicht hundert Jahren gekommen wäre, dann wäre sie womöglich in die Fänge von Hexen geraten. Wenn sie sich dann zu den Geröllgräbern und Steinen und Hügeln aus der heidnischen Zeit durchgeschlagen hätte. Aber jetzt …? Nein, jetzt herrschte Friede in Brösarps Backar.

Sol hatte in die Sonne geblinzelt, um ihre sonderbaren, entlarvenden Augen zu verbergen. Sie hatte sich bedankt und gesagt, dass sie erleichtert sei. Mit listigen Fragen jedoch hatte sie gleichwohl erfahren, wo die Allerältesten des Dorfes wohnten.

Sie hatte nicht vor, aufzugeben. Wenn sie schon ihren Seelenverwandten so nahe gekommen war, dann musste sie weitersuchen, bis sie die schwere Gewissheit darüber hatte, ob sie die Einzige in Skandinavien war, die diese speziellen Gaben besaß. Ja, von Tengel einmal abgesehen natürlich. Doch ihn zählte sie nicht mit.

Ihren Sorgen zum Trotz verspürte sie ein wehmütiges Glück, diese schöne Landschaft sehen zu können. Und als endlich Brösarps Backar vor ihr lag, dachte sie, dass das einer der schönsten Flecken auf der Erde sein musste. Erst das malerische Ha Väng draußen an der Küste, und dann sanfte Hügel, bedeckt von Schlüsselblumen und Kuhschellen, mit den kleinen südschwedischen »Rückenbergkammhäusern« hier und dort an den Hängen bis hinaus zum Linderödsbergkamm.

Oh, wie schön war es hier! Es tat richtig weh!

Sie ritt weiter und fand den Weg zum Haus der Alten. Dort passierte sie ein Steingrab. Könnte es vielleicht hier gewesen sein …?

Warum waren sie fort?, klagte sie. Ihre Sehnsucht nach einem Gespräch mit Gleichgesinnten verdoppelte sich jetzt plötzlich, als habe sie ihre einzige Hoffnung verloren.

Endlich erreichte sie das Häuschen, das der Fischer ihr beschrieben hatte. Sie stieg vom Pferd und band es an einem blühenden Apfelbaum fest.

Sie wurde von zwei alten gebeugten Menschen freundlich aufgenommen. Auch zu essen bekam sie, und das tat gut, denn in ihrem Eifer, ihr Ziel zu erreichen, hatte sie vollkommen vergessen, etwas zu sich zu nehmen.

Hier konnte sie nicht so tun, als habe sie Angst vor Hexen, weil sie notgedrungen eingehende Fragen stellen musste. Sie war gezwungen, sich etwas Neues auszudenken.

Sie sagte, ihre Großmutter habe ihr erzählt, dass sie sich jede Donnerstagnacht bei Vollmond hier versammelten – und nun wollte sie gerne wissen, ob die Geschichte wahr sei.

Die alte Frau drüben am Ofen rührte geschäftig in einem Kessel.

»O ja«, sagte der alte Mann. Er senkte seine Stimme. »Das stimmt durchaus. Ich habe sie selbst gesehen! Einmal als Kind, bevor sie fortgejagt wurden.«

Sol spürte, wie ihr Herz einen Sprung tat. »Fortgejagt wurden? Dann sind sie also nicht von selbst ausgestorben?«

»Nein, der Hauptmann von Glimmingehus kam mit mehreren Männern, um sie mitzunehmen. Doch da waren sie schon gewarnt worden und hatten die Flucht ergriffen. Ja, es war übrigens meine Mutter, die sie gewarnt hatte.«

Sol empfand starke Sympathie für seine Mutter.

Der Mann bekam einen träumerischen Gesichtsausdruck, während er sprach.

»Ach, ich erinnere mich gut daran, wie ich sie gesehen habe, es ist, als wäre es gestern gewesen. Ich bin mitten in der Nacht von einem seltsamen Gesang aufgewacht, und weil es Sommer und warm war, schlich ich mich hinaus. Und da habe ich sie gesehen.«

Sol wusste, dass ältere Menschen manchmal ein etwas unzulängliches Gedächtnis haben. Doch das traf in der Regel auf die Ereignisse zu, die sie auf ihre alten Tage erlebt hatten; die Erinnerung an ihre Kindheit war oft kristallklar. Sie sah, wie der Alte bei ihren Fragen auflebte, als ob er fühlte, dass seine Erzählung von Bedeutung war.

Er ging vor Sol hinaus. Die Frau folgte ihnen.

»Dort drüben. Dort bei dem Steingrab habe ich sie gesehen. Es waren viele, sie sind von weither gekommen, um sich hier zu versammeln. Weil sie sich ja nur im Sommer versammeln konnten, wie Ihr sicher versteht.«

Ganz leicht war das allerdings nicht, Sol sprach Norwegisch und die beiden die hiesige Sprache, aber die Verständigung funktionierte doch einigermaßen.

Eine Weile stand sie da und starrte in die Luft.

»Und dann hatten sie auf einem Stein etwas liegen, um das sie sich versammelt haben«, fuhr er fort. »Nie im Leben habe ich solche Angst gehabt wie damals!«

»Ihr sagt, sie sind geflohen. Wohin?«

Das alte Paar wechselte Blicke.

»Das war vor hundert Jahren«, sagte Sol. »Dann können sie doch unmöglich jetzt noch leben? Ich will bloß ihre Spuren verfolgen, nicht jemandem etwas Böses antun. Die Behörden sind nicht gerade meine Freunde.«

»Na, hundert Jahre«, lachte der Alte. »So alt bin ich denn nun auch wieder nicht.«

»Nein, natürlich nicht«, lächelte Sol, »verzeiht mir. Wie viele Jahre kann es denn her sein, dass Ihr sie gesehen habt?«

Er blinzelte beim Nachdenken. »Ja, das kann wohl so ungefähr an die sechzig Jahre her sein. Ich bin jetzt ein paar Jahre über siebzig, und damals muss ich wohl so um die zehn, zwölf Jahre alt gewesen sein. Ja, das kann schon hinkommen.«

»Sechzig Jahre her?« Sols Hoffnung stieg. Die Hoffnung stieg um vierzig Jahre!

»Aber Ihr wisst nicht zufällig, welche Richtung sie eingeschlagen haben?«, versuchte Sol sich.

»Eine hat meiner Mutter etwas erzählt«, sagte er zögernd. »Aber ich weiß nicht …«

»Ach was, so lange danach kann es nichts mehr schaden«, sagte die Frau. »Von denen lebt doch jetzt niemand mehr! Der Hauptmann hat sie sicher vor Ewigkeiten geschnappt!«

»Na ja«, sagte der Mann nach langem Nachdenken. »Aber ich habe meiner Mutter versprochen, es niemals zu verraten.«

Sol kramte in ihrem Beutel. Noch besaß sie die Silbertaler der Dame, die sie auf dem Schiff nach Dänemark begleitet hatte. Besser als hier könnte sie sie nicht anlegen, dachte sie. Nicht allein um ihretwillen, sondern auch wegen der alten Leute. »Hier, nehmt diese beiden, für jeden einen.«

Die Alten machten große Augen. Mit zitternden Händen nahmen sie das Geld in Empfang. So viel hatten sie noch nie besessen, sagten sie.

Sie gingen sofort ins Haus, um das Geld zu verstecken, und Sol hörte, wie sie drinnen miteinander sprachen.

»Das ist doch eine sehr nette Frau«, sagte der Mann. »Und so hübsch anzusehen!«

Die Frau sprach leise, aber nicht leise genug. »Sie ist eine von *ihnen*, hast du das nicht gemerkt! Wir müssen Stahl hinter ihr herwerfen, wenn sie wieder fort ist.«

»Neeeeh«, sagte der Mann glotzend. »Das meinst du doch nicht wirklich! Eine von ihnen. Oh, Herr Jesus!«

Mit erschrockenem Blick trat er wieder vors Haus.

Sol entschloss sich, offen zu sein. »Ja, ich bin eine von ihnen«, lächelte sie freundlich. »Aber ihr habt nichts zu befürchten. Ganz im Gegenteil. Ich habe ein Gegenmittel gegen Euer wundes Bein, liebe Mutter, und auch etwas gegen Eure Erkältung, Vater – wenn Ihr es denn annehmen wollt?«

Nachdem sie einander lange und gründlich gemustert hatten, nahmen sie die Arznei. Sie waren begeistert.

Dann bekam Sol endlich die Auskünfte, die sie wünschte.

Sie musste sich ins Landesinnere begeben. Weit in den Wald hinein bis zu einem Bach. Sie erhielt erneut eine Beschreibung, die diesmal von vielen Dankesworten begleitet wurde, als sie sich auf nach Brösarps Backar machte.

Doch sie kam nicht umhin, im Bach das Platschen einer Axt zu hören, die direkt hinter ihr ins Wasser gefallen war. Da lächelte sie finster.

Auf diese Weise bekomme ich gewiss ganz Schonen zu sehen, dachte sie bei sich. Aber das machte nichts. Das Wichtigste ist, dass ich finde, wonach ich suche.

Es war nicht schwer, der Beschreibung zu folgen, der Weg jedoch war lang. Vorbei an dem großen und bedrohlichen Schloss Vittskövle, über weite Ebenen und durch dunkle Wälder, zu einem kleinen Dorf im Landesinneren. Tollarp hieß es. An dem Dorf vorbei und dann weiter nach Westen in die tiefen Wälder hinein.

Vor sechzig Jahren... Sie musste verrückt sein, wie konnte sie nur glauben, dass noch jemand übrig war.

Nein, eigentlich glaubte sie das auch nicht. Aber sie setzte ihren Weg dennoch aus einer Art verbissenem Trotz fort – als wolle sie den Becher bis zum letzten Tropfen leeren.

Ansgars Klyfta hieß die Kluft, auf die sich die Hexen als zukünftigen Treffpunkt geeinigt hatten. Bei jedem Vollmond im Sommer. Da konnten im Jahr nicht viele Versammlungen zusammenkommen.

Zum Glück hatte Sol noch genug Zeit. Lange suchte sie nach der richtigen Stelle, denn sie traute sich nicht, die Leute in den kleinen Bauerndörfern danach zu fragen, an denen sie vorbeikam.

Und während sie in der Gegend umherritt, suchte sie zugleich auch nach etwas anderem. Nach Nachtschatten, auch Bittersüß genannt – dieses Kraut fehlte ihr für den Ritt zum Blocksberg. Bei jeder Rast hatte sie den Strand abgesucht. Nun suchte sie im Wald, unter den Bäumen – ohne genau zu wissen, worauf sie eigentlich achten sollte. Hanna hatte ihr die Pflanze nie richtig beschrieben, und das Bild von Hanna begann allmählich zu verblassen, wenn die Verbindung zu ihr auch noch immer vorhanden war. Die Verbindung zwischen zwei Menschen, die einander voll und ganz verstanden.

»Hanna«, flüsterte sie. »Warum lässt du mich wieder allein? Warum musste dieser Heming Vogtmörder dein Leben auslöschen, unsere Zusammenarbeit zerstören? Ich bin so allein auf der Welt. Hanna. So unendlich allein.«

6. Kapitel

Während Sol in den frühlingsgrünen Buchenwäldern umherirrte, stand Liv am Fenster des prächtigen Kaufmannshauses und betrachtete den Matsch in Oslos Straßen. Trostlos prasselte der Regen nieder. Das Gefühl von Schwere im Bauch wollte sich nicht legen, und ebenso wenig der Missmut in ihrem Herzen.

Nervös und ruhelos trommelte sie an den Fensterrahmen. Wenn sie doch nur irgendeine Beschäftigung hätte! Doch was auch immer sie sich zu tun vornahm, bereitete ihr ein nur noch schlechteres Gewissen. Durfte sie das tun? War dies oder jenes einer Ehefrau gestattet? Wie sollte sie das nur je lernen können, sie, die erzogen worden war, dort mit anzupacken, wo sie gebraucht wurde – in einer Atmosphäre von Liebe und Umsicht für andere. Die dazu erzogen worden war, stets ans Wohlergehen anderer zu denken, dafür zu sorgen, dass sie das machen durfte, wobei sie sich wohlfühlte, das, was sie glücklich machte. Hier bekam sie Schelte, wenn sie an der falschen Stelle mit anpackte – und wenn sie nicht an der richtigen Stelle mit anpackte. Aber wo war die richtige Stelle? Und was war die falsche? Das schien sich jeden Tag zu ändern.

Wie es wohl der Familie auf Lindenallee ging?

Dort regnete es jetzt sicherlich auch. Dann tropfte es immer von den Linden und die Allee hinunter rann ein kleiner Bach. Und auf dem Hof bildete sich ein See, genau dort, wo man die Treppe hinunterging. Vater hatte in all den Jahren vorgehabt, etwas dagegen zu unternehmen, doch wenn der Regen aufgehört hatte, vergaß er es gleich wieder. Are würde wohl jetzt derjenige sein, der für die Entwässerung vor der Treppe sorgte.

Die anderen Geschwister waren in Dänemark und kehrten wohl bald nach Hause zurück. Sie jedoch würde nicht nach Hause fahren. Sie hatte Lindenallee und Gråstensholm für alle Zeiten verlassen; und Laurents wies ihren Vorschlag, sie zu besuchen, stets damit ab, dass er gerade im Augenblick keine Zeit habe. »Und du sollst dich nicht zu oft dort aufhalten«, pflegte er zu sagen. »Diese sonderbaren Menschen! Charlotte von Meiden ist doch für ihren Stand ein Schandfleck, so radikal wie sie ist. Und obendrein auch noch eine ledige Mutter …«

Liv wusste, dass Laurents Charlotte zur Strafe gern am Pranger gesehen hätte, so wie es mit allen ledigen Müttern gemacht wurde. Und alle, sogar der Kindsvater, hatte das Recht, sie zu bespucken oder Steine nach ihnen zu werfen. Dem war Charlotte entronnen, und das gefiel Laurents ganz und gar nicht. Solche Nachlässigkeit trug zum allgemeinen Sittenverfall bei.

Liv konnte sich die liebenswerte, freundliche Charlotte nicht am Pranger vorstellen. Natürlich wusste Laurents nichts davon, dass der kleine Dag einmal zum Sterben im Wald ausgesetzt worden war – das konnte und wollte Liv ihrem Mann nicht erzählen.

»Ja, dein Vater verdient ja gutes Geld, so dass ich ihn akzeptieren kann«, fuhr Laurents fort, wenn er von ihrer Familie sprach. Doch immer schwang ein verächtlicher Unterton mit. »Aber sonst ist er reichlich merkwürdig, das musst du doch zugeben! Und gut aussehend ist er, Gott erbarme mich, auch nicht gerade!«

Liv hatte ihren Vater immer als das Schönste auf der Welt angesehen. Niemand hatte so liebevolle Augen wie er.

»Dein Bruder Are ist auch ganz brauchbar. Er redet wenigstens so, dass man ihn verstehen kann, auch wenn er nur ein Bauer ist. Aber auch deine Mutter ist viel zu radikal, findest du nicht? Geht barhäuptig, als lebte sie in Sünde mit deinem Vater! Von ihr hast du all die Schludrigkeit im Haushalt geerbt, ist es nicht so? Und diese törichten Grillen. *Bilder zu malen!*«

Niemals im Leben hätte Liv gewagt zu verraten, dass sich hinter Silje Meister Arngrim verbarg, den Laurents so sehr bewunderte, dass er sich eine Tapete von ihm wünschte. Die bekam er nicht, da Meister Arngrim allzu viele Bestellungen hatte. Und Schludrigkeit im Haushalt? Liv begriff seinen Vorwurf nicht. Zu Hause sagten sie immer, dass sie die perfekte Hausfrau sei – im Gegensatz zu Silje. Hier jedoch hatte sie ganz andere Pflichten zu erfüllen. Hier sollte sie schalten und walten, der Dienerschaft Befehle geben und zur Stelle sein, wenn Laurents oder seine Mutter einer Handreichung bedurften.

Liv mochte die Bediensteten nicht herumkommandieren. Zu Hause pflegten sie mit ihnen einen freundlichen Umgangston und übernahmen selbst einen Teil der Hausarbeit, wenn es nötig war. Hier war alles so schwierig!

Sie wusste, dass Laurents in Bezug auf Sol sonderbar verunsichert war. Er war von ihrem Wesen bezaubert, doch zugleich durch ihre Persönlichkeit und Sicherheit abgeschreckt. *Und* durch ihr mangelndes Interesse oder Bewunderung für seine Person. Er hatte über Sol viele hässliche Dinge gesagt, wenn sie nicht anwesend war.

Laurents war Dag nie begegnet. Liv lauerte schon darauf, welche Fehler er wohl an ihm entdecken würde.

Waren denn alle in ihrer Familie so unerträglich? Wenn ja, dann wäre sie betrübt darüber. Aber das konnte sie sich nicht vorstellen, sie hatten schließlich so viele Freunde.

Ihre Schwiegermutter hielt Mittagsschlaf. Das war die schönste Zeit des ganzen Tages, Livs kleine halbe Stunde. Doch mittlerweile hatte sich alles derart in ihr verkrampft, dass sie sich nicht mehr entspannen konnte.

Der Regen schlug gegen das Fenster. Ein Diener betrat das Zimmer. Liv ging vom Fenster fort und tat so, als habe sie etwas herumzupusseln.

Weit, weit fort von Livs Haus in Oslo, unten in Schonen hielt Sol das Pferd an.

Tollarp? Sollte sie nicht bald dort sein?

Sie hatte das ungute Gefühl, vom Wege abgekommen zu sein.

Verdammt noch mal! Dazu hatte sie keine Zeit.

Sie ritt eine Weile aufs Geratewohl, ohne Anzeichen einer menschlichen Ansiedlung entdecken zu können. Niemanden zum Fragen. Und die Zeit ging dahin.

Die Landschaft war so hügelig, dass sie wusste, dass

sie in der Gegend vom Linderödsbergkamm sein musste. Wonach sie suchte, war Tollarp – oder ein Fluss, der durch dieses Dorf fließen sollte.

Aber auch einen Fluss konnte sie nicht entdecken.

War denn dieser Teil von Schonen ganz unbewohnt?

Und wenn sie nicht aufpasste, dann konnte sie ins Revier der Schnapphähne geraten – und von dort war es nicht mehr weit bis nach Schweden. Aber was, wenn sie schon in Schweden war?

Nein, das konnte nicht sein.

Im selben Moment hörte sie in der Nähe Stimmen. Sie trieb das Pferd voran und kurz darauf öffnete sich der Wald zu einer mit Eichen bewachsenen Ebene.

Dort drüben, bei einem Zaun, stand eine Gruppe Landsknechte. Ihr rohes Gelächter hallte unter dem Frühlingshimmel wider.

Sol hatte vor ihnen keine Angst, und sie hatten auch keine Pferde bei sich, auf denen sie sie hätten verfolgen können. Dennoch blieb sie im Schutz der letzten Bäume stehen und betrachtete sie stirnrunzelnd.

Was in aller Welt hatten sie dort verloren?

Heftige Röte der Abscheu überzog ihr Gesicht. Sie zog das Pferd einige Schritte zurück unter die Bäume.

An den Zaun hatten sie eine Frau vornübergebeugt festgebunden. Den Rock hatten sie ihr über den Kopf gestülpt, und nun vergingen sie sich der Reihe nach von hinten an ihr.

Sol stieß zwischen den Zähnen einen Fluch aus. Es waren viele Männer. Zwölf bis fünfzehn Stück. Von der Frau konnte sie nicht mehr erkennen, als das geschundene, nackte Hinterteil und Anzeichen dafür, dass sie bis zu dieser Schandtat noch Jungfrau gewesen war. Ein verzagtes, schniefendes und schluchzendes Weinen erreichte Sol. Das Weinen minderte die Munterkeit ihrer Schänder nicht im Geringsten.

Nun war ein neuer Schurke zum Angriff bereit. Rasch holte Sol ihre langen Goldketten hervor und hängte sie sich um den Hals. Holte ihren hochherrschaftlichen Hut hervor, band ihr Haar zusammen und steckte es unter den Hut. Dann machte sie sich hübsch, so gut sie es konnte und setzte sich mit den Beinen zu einer Seite im Damensitz auf den Sattel.

Innerhalb eines Augenblicks hatte sich das lebensfrohe junge Mädchen in eine würdige Edelfrau verwandelt.

Sie ritt los.

»Halt!«, rief sie gebieterisch dem Mann zu, der mit seinem Werkzeug im höchsten Anschlag im Begriff war, auf die arme Frau am Zaun loszugehen.

Erstaunt drehten sich alle um.

»Binde die Frau los, du erbärmlicher Nichtsnutz«, sagte Sol bissig, ohne zu ahnen, wie schön und imponierend sie sich ausnahm.

Den Soldaten stand der Mund offen.

Schließlich überwand einer den Schock.

»Hah, bist du vielleicht Kommandant? Wo du noch nicht einmal unsere Sprache sprichst! Komm runter vom Pferd, dann kriegst du dieselbe Medizin zu schmecken.«

»Das fällt mir gar nicht ein«, sagte sie eiskalt und verächtlich. »Ihr seid viel zu hässlich und unbedeutend.«

Sol hütete sich davor, vom Pferd abzusteigen. Dort oben war sie sicher.

»Wenn ihr sie nicht augenblicklich losbindet, dann wird es euch schlecht ergehen«, sagte sie langsam mit halb geschlossenen Augen.

Einige zögerten, da sie vornehmer Herkunft zu sein schien und sie sie verraten könnte. Der Mann jedoch, der zur Vergewaltigung bereit war, grinste nur.

»Hast du vielleicht vor, mich aufzuhalten?«

»Ja.«

Die einfache Antwort brachte ihn für einen Augenblick aus dem Konzept, doch dann drehte er sich um und ging auf die Frau zu. Er blieb mit dem Rücken zu Sol stehen. »Wie denn?«

»Du kannst nicht«, säuselte Sol. »Du schaffst es nicht, deine Manneskraft hat dich verlassen.«

Sie lachten wieder roh, und der Mann, der mit dem Rücken zu ihr stand, lachte am allerlautesten. Er ging ganz zu dem Mädchen heran.

Dann blieb er ruckartig stehen.

»Zum Teufel«, sagte er.

Er begann, vor Angst und Gram zu heulen. »Zum Teufel! Zum Teufel!«

Die anderen standen fassungslos da. Sol nutzte die Stille. »So wird es jedem ergehen, der sie anrührt.«

»Du Satanshexe!«, sagte er weinerlich, wobei er sich dem Pferd näherte. Er konnte nicht ahnen, dass das einzige Mittel, dessen Sol sich bedient hatte, etwas Psychologie war. Und, selbstredend noch etwas Suggestionskraft.

»Fass mich nicht an, du Schwein, du räudiges Gewürm«, sagte sie kalt und deutlich. »Jedem, der sich an ihr oder mir vergreifen will, widerfährt das gleiche Schicksal wie dir, unter dem du dein ganzes Leben lang leiden wirst.«

Sie hatten einige Schritte auf Sol zu gemacht, nun jedoch blieben sie zögernd stehen. Sie saß so aufrecht im Sattel, und ihre Augen waren so gelb und eigenartig, dass sie sie dazu brachte, sich eines anderen zu besinnen. Alle hatten bei jedem ihrer Worte die Begierde sinken fühlen. Einer solchen Zukunft wollten sie tunlichst entgehen.

»Verschwindet von hier«, sagte Sol gleichgültig und ungeduldig. Jetzt war sie mit den Schurken fertig. »Verschwindet, und ihr könnt dankbar sein, dass ihr so billig davongekommen seid.«

»Das soll der Landvogt erfahren«, versuchte der eine von ihnen, ihr zu drohen.

Sol heftete ihre gelbgrünen Augen auf ihn. »Davor würde ich mich an deiner Stelle in Acht nehmen«, sagte sie mit mühsam unterdrücktem Zorn. »Tu das, und ich werde dich verhexen, ohne in deiner Nähe zu sein.«

»Mir machst du keine Angst«, sagte der Mann mit etwas zittriger Stimme. Ganz offensichtlich war ihm vor den anderen daran gelegen, sein Gesicht nicht zu verlieren.

»Kriech auf der Erde wie ein Hund«, sagte Sol tonlos.

Zur Verwunderung aller Kameraden sank er auf die Knie und winselte wie ein feiger Hund. Er krabbelte vor ihr auf Händen und Füßen.

Das war zu viel für die tapferen Landsknechte. Nach

kurzem Zögern machte einer von ihnen in Sols Richtung ein beschützendes Zeichen mit dem Zeigefinger und dem kleinen Finger – wie das Horn des Teufels. Dann rief einer: »Kommt, Kameraden!«

Und wie aufgescheuchte Hasen sprangen sie über Stock und Stein, gefolgt von einem kläffenden »Hund«.

Sol erlöste ihn von der Hypnose, und er stolperte vornüber. Dann rannte er, als sei ihm Satan höchstpersönlich auf den Fersen.

Sie wartete ab, bis sie nur noch kleine Punkte in der Ferne waren. Erst dann stieg sie vom Pferd und ging zu der Bedauernswerten, die weinend am Zaun festgebunden stand.

»Oh, mein Gott«, murmelte sie, als sie der Frau den Rock über ihr geschundenes Körperteil legte. »Was für Bestien!« Sie bückte sich und löste die Riemen, mit der die Frau an den Zaun gebunden war.

Eine blonde Haarmähne verdeckte das Gesicht, aber Sol konnte am Kopf und an den Armen erkennen, dass die Frau nicht alt sein konnte. Am Ende half sie der Armen, sich wieder aufzurichten.

»Aber um Himmels willen!«, rief sie beinahe. »Wie alt bist du?«

Das Mädchen war vor lauter Schluchzen kaum in der Lage, zu antworten. »Dreiheizehn Jahare.«

»Nein, aber liebes Kind«, sagte Sol, wieder einmal fast zu Tränen gerührt, ohne daran zu denken, dass sie selbst gerade vierzehn gewesen war, als sie den jungen Klaus verführt hatte. Aber das war schließlich etwas vollkommen anderes.

Etwas so Wehrloses wie dieses Kind hatte sie noch nie

gesehen. Das verweinte Gesicht machte den Eindruck, als sei es einmal rund und robust gewesen, nun jedoch hatten Armut und Hunger sie bis an die Grenzen des Erträglichen ausgezehrt. Auch ihren Kleidern und ihrem Haar war die Armut deutlich anzusehen.

»Jesus Maria«, murmelte Sol, wobei sie etwas Gras nahm, um dem Mädchen die Innenseite der Schenkel abzuwischen. Du brauchst ein gründliches Bad! Aber zuerst müssen wir fort von hier. Und ich brauche deine Hilfe, denn ich habe mich verirrt. Wie komme ich nach Tollarp? Oder besser gesagt in das Gebiet westlich von Tollarp?«

Das Mädchen bemühte sich, ihr hysterisches Weinen zu dämpfen. »Da seid Ihr schohon.«

»Wirklich? Da sollte ein Fluss sein, der westlich von Tollarp vorbeifließt. Oben in den Hügeln.«

»Der Fluss fließt hinter der kleiheinen Hügelkette dort drüben.«

»Na, das ist gut zu wissen. Rauf aufs Pferd mit dir!«

»Soll ich wirklich?«

»Natürlich. Nun mach schon!«

Das Mädchen unternahm einen Versuch, gab dann aber mit einem kläglichen Heulen auf. »Mir tut alles weh!«

Sol musste ihr hinaufhelfen. Der Schock hatte dem Kind allen Mut, alle Lebenskraft geraubt. Sie musste im Damensitz reiten, alles andere hätte zu wehgetan.

Sol zog es vor, nebenherzugehen und das Pferd zu führen. Mama Silje würde es nicht gern sehen, wenn sie mit Läusen nach Hause käme. Darin war Silje immer unbeschreiblich streng gewesen, und die Kinder hatten unendlich viele schmerzhafte Kuren durchmachen müssen, um unerwünschtes Ungeziefer wieder loszuwerden.

Zum Glück lag der Fluss in anderer Richtung, als die Landsknechte gelaufen waren. Sie seien nach Tollarp abgehauen, erklärte das Mädchen – und dorthin zog es sie und Sol überhaupt nicht, weil sie bereits westlich des kleinen Dorfes waren.

»Wie heißt du?«, fragte Sol.

»Meta.«

»Wohnst du in der Nähe?«

»Ja. Nein. Nicht mehr.«

»Was soll das heißen?«

Das Mädchen hob die Hand, um sich die Tränen abzutrocknen, und das führte dazu, dass sie unter den Augen dunkle Ringe bekam. »Ich wohne nirgends«, piepste sie. »Ich gehe die Straßen entlang und bettle um Almosen.«

»Aber hast du denn keine Eltern? Gehörst du nicht zu irgendeinem Hof?«

»Nein, meine Mutter war Tormädchen. Sie ist dieses Frühjahr gestorben. Seitdem bin ich unterwegs und nicht mehr zu Hause gewesen.«

Tormädchen? Ein feineres Wort für Hure, dachte Sol.

»Aber du warst vorher selbstverständlich noch Jungfrau?«

»Oh, ja. Meine Mutter wollte unbedingt, dass es mir nicht so wie ihr ergehen würde.«

»Und dann musste dir das passieren!«

»Die wussten, wer meine Mutter war, dass sie nicht verheiratet war«, sagte sie beschämt. »Die wollten es mir beibringen.«

Sol biss die Zähne zusammen. »Ich hätte sie in Pflastersteine verwandeln sollen und sie ihre Gefühle behalten lassen. Dann könnten Menschen sie mit harten Schuhen in Stücke trampeln!«

Meta blieb stumm.

Vielleicht habe ich sie nun erschreckt, dachte Sol. Sie schaute zu dem Mädchen auf. »Es wird schon alles wieder gut«, sagte sie und presste ein Lächeln hervor. »Aber wo hast du mit deiner Mutter gewohnt?«

»Am Fluss. Wir sind auf dem Weg dahin.«

»Gut.«

Der Weg war ziemlich lang, selbst dann noch, als sie den Fluss erreicht hatten. Das Schluchzen ließ allmählich nach, dennoch klammerte sich ein immer noch kümmerliches und zutiefst unglückliches Mädchen an dem Pferd fest, in ihrem Versuch, nicht auf ihrem Po zu sitzen.

Endlich deutete Meta auf eine baufällige Kate, die Sol nicht gesehen hatte. Am ehesten glich sie einem Erdhügel. Sie bat das Mädchen, abzusteigen.

Meta zögerte. »Ich glaube … wir sollten nicht hineingehen.«

»Warum nicht?«

»Ich … will nicht.«

Dummes Zeug, dachte Sol. Du musst doch ein Zuhause haben.

Doch dies war nicht gerade der richtige Platz zum Wohnen, so dunkel und düster, wie es hier war.

Sie entdeckte eine Art Eingang und beugte sich vor, um hineinzugehen.

Im finsteren Inneren der Hütte zuckte sie zusammen.

Ein halb verwester Leichnam lag gleich vorn auf einem Bett.

Um alles in der Welt, hatte sie nicht einmal die Mutter begraben können?, dachte Sol entmutigt. Niemand, mit dem sie hätte reden, niemand, der ihr hätte helfen können. Nun ja, sie musste mitnehmen, was sie brauchten, hier konnte das Kind nicht bleiben.

Sie fand einen brüchigen Kochtopf ohne Henkel.

Dann ging sie wieder hinaus, und mit einem kräftigen Ruck an einigen Pfeilern brachte sie den gesamten Erdhügel über der Toten zum Einsturz.

»So. Das ist jetzt ihr Grab. Friede sei mit ihr«, murmelte Sol und fabrizierte geschwind ein beschützendes Amulett, das sie auf den Erdhügel fallen ließ. So würden sie nicht vom Geist der Toten verfolgt werden. Sol betete eigentlich nie, doch dem Mädchen zuliebe fertigte sie ein Kreuz aus Weidengerten an. Sie selbst hatte nichts übrig dafür, was *sie* Aberglauben nannte.

Meta weinte noch immer still und mutlos. Sie setzten ihren Weg am Fluss noch eine Stunde fort. Dann kamen sie an eine Stelle, wo der Fluss ruhig floss. Sol entfachte ein Feuer.

Es war ein schöner Platz, etwas offen auf beiden Seiten des Flusses, so dass er sich zu einem kleinen Teich ausbreitete. Während das Wasser im Topf kochte, holte sie für das Mädchen etwas zu essen heraus. Die Kleine stürzte sich derart darauf, dass Sol sie bremsen musste.

»Du wirst noch krank, wenn du so schnell isst«, warnte Sol sie.

Nach dem Essen erhob sich Sol. »So, du bist fertig, dann können wir anfangen.«

Meta sah erstaunt auf. »Womit denn?«

»Dich sauber zu machen, natürlich! Raus aus den Kleidern und rein in den Fluss mit dir!«

»Ins Wasser? Nein«, heulte das Mädchen erschrocken. »Das ist lebensgefährlich!«

»Zu baden? Ja, du scheinst wohl wasserscheu zu sein. Nein, so ein Bad ist nicht gefährlich. Ganz im Gegenteil!«

»Nein, ich traue mich nicht.«

Es endete damit, dass auch Sol sich ausziehen und Meta mit ins Wasser ziehen musste. Vorher jedoch hatte sie Lauge hervorgeholt und dem Mädchen über dem Topf in lauwarmem Wasser Gesicht und Haare gewaschen. Meta schrie und glaubte, sie müsse sterben. Es wurde auch nicht besser davon, dass Sol ihr den Körper mit Birkenreisig abrieb, bis die Haut rot brannte.

»Schau mal!«, rief Sol, sie musste rufen, um Metas Weinen zu übertönen. »Nun schau schon in den Topf! Siehst du, da schwimmt eine Schicht Läuse und Flöhe, und Gott weiß, wie gut sie bei dir gelebt haben. Nun aber ab in den Fluss, damit wir auch den Rest noch hinter uns bringen!«

Das darauffolgende Heulen musste meilenweit zu hören gewesen sein. Doch Sol war fest entschlossen, und stärker war sie auch – auch wenn ihr das Kind mit seiner schrecklichen Angst leidtat. Aber es musste sein.

Und als Meta zum Schluss entdeckte, wie herrlich das Wasser sich am Körper anfühlte, entspannte sie sich mit einem Aufschluchzen. Ein vorsichtiges, zitterndes Lächeln huschte über ihr Gesicht.

»Das Bachpferd tut mir nichts?«, fragte sie zaghaft.

»Mutter hat immer gesagt, dass ich nicht zu nahe an den Fluss gehen soll, weil da das Bachpferd wohnt.«

Sol begriff, dass das Bachpferd eine hiesige Variante des Nöck sein musste. »Vor dem hast du also Angst. Das ist mein Freund.«

Abermals schaute Meta sie an, als frage sie sich, wer Sol denn nur sein mochte. Doch bereitwillig legte sie den Kopf nach hinten ins Wasser, so dass Sol ihr ordentlich das Haar ausspülen konnte. Sie musste sogar darüber lachen, wie sonderbar es war, die Ohren unter Wasser zu haben.

»Ich höre den Bach dort drüben an den Klippen brausen«, lachte sie.

»Das hört sich wie Sturm an!«

Schließlich beschloss Sol, dass Meta nun sauber war.

»Wie schön Ihr seid«, sagte Meta, als die beiden Mädchen Hand in Hand wieder aus dem Wasser stiegen.

»Ja«, sagte Sol einfach. »Für Mädchen ist das ein großer Vorteil, glaub es mir! Du wirst auch hübsch, wenn du nur etwas Fleisch auf die Rippen kriegst und alle Flohbisse weg sind.«

»Aber nie so schön wie Ihr«, sagte Meta bewundernd.

Nein, das wäre auch noch schöner, dachte Sol mehr aufrichtig als bescheiden.

Sol hatte zwei Kleider zum Wechseln dabei und eins davon gab sie Meta. Nach einer Weile stand Meta am Ufer. Die kleine, unglückliche Gestalt war glänzend rein. Sol hatte ihr das kräftige, aschblonde Haar geflochten und sie hatte ihr auch ein Mittel gegeben, das ein eventuell aufkeimendes Leben in ihr töten würde, nach dieser brutalen Behandlung, der die Landsknechte sie unterzogen hatten.

Sol holte einen Spiegel hervor und ließ Meta sich darin betrachten.

»Na, Sauberkeit ist gar nicht so verkehrt, oder?«

Das Mädchen strahlte sein eigenes Spiegelbild an wie eine Sonne.

»Wie fein ich bin«, sagte sie schüchtern. »Und was für ein schönes Gefühl es ist, sauber zu sein! Danke, Euer Gnaden! Dass eine so vornehme Frau wie Ihr so nett sein kann, das hätte ich nie geglaubt!«

Da lachte Sol, dass es weit zu hören war. »Ich und nett? Das höre ich zum ersten Mal! Vergiss eins nicht, Meta, ich tue nur das, was mir Spaß macht, nichts weiter.«

Daran glaubte sie in der Tat selbst.

»Nun wirst du hierbleiben, bis ich wieder zurück bin«, sagte Sol. »Ich habe einiges zu erledigen, und dabei kann ich dich nicht mitnehmen. Das dauert vielleicht drei, vier Tage. Bau dir eine Hütte aus Tannenzweigen, das schaffst du schon. Und dann wollen wir sehen, was aus dir werden soll. Gibt es einen großen Hof in der Nähe?«

»Ja, den gibt es wohl. Die Gyllenstiernes wohnen auf Fulltofta. Und draußen beim See liegt Bosjökloster. Und dann Vittskövle. Mutter war da überall bekannt.«

Berüchtigt, möchte ich meinen, dachte Sol.

»An Vittskövle sind wir vorbeigeritten, das ist weit von hier. Dann wollen wir hören, ob sie dich auf Fulltofta oder Bosjökloster als Magd gebrauchen können. Willst du?«

»Ja, wenn ich so fein bin, darf ich vielleicht fragen«,

sagte Meta geniert. »Aber Ihr müsst das schöne Kleid wieder zurückhaben.«

»Unsinn, nein, den alten Fummel«, sagte Sol, bereute jedoch sofort ihre arrogante Ausdrucksweise. Im Vergleich zu den Kleidern des Mädchens war das der Gipfel des Wohlstandes. »Nein, so habe ich das nicht gemeint, Meta, ich habe nur Spaß gemacht. Aber du kannst es behalten.«

Meta wäre vor lauter Glück fast in Tränen ausgebrochen. Und Sol kam sich edel vor. Eigentlich ein schönes Gefühl.

Das kleine Häuflein Elend hauchte jämmerlich: »Lasst mich nicht allein, Euer Gnaden!«

»Ich muss.«

»Versprecht, dass Ihr zurückkommt!«

»Hast du Angst?«

»Ein bisschen. Wilde Tiere und Gespenster und so…«

»Die gibt es hier nicht. Das kann ich dir garantieren. Aber ich verspreche dir, dass ich zurückkomme. Hier, nimm das Messer, ich habe noch eins. Dann fühlst du dich etwas sicherer. Und denk nicht mehr daran, was passiert ist!«

»Das kann man nicht so leicht vergessen, Euer Gnaden.«

»Nein, da hast du ganz recht. Weißt du übrigens, wo Ansgars Klyfta liegt?«, fragte Sol nach einer kurzen Pause.

»Ja, ungefähr, aber da ist es gefährlich! Da geht es direkt in den Abgrund, wird erzählt. Da wohnt der Teufel.«

Wie nett, dachte Sol bei sich. Hätte nur ein Abgrund existiert, dann hätte sie sich bereitwillig hineingestürzt. Die Vorstellung kam ihr sehr verlockend vor.

Sie lächelte schräg. »Geschwätz! Und hast du den Eindruck, dass ich Angst vor ihm habe?«

»Nein.«

Den Weg dorthin erklärte Meta etwas vage. Es schien nicht schrecklich weit entfernt zu sein.

»Weißt du, ob hier am Fluss Nachtschatten – Bittersüß – wachsen?«

»Was ist das?«

Sol seufzte, verabschiedete sich und ritt davon.

Der Regen über Oslo hatte aufgehört. Aber Liv stand wieder am Fenster – denn sie hatte nichts anderes zu tun, wagte keine Arbeit in die Hand zu nehmen.

Ihre Schwiegermutter hatte beschlossen, an jenem Tag gesund zu sein, und war auf Besuch bei einer Nachbarin, um den neuesten Klatsch zu erfahren.

Jemand trat durch die Haustür ein.

Da war der wohlvertraute Knall, der verriet, dass Laurents nach Hause gekommen war.

Liv krümmte sich. Die Schmerzen im Bauch wurden immer stärker. Dann nahm sie sich zusammen und empfing ihren Mann mit einem Lächeln. »Guten Tag, Berenius«, begrüßte sie ihn. »Ihr seid früh zu Hause.«

Sie durfte nicht Laurents sagen, das sei zu vulgär. Liv war gegenteiliger Ansicht, hatte sich jedoch wie stets gefügt.

Er strahlte, als er sie sah.

»Da bist du also, mein kleines Herz!«, sagte er und

schlang die Arme um sie. »Wie gut dir das Kleid steht! Ja, das habe ich mir gedacht. Ich habe ja schließlich den Stoff ausgesucht. Und wie geht es dem kleinen Engel heute, hm?«

»Gut«, antwortete sie mit einem steifen Lächeln. »Ganz gut, danke. Mir ist nur etwas langweilig, wenn Ihr nicht im Haus seid.«

Er wandte sich ungeduldig ab. »Das höre ich nicht zum ersten Mal. Ich tue alles für dich, trage dich auf Händen. Du hast keinen Kummer, keine Sorgen, brauchst nicht das Geringste zu tun, und dennoch beklagst du dich.«

»Vergebt mir«, flüsterte Liv. »Ich werde es nicht mehr sagen. Könnt Ihr nicht etwas vom Kontor erzählen, Berenius?«

»Was?«, lachte er. »Soll ich dich mit Dingen belästigen, von denen du nicht das Geringste verstehst? Sei jetzt nicht dumm, Liv.«

»Nein, ich meinte bloß … Eine Ehefrau sollte das Leben und die Schwierigkeiten ihres Mannes teilen. Das möchte ich so gern tun.«

»Nein, weißt du was! Wir teilen das Leben hier zu Hause. Das, was sich draußen abspielt, das ist mein Ressort.«

»Aber ich bin im Rechnen ganz gut«, sagte sie eifrig. »Und ich habe eine schöne Handschrift, sagt man. Könnte ich Euch nicht im Kontor helfen? Dann könnten wir zusammen sein, und ich käme etwas raus aus … O nein, Verzeihung!«

Sein Gesicht hatte sich gewittergrau verfinstert und mit einem Ruck riss er eine Reitpeitsche von der Wand.

Liv hatte damit schon vorher Bekanntschaft gemacht und sie winselte wie ein kleiner Hund, als sie vor ihm davonlief. Sie lief von Zimmer zu Zimmer, dicht gefolgt von ihrem Mann.

»Halt!«, rief er. »Halt, du undankbares Mädchen!«

Liv zwängte sich in eine Ecke des hintersten Zimmers. Die Peitsche sauste durch die Luft. Nicht kräftig, doch schmerzhaft genug.

»Wie kannst du es wagen, auch nur anzudeuten, dass *du* mir bei meiner Arbeit behilflich sein könntest?«, fauchte er mit Schaum in den Mundwinkeln. »Rechnen. Du – eine Ehefrau? Wie kannst du es wagen, so eingebildet zu sein?«

Liv kauerte sich noch mehr zusammen. Angesicht ihrer Hilflosigkeit verging ihm die Wut. Er ließ die Peitsche fallen und ergriff ihre Hand. »Nein, aber schau, was habe ich mit meiner kleinen Taube gemacht«, sagte er reumütig. »Schau, das Patschhändchen blutet!«

Unermüdlich küsste er das Blut fort, drückte ihr die Hand und zog sie zu sich heran. »So, so, weine nicht mehr, meine kleine Taube. Dein starker Mann ist hier und kümmert sich um alles, du weißt doch, dass ich dich über alles auf der Welt liebe und nur dein Bestes will. Es tut mir so weh, dass ich dich züchtigen muss, aber wir müssen doch deine dummen Wahnvorstellungen vertreiben, nicht wahr?«

Liv kam langsam zu sich und richtete sich wieder auf. Sie nickte heftig, aber ihre Augen waren die eines verletzten Tieres.

»Nun ist alles wieder gut«, sagte er. »Und heute Abend, meine Liebe, werden wir uns ein kleines Schäferstündchen machen, was? Die kleine Taube wird ihrem Mann das doch nicht verwehren?«

Mit größter Willenskraft hielt sie ein Schaudern zurück. Sie kannte ihre Schäferstündchen. Die waren bloß für ihn gedacht. Sie sollte dabei vollkommen passiv sein und seine Annäherungen dankbar annehmen.

7. Kapitel

Die Sonne war untergegangen, doch noch immer war es taghell, als Sol plötzlich an einer tiefen Kluft Halt machte – fern ab von der nächsten menschlichen Ansiedlung, tief in der dunkelsten Wildnis.

Sie war müde, hungrig und mutlos, nachdem sie den ganzen Nachmittag und Abend planlos umhergeritten war.

Wonach suchte sie eigentlich? Nach einem verlassenen Ort, der schon vor Ewigkeiten seine Funktion verloren hatte?

Nun gab es nur noch sie allein. Was machte sie dann hier?

Mit einem Seufzer sah sie in die Tiefe hinunter.

Verkohlte Überbleibsel einer Zeremonie am Boden der Kluft sprachen eine deutliche Sprache.

Dies musste Ansgars Klyfta sein.

Wohl kaum nach dem Ansgar benannt, der Skandinavien christianisiert hatte! Und in den Abgrund kam man auch kaum hinunter. Sol konnte von dort aus, wo sie stand, den gesamten Boden überblicken. Der war über und über mit Gras bewachsen. Auf was für Ideen die Leute kamen!

Eine Feuerstelle, die oft benutzt worden war …

War es vorstellbar, dass noch immer jemand existierte?

Nein, das mussten Spuren von Holzfällern oder anderen Waldarbeitern sein.

Sie durfte sich jetzt nichts einreden!

In ihrer tiefen Einsamkeit jedoch, in diesem fremden Land, tief im Wald war Sol nahezu entschlossen, am nächsten Abend, bei Vollmond, diesen Ort wieder aufzusuchen. Würde sie vielleicht eine Nachricht oder Vibration von den Toten empfangen können, die sich hier vor Zeiten versammelt hatten? Sie wollte versuchen, sich ein kleines bisschen mit ihren Seelen verbunden zu fühlen, sie, die ein exotischer Vogel in der Welt der gewöhnlichen Menschen war.

Traurig machte sie sich auf die Suche nach einer Stelle, an der sie und das Pferd übernachten konnten.

Der Vollmond stand über dem Meer, über den Steingräbern bei Brösarps Backar und über Ansgars Klyfta tief im unheimlichen Wald weit im Landesinneren. Der Wind hatte zugenommen, und Sols Haare flatterten. Sie hatte sich ganz in Schwarz gekleidet, und die Haarsträhne, die sie dem alten Räuber abgeschnitten hatte, war oben an einem Stab festgebunden. Der starke Wind wisperte und peitschte gegen den langen Stock.

Der Donnerstagabend war gekommen, und sie wanderte durch den Wald zur Ansgars Klyfta.

Schon von weitem roch sie es – den Rauch eines Feuers. Und beim Näherkommen sah sie eine dichte Rauchsäule aus der Kluft aufsteigen und sich zwischen den Baumwipfeln ausbreiten. Das Herz schlug ihr schneller.

Holzfäller, dachte sie. Aber was machten die nachts hier draußen?

Köhler? Aber sie hatte in der Nähe keinen Kohlenmeiler gesehen.

Sol blieb am Rande der Kluft stehen und schaute hinunter.

Dort unten brannte ein Feuer. Drei Menschen saßen davor, drei einsame Menschen. Zwei davon waren Frauen. Was machten Frauen um diese Zeit hier?

Sie unterhielten sich untereinander, konnte Sol erkennen. Sie stocherten mit Stöcken in der Glut, sie …

Sol schloss die Augen und holte tief Luft.

Es *waren* Hexen! Sie konnten nichts anderes sein.

Sie blieb lange reglos stehen.

Bald werden sie mich entdecken, dachte sie. Ich muss dramatisch aussehen, so wie ich hier stehe, mit Kleid und Haar im Wind flatternd, und mit meiner erhobenen Völvastange. Der Mond steht zudem noch hinter mir.

Sol hatte immer Sinn für dramatische Auftritte gehabt.

Sie hatte den Gedanken noch nicht zu Ende gedacht, als eine der Frauen den Blick hob und aufgeregt auf sie zeigte. Die anderen beiden sprangen erschrocken auf. Reglos blieben sie stehen, während Sol die steile Böschung hinunterkletterte.

Sie ging fast ganz zu ihnen heran. Sie war etwas unsicher, weil sie jetzt mit langen Blicken taxiert wurde.

Es folgte eine lange Stille. Sol bemerkte abwesend, wie angenehm es in der windgeschützten Kluft war.

»Seid willkommen, Tochter des Eisvolkes!«

Sol zuckte zusammen. Die Frau, die auf sie gezeigt und sich nicht erhoben hatte, sprach sie an. Ihre Stimme war heiser.

»Ihr kennt mich? Ihr kennt das Eisvolk?«

Die Frau bat sie, Platz zu nehmen, und die anderen beiden setzten sich ebenfalls wieder.

»Nein, dich kenne ich nicht«, die alte Frau lächelte übers ganze Gesicht. »Aber der Name des Eisvolkes ist in unseren Kreisen hoch angesehen. Und deine Augen lassen an deiner Zugehörigkeit keinen Zweifel. Doch soweit ich weiß, haben sie bis vor etwa fünfzehn Jahren in Trøndelag gelebt, dann sind sie ausgerottet worden. Wie kommt es dann, dass du hier bist?«

»Das ist eine lange Geschichte«, sagte Sol. »Aber ich habe von meiner alten Tante Hanna von den Hexen in Brösarps Backar gehört, und weil ich fast als Einzige vom richtigen Eisvolk übrig geblieben bin, habe ich mein ganzes Leben Sehnsucht nach diesem Ort gehabt.«

»Hanna?«, sagte die Alte. Sie war in einen dunklen Umhang und einen Schal gehüllt, so dass Sol kaum ihr Gesicht erkennen konnte. »Hanna? Meine Großmutter hat einmal von einer Hanna vom Eisvolk gehört, die große Kräfte besaß. Kann es vielleicht sie gewesen sein?«

»Das ist gut möglich. Alles, was ich kann, habe ich von ihr gelernt.«

»Aber wie hast du hierher nach Brösarp gefunden?«, fragte die andere Frau.

Sol lächelte. »Wer im Leben nur einen Wunsch hat, sorgt dafür, dass er erfüllt wird. Nein, ein altes Ehepaar hat mir geholfen, weil sie begriffen, wohin ich gehöre. Die Landsknechte des Vogtes stoßen bei ihnen auf eine Mauer des Schweigens.«

»Gut«, sagte die Frau.

Sol war so glücklich, sie hätte sterben können. Sie boten ihr zu essen an, einfaches Brot und Wasser, und sie konnte die drei genauer beobachten, während sie sie ausfragten.

Die alte Frau hatte glatte und schöne Haut wie ein junges Mädchen, ihr Haar aber war weiß, und Zähne hatte sie keine mehr. Die andere Frau war mittleren Alters und von so schlechter Gesundheit, dass Sol fürchtete, sie könne auf der Stelle umfallen. Bleich und mager war sie, und weder der Schal noch das Feuer schienen ihr genug Wärme zu spenden. Ihr Haar war graublond und strähnig, und die Gesichtshaut war allzu früh erschlafft. Ihr Husten war die ganze Zeit trocken und krächzend.

Der Mann war ein seltsamer, stiller Mensch, schwer einzuordnen. Hochgewachsen und ungelenk, die Glieder erschienen zufällig zusammengesetzt, und sein Gesicht mit den traurigen Augen war langgezogen. Seine Handgelenke trugen tiefe Spuren von den Handeisen des Landvogtes.

Aber Sols Besuch ließ sie anscheinend aufleben.

Als Sol ihnen von ihren Abenteuern erzählt hatte, wollte sie nun auch von denen der anderen hören. Und was sie nun zu hören bekam, waren Erzählungen über ein erbärmliches Leben in ständiger Angst und Furcht.

Der Mond war aus ihrem Blickfeld verschwunden. Die Nacht umgab sie mit Dunkelheit – doppelt so dunkel vor der sicheren kleinen Welt des Feuers, fand Sol.

»Ach, wir sind nur noch so wenige«, seufzte die alte Frau. »Und das ist ja auch kein Wunder, so wie die Kirche und die Obrigkeit gegen uns vorgehen. Wenn sie *uns* nicht finden, nehmen sie, wen sie kriegen können. Du weißt, Mädchen, dass sie es nicht so genau nehmen. Gewöhnliche, harmlose Frauen, die nicht einen Funken mit Zauberei zu tun haben, nehmen sie auf den Wink eines bösen Nachbarn gefangen. Mein Herz weint oft über diese Unglückseligen. Wir, die wir wirklich diese unerwünschten Gaben besitzen, die wir trotzdem so sehr lieben, müssen zehnmal so vorsichtig sein. Vor fünfzig Jahren waren wir in Dänemark noch ganz viele. Nun ist nur noch eine Handvoll übrig. Die meisten davon siehst du hier.«

Und das sind nicht viele, dachte Sol. Die beiden Frauen würden wohl kaum den Winter überleben. Auch der Mann machte keinen gesunden Eindruck, er hatte nicht mehr lange zu leben. Und dann? Was blieb dann noch? Eine leere Welt!

»Ich bin in Norwegen wahrscheinlich die Einzige«, sagte Sol. »Abgesehen von meinem Onkel, aber er ist zur anderen Seite übergelaufen. Er will seine Kraft nur zum Handauflegen und zur Heilung von Kranken einsetzen.«

Die Frau schaute sie aus klugen Augen an.

»Nein, du bist nicht die Einzige, Kind. Du hast Gesellschaft bekommen.«

Sol sprang auf. »Wo? Wen?«

»Nicht wen. Welche.«

»Sind es *viele*?«

Die Alte nickte. »Die Schwenderfinnen sind von Osten nach Schweden gekommen. In die Wälder von Ångermansland, Dalarna und Värmland. Von dort aus haben sie sich allmählich nach Westen begeben, und in den tiefen Solørwäldern in Norwegen kannst du sie antreffen. Dort roden sie Land. Sie brennen die Wälder ab und säen. Unter ihnen gibt es begabte Männer und Frauen.«

Sols Augen leuchteten. »Dorthin muss ich irgendwann einmal! Glaubt mir, mein Leben ist so schrecklich einsam gewesen. Obwohl ich von einer rücksichtsvollen Familie umgeben gewesen bin, die ich liebe.«

Der Mann nickte. »Wir kennen deine Einsamkeit. Es ist unsere eigene.«

Sie sah auf seine Handgelenke. »Du warst in den Fängen des Landvogtes?«

»Ja. Lange habe ich in einem Verlies geschmachtet. Oh, du weißt nicht, wie es dort aussieht, liebes Kind. Nimm dich in Acht, gefangen zu werden! Es kommt vor, dass sie ihre Gefangenen immer wieder monatelang vergessen. Ich habe Frauen gesehen, die in so zerlumpten Kleidern zum Feuer geführt wurden, dass sie ihnen vom Körper gefallen sind.«

»Wie bist du rausgekommen?«

Er lächelte mit langen Pferdezähnen. »Durch Zauberkraft. Ich unterwarf den Willen des Gefangenenwärters.«

»Großartig!«, sagte Sol voller Bewunderung.

»Aber das dauerte seine Zeit. Danach, als ich wohlbehalten draußen war, war ich nach der wochenlangen Willensanstrengung so erschöpft, dass ich mehrere Tage schlafen musste. Ich lasse mich nie wieder einfangen.«

»Das verstehe ich. Oh, ich bin bei euch so glücklich! Ich will recht lange bei euch bleiben!«

»Nein«, sagte die jüngere der beiden Frauen. Sie

sprach Dänisch, während die andere Frau aus Schonen war. »Nein, meine hervorstechendste Eigenschaft ist es, das Geschick eines Menschen zu erraten. Du musst nach Hause. Sofort! Jemand dort braucht dich.«

»Mich? Wer?«

»Das weiß ich nicht. Ich weiß bloß, dass ein Mensch, den du sehr gern hast, leidet. Und nur du kannst ihm helfen.«

Sol war sehr ernst geworden. »Wie kann ich denn helfen?«

»Scheu keine Mittel! Ich weiß, dass du da nicht so viele Bedenken kennst.«

»Du weißt viel«, sagte Sol langsam und verscheuchte einen Nachtschwärmer, der in dem verlockenden Feuerschein Selbstmord begehen wollte.

»Ja, ich weiß viel von dir. Ich habe vor einer Weile deine Hand genommen, erinnerst du dich? Da sah ich vieles, das den Landvogt Augen und Ohren aufsperren und den Henker nach seiner Axt greifen lassen würde. Du bist wirklich etwas ganz Besonderes – und eine von uns. Fahr nach Hause, Sol! Wir würden dich schrecklich gern hierbehalten, weil du uns neues Leben gegeben hast. Aber dein Platz ist jetzt dort.«

Sol nickte eifrig. »Ja! Wenn es jemandem schlecht geht, dann fahre ich. Sobald ich kann.«

»Du sagst, du liebst deine Familie?«, fragte die Alte plötzlich. »Das kann ich kaum glauben.«

»Warum?«

»Weißt du denn nicht, warum ihr Eisvolk genannt werdet?«

»Doch. Weil unser Tal so abgelegen war, dass man

unter einem Gletscher hindurchmusste, um dorthin zu gelangen.«

»Falsch. Ihr heißt so, weil ihr mit Eis im Herzen geboren seid. Du kannst niemals einen anderen Menschen lieben. Männer bekommen deinen Körper, aber niemals deine Liebe. Weil du nämlich keine hast. Nicht du, denn du bist vom echten Schlag.«

Aber das stimmt nicht, dachte Sol verzweifelt. Oder stimmt es doch?

Jemanden mögen? Ja. Aber lieben …?

Tengel denn? Wenn nicht er Silje liebte, dann gab es auf der Welt nichts, was man Liebe nennen konnte! Aber Tengel war wohl im Grunde nicht vom »echten Schlag«. Tengel war eine Mischung aus dem Besten im Menschen und den bösen Unterströmungen im Blut des Eisvolkes.

Sie selbst hingegen … Ja, was war sie eigentlich? Und was bedeutete das Wort *Liebe* für sie?

Mit wehmütigem Blick schaute sie tief in den Wald hinter den drei anderen. Es war ein Gefühl, als fege der kalte Windzug mitten durch sie hindurch, geradewegs in ihre Seele.

Die anderen saßen still und betrachteten sie.

Doch sie wollte nicht darüber nachdenken, nicht darüber reden. Fieberhaft ging sie zu einem anderen Thema über.

»Könnt ihr mir bei der Suche nach Nachtschatten helfen?«

Da lächelten sie – ahnten wohl, wozu sie das Kraut brauchte.

»Wir werden dir eine Stelle zeigen, wo es an dem

Fluss wächst, an dem du vorbeigekommen bist«, sagte die Alte. »Aber zuerst kannst du dies hier haben. Die Beeren sind natürlich getrocknet, aber die Kraft haben sie trotzdem.«

Sol bedankte sich.

Sie wollten wissen, was sie konnte, und waren von ihren Fähigkeiten ganz beeindruckt. Dann zeigten sie etwas von ihrem eigenen Können. Sie lernten voneinander, und der Abend verging schnell. Sols Eifer und Freude steckten die anderen an. Sie, Expertin in der Kunst, mit Hilfe von Kräutern Krankheiten zu kurieren, gab der kranken Frau einen Teil ihres Vorrates. Sie glaubte jedoch nicht, dass noch Rettung möglich war. Die Frau war trotzdem sehr dankbar.

Sols Alraune erregte große Aufmerksamkeit. Sie sah in ihren Augen, dass sie ihre Seele verkauft hätten, um sie zu erwerben. Aber eine Alraune wird nicht auf die übliche Weise verkauft. Man kann sie nur kaufen, wenn bei jedem Verkauf *weniger* dafür bezahlt wird. Am Ende ist man bei einem so niedrigen Preis angekommen, dass der Besitzer sie nicht mehr verkaufen kann – und damit geht seine Seele an den Satan. Sie kannten die Geschichten von Alraunen, die den letzten Käufer ein Sandkorn vom Wegesrand gekostet hatten – und was kann von noch geringerem Wert sein als ein Sandkorn? Der Käufer kann die Alraune nicht wieder loswerden, und das führt ihn auf direktem Wege in die Hölle.

Was Sols Alraune wert war, wusste niemand. Allerdings wussten sie, dass sie sie niemals verkaufen würde. Sie hatte ihnen von der Anziehungskraft erzählt, die das Reich des Abgrunds auf sie ausübte.

»Und nun Sol, sollst du an etwas teilnehmen, was du wohl noch nicht kennst«, sagte die jüngere Frau. »Du hast doch den Topf über dem Feuer gesehen?«

»Ja. Kocht ihr Essen?«

»Nein«, lachten sie.

»Das ist ein berauschendes Mittel«, sagte der Mann. »Wir kochen das immer, um uns hier zu vergnügen. Die Kräuter, die wir dabei verwenden, sind streng geheim. Nun stellen wir den Topf zwischen uns, dann wirst du an etwas teilnehmen, was du noch nie zuvor erlebt hast.«

»Werde ich etwas *Besonderes* erleben?«

»Ja«, sagte die kranke Frau. »Etwas ganz Besonderes.«

»Einen Ritt zum Blocksberg?«

»Nein, das nicht. Den musst du in äußerster Einsamkeit durchführen und dir dabei viel Zeit lassen. Dies ist ein Mittel, das schlummernde Fähigkeiten zum Leben erweckt. Fähigkeiten, die in jedem Menschen verborgen liegen, von denen wir aber vergessen haben, dass wir sie besitzen.«

Sol nickte. »Her mit dem Topf!«

Stille legte sich über den Wald. Sanft erlosch das Feuer, die Nacht jedoch war noch warm. Die vier saßen unter einer Decke, während sie den Dampf aus dem Kessel einatmeten.

Vor Sols Augen drehte sich alles. In ihrem Kopf wirbelte alles rund, schreckliche Erscheinungen flackerten auf, kurz und diffus, so dass sie nicht imstande war, zu erkennen, was sie vorstellen sollten. Doch das rührte womöglich daher, dass sie so glücklich war, mit Menschen zusammen sein zu können, die sie verstanden, dass es ihr nicht gelang, ihre Gedanken zu sammeln.

Mit einem Mal nahm der Mann die Decke fort und stellte den Topf beiseite. Sol begriff, dass sie alle das richtige Maß an Trance erreicht hatten.

Widerstandslos lehnte sie sich nach hinten an den steilen Grashügel. Die alte Frau hatte das Gleiche getan, die kranke Frau fiel rückwärts aufs Gras, und der Mann sank auf seinem Platz zusammen.

Sol war es so schwindelig, dass die Kluft umkippte und sich vor ihr drehte. Sie schloss die Augen.

Die Erscheinungen stabilisierten sich und wurden deutlicher…

Der Mond leuchtete, doch es war eine andere Mondnacht, in einer anderen Zeit. Sie kniete irgendwo und riss und zerrte an einer Frau, die auf der Erde lag. Es war kalt, und sie war wohl sehr klein – denn ihre Hände sahen winzig aus im Vergleich zu der großen Frau. Als sie den Kopf hob, hörte sie ein junges Mädchen sagen: »Komm! Deine Mutter ist tot!« Das junge Mädchen musste Silje sein! Wie jung sie ausschaute! Ein Kind beinahe noch.

Die Erscheinung wich einer anderen. Sol saß bei jemanden auf dem Arm. Bei der Frau auf dem Arm, die sie gerade eben noch tot gesehen hatte. Bei ihrer Mutter Sunniva. Wie schön sie war! So dunkle, traurige Augen. Da war auch ein Mann – das musste ihr Vater sein –, doch er war nur undeutlich.

Ruckartig wechselte das Bild. Ein Gesicht füllte das Blickfeld. Hanna! Sol wand sich jammernd, wollte mit ihr sprechen, aber schon war sie weg, und neue, bizarre

Gesichter stiegen aus einer unbekannten Tiefe ihres Gehirns empor, Gesichter, die alle einen gemeinsamen Zug trugen. Einen Zug von Bosheit, Einsamkeit und Trauer. Hässliche Gesichter, ab und zu ein hübsches dazwischen, und auch wenn Sol nicht begriff warum, so wusste sie doch, dass sie aus unterschiedlichen Zeiten stammten.

Sie ging in der Zeit zurück! Es waren die Verdammten, doch es war nicht verwunderlich, dass Sol Hanna gesehen hatte – denn Hanna kannte sie aus ihrem wirklichen Leben. Das, was sie hingegen jetzt zu Gesicht bekam, waren Verstorbene, von denen sie vermutlich in direkter Linie abstammte.

Sol holte tief Luft. Es war, als befinde sie sich im Dämmerschlaf. Sie war gespannt, verspürte zugleich jedoch eine Angst, die ihr neu war.

Sie glitt tief in den Dämmerzustand hinein, wusste nicht mehr, dass alles Traumbilder waren. Sie hielt diese Erscheinungen für Wirklichkeit.

Sie konnte auch etwas von der Umgebung erkennen, wenn auch viel undeutlicher als die Menschen. Es war vielmehr nur ein Sinneseindruck. Von einem unsagbar bitteren Lebenskampf in dem unwirtlichen Tal des Eisvolkes. Not, Sorge, Hoffnungslosigkeit – und eine verzweifelte Sehnsucht.

Tengel und Silje waren also mit ihrer Sehnsucht nach lebendiger Menschlichkeit nicht allein gewesen.

Wie grotesk sie waren, diese namenlosen Gestalten aus längst vergangenen Zeiten. Es waren nicht so viele – die besonderen Familienmerkmale waren nur sporadisch aufgetreten. Im Durchschnitt einmal pro Generation, hatte Tengel ihr erzählt. Und gewiss sah sie auch liebe und freundliche Gestalten, doch die glitten so schnell vorüber, als solle sie absichtlich nur die Betroffenen aus ihrer Familie sehen, oder wolle es womöglich selber so.

Da kam ein unbeschreiblich schöner Mann zum Vorschein. Er trug etwas. Dem Himmel sei Dank, es war angenehm, dass die Augen auch einmal auf etwas Anziehendem ruhen konnten! Doch auch er hatte die gelben Augen, diese teuflischen Gesichtszüge und ein so boshaftes Lächeln, dass Sol zusammenzuckte, obwohl sie doch viel vertragen konnte.

Aber dies hätte ein Mann für sie sein können, dachte sie. Wäre sie einem solchen Mann begegnet, hätte sie sich dann vielleicht verlieben können?

Sie war sich nicht sicher. Vielleicht bekam Sol jetzt einen vagen Eindruck davon, wie zerrissen sie innerlich war. Wie hart und schrecklich es war, menschliche Züge vermischt mit dem Erbe des Bösen in der Familie zu haben. Der schöne, unglaublich faszinierende Mann, dem sie direkt in die Augen starrte, war einer der wenigen Glücklichen unter ihren Vorfahren. Er war durch und durch schlecht! Und sie begriff, welche bodenlose Tragödie die allermeisten in der Familie durchlebt haben mussten. Tengel vielleicht am allerschlimmsten. Er jedoch war stark genug gewesen, um eine Seite zu wählen. Hanna ebenso … die andere Seite.

Aber war Hanna denn nur böse gewesen?

War sie das?

Gerade in dem Moment, als der schöne Mann verschwinden wollte, erkannte Sol, was er in der Hand hielt. Es war der Kopf einer Frau, ein abgeschlagener, starrender Frauenkopf. Und Sol wusste, dass er es war, der die Frau getötet hatte.

Es erschienen noch einige Gestalten. Unglückselige Gestalten aus einer verschwundenen Zeit. Eine Frau und dann ein Mann, gekleidet in einfache Gewänder und lange Hosen, wie sie sie noch nie gesehen hatte.

Mit einem Mal zuckte Sol heftig zusammen. Unbewusst klammerte sie sich am Gras fest.

Aus der Dunkelheit wuchs etwas hervor. Etwas, vor dem alle anderen Gestalten zurückwichen. Ein Paar stechender Augen starrte Sol an, voller Hass.

Sie hatte das Gefühl, sie müsse ertrinken, könne es nicht mehr aushalten. Sie zwinkerte heftig, um dem Anblick zu entkommen, aber es half nichts, die Bilder kamen aus dem Inneren einer atavistischen Zelle in ihr selbst, in der sie seit Generationen abgelagert und seither noch nie gebraucht worden waren. Sie schnappte nach Luft und schrie, als müsse sie ersticken.

Die anderen hörten sie schreien, waren aber allzu berauscht, um etwas unternehmen zu können. Außerdem hätten sie auch nichts tun können, die Visionen mussten ihren Lauf nehmen.

Sie begriffen aber, dass die junge Frau etwas ungewöhnlich Entsetzliches gesehen haben musste. *Ihnen* waren ebenfalls ihre Vorfahren begegnet. Sie hatten nicht direkt mit ihnen kommunizieren können, doch sie konnten immerhin aus deren Existenz Mut und Inspiration schöpfen.

Sol jedoch stammte vom Eisvolk ab. Wehe der, die in der Zeit zurückschaute!

Hätte sie gewusst, was das Gebräu zu Tage fördern würde, dann hätte sie sich womöglich geweigert, sich seiner Wirkung auszusetzen. Oder vielleicht hätte sie es auch nicht getan; sie wäre wahrscheinlich zu neugierig gewesen.

Sie fühlte sich angeekelt, wie gelähmt. Instinktiv wich sie zurück, doch die fürchterliche Gestalt kam immer näher. Dicht an sie heran.

Es konnte niemand anders sein als der böse Geist des Eisvolkes höchstpersönlich.

Weder Mensch noch Tier war er, Tengel der Böse, nur ein Untier. Einmal war er vielleicht ein Mensch gewesen, aber das war jetzt schwer vorstellbar. Er war gedrungen, kurzgewachsen, viel kleiner als Sol. Der Kopf war flach, die Ohren waren gleichsam eins mit dem Schädel. Die Augen blickten tückisch, niederträchtig, die Nase war widerwärtig geformt wie ein Schnabel, der Mund öffnete sich zu einem Raubtiergrinsen, so dass sie seine kurzen, spitzen Zähne sehen konnte. Ein weiter Umhang verbarg den kurzen Körper, und dafür war Sol dankbar. Nur seine eine Hand ragte ein wenig hervor, und die war lang und knöchern wie eine Klaue.

Das Schlimmste jedoch war die Bosheit, die ihn wie ein Dunst umgab.

Sol zweifelte nicht eine Sekunde daran, dass diese Gestalt sich an den Teufel verkauft hatte. So konnte kein Mensch von Gestalt beschaffen sein, hier musste es unter der Einwirkung des tiefsten Abgrundes vor sich gegangen sein!

Sie wollte aus der Trance erwachen, fort von diesem

Monster. Was wollte er von ihr? Warum starrte er sie so hasserfüllt an? Wollte er ihr etwas sagen?

Mit einem Mal tauchte es aus ihrer Erinnerung auf. Sie hatte ihn früher schon einmal gesehen!

Das war schon lange her. Aber wo?

Deshalb hasste er mich, dachte sie verwirrt. Er hatte Angst – Angst vor *ihr*! Aber warum?

Wenn sie sich doch nur erinnern könnte!

Sie schrie und schrie, bat ihn, zu verschwinden, aber er blieb. Weiter zurück in der Zeit gelangte sie offenbar nicht.

Denn sie sollte wohl nur Gestalten aus dem Eisvolk zu Gesicht bekommen. Und die Geschichte des Eisvolkes begann mit Tengel dem Bösen. Alles davor war für immer verschwunden.

Sol wand sich im Gras wie eine Schlange. Sie gehörte gewiss nicht zu der Sorte Menschen, denen man leicht einen Schrecken einjagen konnte, doch dies war zu abscheulich. Dem Mann und der kranken Frau war es unter gewaltiger Willensanstrengung gelungen, zu ihr hinzukriechen. Sie waren nur halb bei Bewusstsein und Sols halb erstickte Schreie übertönten ihre Rufe.

»Vater!«, schrie sie. »Vater! Vater!«

Zu Hause auf Lindenallee fuhr Tengel aus einem Traum auf.

»Sol«, flüsterte er.

Silje setzte sich auf.

»Sol ist in Schwierigkeiten«, sagte er erschrocken. »Sie braucht meine Hilfe.«

»Wie denn?«

»Ich weiß nicht. Das ist noch nie vorgekommen. Ich wusste nicht, dass sie das vermag. Auch nicht, dass ich eine solche Botschaft empfangen kann. Oh, mein Gott, was soll ich machen? Sol … Sol!«, flüsterte er.

»Ist sie in Lebensgefahr?«, fragte Silje erschrocken.

»Nein, nein, es fühlt sich nicht so an. Es ist etwas anderes. Ich muss versuchen, mit ihr Kontakt aufzunehmen.«

Silje legte die Hand auf seinen Arm. »Gib ihr auch etwas von meiner Liebe!«

»Das werde ich tun«, sagte er warmherzig. »Lieg ganz still, dann werde ich es versuchen … weiß nicht, ob es mir gelingt …«

Silje bewegte nicht einen Muskel. Sie lag neben Tengel und schaute ihn an, wie er mit angezogenen Beinen und dem Gesicht auf den Knien im Bett saß. Ihre Hand ruhte noch immer auf seinem Arm.

Zeit verging. Silje versuchte in ihrer praktischen Unzulänglichkeit, intensiv an Sol zu denken, mit all ihrer Liebe. Silje besaß eine bodenlose Quelle, aus der sie Liebe schöpfte, was zumindest ein bisschen helfen würde, dachte sie.

Sie bemerkte, dass Tengel von der gewaltigen Gedankenkonzentration schweißnass wurde. Einmal erschauerte er heftig, erklärte aber nicht, wovor.

Silje hatte den Eindruck, eine Ewigkeit in ihrer angsterfüllten Anspannung verharrt gewesen zu sein, als er endlich den Kopf erhob und sich den Schweiß von der Stirn wischte.

»Du hast den Nagel auf den Kopf getroffen, Silje«,

sagte er matt. »Gerade Liebe hat sie gebraucht«, fügte er erklärend hinzu.

»Was war denn los?«

»Ich bin mir nicht sicher. Mein Gott, ich weiß nicht, was ihr zugestoßen ist. Es war nichts Weltliches, nichts Irdisches, verstehst du. Eine Angst so groß, dass man sie gar nicht beschreiben kann. Bosheit, Silje, hasserfüllte Bosheit, gegen unsere kleine Sol gerichtet. Und dennoch war es nicht *wirklich*. Sie wird doch wohl nicht etwa ... Nein, ich habe keine Ahnung, was es war.«

»Ist es jetzt vorbei?«

»Ja. Ja, das glaube ich. Es fühlt sich weich und ruhig an. Der Widerstand ist fort.«

»Der Widerstand?«

»Ja. Da war eine Macht, eine schreckliche Kraft, gegen die sie ankämpfte. Ich glaube, Sol hat mit etwas Verbotenem und Gefährlichem experimentiert.«

»Der Zauberlehrling«, flüsterte Silje. »Ich habe ihr schon vor langer Zeit gesagt, dass sie vorsichtig sein muss.«

Tengel legte sich wieder hin. »Sol ist nie vorsichtig gewesen. Aber jetzt hatte sie Angst. Todesangst. *Sie*? Das hätte ich nie erwartet!«

»Du *weißt*, was sie gemacht hat«, sagte Silje nachdenklich. »Ich kann es fühlen.«

Er legte seinen Arm unter ihren Kopf. »Ich weiß es nicht. Ich habe bloß einen Verdacht.«

»Was für einen?«

»Es gibt einen Zauberspruch ... über den ich nur vage Gerüchte gehört habe. Über ein Gebräu, das aus bestimmten magischen Kräutern bereitet wird und das

Halluzinationen hervorrufen kann. So, dass man seine Vorfahren sieht.«

Silje drehte den Kopf und schaute ihn an. »Du meinst, dass sie das Eisvolk gesehen hat? Die Befallenen und Verdammten?«

»Nein, natürlich hat sie sie nicht richtig gesehen! Aber sie selbst war darauf *eingestellt*, sie zu sehen, und dann hat sie daraus ihre eigenen Bilder geschaffen. Nur ihre Fantasie hat gearbeitet. Und Sol hat, wie du weißt, eine ganz lebhafte Fantasie.«

Sie schwieg eine Weile. »Fantasiegespenster können uns genauso erschrecken wie wirkliche, das weiß ich. Aber warum glaubst du, dass sie gerade das erlebt hat?«, fragte Silje misstrauisch.

Tengel zögerte. »Weil die Erscheinungen schemenhaft an mich weitergeleitet worden sind. Das heißt – eine einzige Erscheinung. Und wahrscheinlich hat das Mädchen eine makabre Fantasie!«

»Du bist einmal zusammengezuckt.«

»Bin ich das? Kein Wunder, etwas so Schreckliches habe ich noch nie gesehen. Er hat sie gehasst, Silje. Mit einer tödlichen Stärke.«

»Tengel der Böse?«

Er zuckte gewaltig zusammen. »Sprich diesen Namen nicht aus, nicht hier!«

»Aber dann hat also sie selbst sich vorgestellt, er hasse sie?«

»So muss es gewesen sein. Eine andere Erklärung gibt es nicht.«

Es wurde still. Dann drückte er sie an sich.

»Danke für die Hilfe übrigens!«

»Hast du etwas davon gemerkt?«, fragte sie überrascht.

»Und wie! Ich glaube, gemeinsam haben wir Sol geholfen.«

Das wies Silje entschieden zurück. Was für eine Idee, gerade *sie* … Sie seufzte tief, fast andächtig.

Sol merkte, wie Friede sie durchströmte. Der Mann und die Frau legten sich wieder aufs Gras, immer noch erschüttert von den Ereignissen, deren Zeugen sie geworden waren. Die alte Frau war in ihre eigenen Erscheinungen versunken, und auch die beiden anderen kehrten schlaftrunken zu ihren zurück.

Die grauenvolle Gestalt war in der Dunkelheit verschwunden. Die Erscheinungen gingen weiter, nun aber war Sol so erschöpft, dass sie sie kaum voneinander unterscheiden konnte. Diffus waren sie obendrein, und bald waren sie ganz vorbei.

Sie hatte auch aus der Zeit vor Tengel dem Bösem vage ein paar Gestalten aufgeschnappt. Sie besaßen ein fremdartiges Aussehen. Einmal hatte sie einen Menschen auf der Wanderung über die schneebedeckten Ebenen erahnt. Etwas sagte ihr, dass die alten Vorfahren von weither gekommen waren, bevor sie sich nach einer unbekannten Völkerwanderung in Norwegen niedergelassen hatten.

Sie erinnerte sich der Worte der alten Frau über die Schwenderfinnen aus dem Osten.

Die Vorfahren von Tengel dem Bösen konnten Wanderer von einem mittlerweile ausgestorbenen Volksschlag von weit, weit aus dem Osten gewesen sein – mit besonderen, übernatürlichen Fähigkeiten. Ausgestorben – abgesehen von Sol und ihrer Familie.

Liv, Are und sie selbst. Sie waren in der Lage, die Anlagen weiterzugeben.

Selbst würde sie ihr Bestes geben, dachte sie. Das hatte sie Hanna versprochen. Aber damit eilte es nicht. Zuerst wollte sie leben!

Das Eisvolk? Konnte es eine dritte Erklärung für diesen Namen geben? Dass es ein Volk war, das vor Jahrhunderten über Eis und Schnee gewandert war?

Das war nicht unmöglich.

Mit einem Mal stellte sie fest, dass sie wach war. Schon seit einiger Zeit. Allein im Wald bei dem sterbenden Feuer. Ja, denn die anderen drei konnte sie kaum mitzählen, so vertieft wie sie in sich selbst und ihre eigenen Visionen waren.

Sol gelobte sich, nie mehr an Experimenten dieser Art teilzunehmen! Die anderen hatten einen friedlichen Gesichtsausdruck. Sie hatten sicher nette, harmlose Vorfahren. Sie hatte die grotesken, schrecklichen Geschöpfe des Eisvolkes. Sie hatte sie einmal gesehen. Und das reichte.

Noch einmal erschauerte sie. Dem bösen Geist des Eisvolkes noch einmal zu begegnen, wäre der Gipfel der Selbstquälerei. *Dem* würde sie sich nie mehr aussetzen!

Sie setzte sich auf und legte neues Holz aufs Feuer.

Was hatte sie gerettet? Was hatte die schreckliche Erscheinung vertrieben?

Sie versuchte zurückzudenken, jetzt jedoch lag alles undeutlich vor ihr.

Etwas hatte an ihr gerüttelt, an ihr geschüttelt, aber es hatte keine Spur geholfen.

Nein, da war etwas anderes…

Konnte es Tengel gewesen sein? Sie hatte in ihrer Not nach ihm gerufen, aber er konnte doch wohl nicht… Doch, war es nicht so etwas gewesen? Sie konnte sich nicht erinnern. Liebe? War sie nicht von einer warmen, selbstlosen Liebe umgeben worden, die sich wie eine beschützende Decke über sie gebreitet hatte? Tengel – Silje?

Silje? Fähigkeiten?

Nein, das war unmöglich. Silje hatte keine übersinnlichen Fähigkeiten.

Aber der Eindruck der grenzenlosen Liebe der Stiefeltern hatte sich ihr eingeprägt.

Innerlich fühlte sie warme, wunderbare Tränen.

8. Kapitel

Nachdem alle wieder richtig erwacht waren, unterhielten sie sich bis zum frühen Morgen. Am Ende musste die Dunkelheit der Dämmerung weichen, über das Gras legte sich Tau, und die Vögel begannen wieder zu singen.

Sol hatte vorgehabt, noch ein paar Tage bei ihnen zu bleiben, doch die Worte der einen alten Frau, dass sie nach Hause nach Norwegen musste, hatten sie beunruhigt.

Und außerdem wartete auch noch Meta auf sie. Für eine Weile hatte sie das Mädchen in der Tat vergessen. Sie musste das arme Kind an einer sicheren Stelle unterbringen. Am besten auf Fulltofta.

Und dann würde sie Jacob Skille wiedertreffen.

Darauf freute sie sich schon.

Doch zuallererst wollte sie den Ritt auf den Blocksberg machen, von dem sie seit dem Verlassen Norwegens geträumt hatte. Alle Kräuter für die Salbe, mit deren Hilfe sie den langen Weg über Berg und Tal überwinden würde, waren eingesammelt, und jetzt wollte sie keine Zeit mehr verlieren, denn auf diesen Augenblick hatte sie schon ihr ganzes Leben gewartet. Und wenn sie zuerst Meta holte, dann hätte sie für den Blocksbergritt keine Zeit mehr. Zunächst wollte sie sich mit Jacob treffen, und danach müsste sie warten, bis sie wieder in

Norwegen war. Das wollte sie nicht. Für dieses Unternehmen war es absolut notwendig, allein und ungestört zu sein. So wie jetzt.

Meta konnte gern noch etwas warten. Sol hatte ihr gesagt, sie werde nach zwei, drei Tagen wieder zurücksein. Das würde sie schaffen.

Eigentlich hätte sie ein schlechtes Gewissen haben müssen, weil sie das vergewaltigte Mädchen in einer einsamen Wildnis sich selbst überlassen hatte, doch Meta war seit dem Tod ihrer Mutter allein und sicher daran gewöhnt, dachte Sol sorglos.

Sie nahm von ihren neu gewonnenen Freunden herzlich Abschied und kehrte an den Ort zurück, an dem sie das Pferd angebunden hatte.

Es war ein unglaublich öder Ort oben auf dem Linderödsbergkamm. Von dort hatte sie meilenweit Überblick über die Landschaft. Weit, weit in der Ferne konnte sie ein paar Häuser erkennen, ansonsten war alles Wildnis. Ihre neuen Freunde hatten Kurs nach Süden genommen, wo die alte Frau wohnte. Dort wollten sie ein paar Tage bleiben. Sol konnte sie noch als drei klitzekleine Punkte erkennen.

Die drei alten Leute hatten sie gefragt, ob sie nicht mitkommen wolle. Doch als sie ihnen erklärte, dass sie den Nachtschatten ausprobieren wolle, hatten sie für ihren Wunsch nach Alleinsein volles Verständnis.

»Bist du dazu imstande, nach dem, was du alles heute Nacht erlebt hast«, hatte der Mann gefragt.

»Schlimmer kann es wohl nicht mehr werden«, hatte Sol geantwortet.

»Nein, schlimmer kann es nicht werden«, hatte die

kranke Frau gelacht. »Ganz im Gegenteil! Bist du wirklich noch nie zuvor dort gewesen? Dann kannst du dich ja noch darauf freuen!«

»Ruh dich aber zuerst aus«, hatte ihr die alte Frau geraten. »Dann kannst du loslegen. Aber du musst damit rechnen, dass der Ritt zum Blocksberg lange dauert.«

»Wie lange?«

»Das hängt ganz von deinem Ritt ab. Bei einigen dauert es länger, bei anderen geht es schneller.«

Sie verfolgte die Punkte in der Ferne, bis sie aus ihrem Blickfeld verschwunden waren. Doch das Wissen, sie zum letzten Mal gesehen zu haben, versetzte ihr einen Stich von Wehmut. Alle drei waren sie vom Tod gezeichnet gewesen, und auch wenn sie sich fürs nächste Jahr wieder verabredet hatten, so wussten sie doch alle, dass Ansgars Klyfta zu der Zeit verwaist sein würde.

Dann war Sol mit dem Pferd allein. Am Vormittag hatte sie zwei, drei Stunden geschlafen, und nun war sie bereit.

Die Erinnerung an das entsetzliche Erlebnis während ihres Rauschzustandes hatte sich etwas verflüchtigt und erschien jetzt nicht schlimmer als ein gewöhnlicher Albtraum. Sol empfand nur noch eine sich steigernde Aufregung.

Darauf hatte sie gewartet, seit Hanna ihr von ihren Ritten zum Blocksberg erzählt hatte. Von den Orgien, von allen Vergnügungen ...

Mit zitternden Händen bereitete sie die Salbe zu. Schafsfett hatte sie so lange in einer Schachtel gehabt, dass es beinah ranzig geworden war. Sie erwärmte es, und es wurde wieder weich. Dann kamen die drei magischen Kräuter hinzu, Bilsenkraut, Teufelsdreck, wie Hanna es genannt hatte, und Nachtschatten.

Als die Salbe streichfähig war, zog Sol sich aus und legte sich unter die schützenden Äste eines Baumes. Dort war der Erdboden warm und trocken, dennoch hatte sie sich eine Decke untergelegt. Sie rieb sich die Achselhöhlen und andere Körperstellen, an denen die Haut dünn war, mit der Salbe ein. Die Stange, an der sie die Haare des Räubers befestigt hatte, schmierte sie ebenfalls ein und legte sie, an ihren Unterleib gepresst, zwischen ihre Beine. Die Stange sollte auf dem Weg zum Blocksberg ihr Fortbewegungsmittel sein.

Dann umfasste sie die Stange mit beiden Händen, entspannte sich und wartete. Dabei dachte sie mit Freude an den Nachtschatten. Sie hatte detaillierte Erkenntnisse erhalten, wo sie mehr davon finden konnte. Sie wollte sich einen reichlichen Vorrat davon mitnehmen, um für die kommenden Jahre versorgt zu sein – wenn dieser Ritt zufriedenstellend verlief.

Sol wurde schläfrig. Merkte fast selbst noch nicht, dass sie in Dämmerschlaf hinüberglitt.

Wie schön alles wurde! Die Farben wurden so intensiv, dass sie sich in Licht aufspalteten. Sie hob vom Boden ab, schwebte in schaukelnden Wogen über der schönen Landschaft auf und ab. Dort unten lag Glimmingehus. Sie ging etwas hinunter auf die treppenstufenförmigen Giebel und hielt nach Jacob Ausschau, aber dort unten war kein Mensch zu sehen. Nur die Störche begrüßten sie mit Geklapper.

Wie herrlich das Fliegen war! Sie stieg auf und sank in

schwindelerregendem Wellengang, folgte einer hügeligen Landschaft, die grün und blumenreich unter ihr lag. Wie in der Gegend von Österlän, durch die sie geritten war.

Hier hätte das Meer anfangen müssen. Doch dort gab es kein Meer. Seltsam!

Mit einem Mal kippte die Stange, auf der sie ritt, so dass sie fast hinuntergefallen wäre. Ein Schreck durchfuhr sie, dass ihr die Hände heiß wurden, und sie umklammerte die Stange fester.

Andere Gestalten sausten durch die Lüfte. Sie erkannte die alte Hexe aus Ansgars Klyfta wieder, fröhlich winkten sie einander zu. Und war das da nicht die Frau des Pastors von Gråstensholm? Sol wusste, dass Pastorenfrauen immer beschuldigt wurden, dort von den Hexen gesehen worden zu sein, die zum Blocksberg geflogen waren. Aber die Pastorenfrau von zu Hause …? Sie war doch so tugendhaft wie eine Heilige! Doch, natürlich war sie es! Was machte sie hier? Sie ritt auf einem Bock, und der zeigte Sol seinen langen, spitzen Unaussprechlichen. Sol grinste.

Das musste sie zu Hause erzählen!

Vor ihr, weit in der Ferne, tauchte ein dunkelblauer Berg auf. Ihr begegneten fliegende Gestalten, Unterteufel.

Einer davon setzte sich hinten bei ihr auf die Stange, hob Sol etwas an und drang in sie ein.

Sol genoss es. So sollte es sich also anfühlen! Das war doch ganz etwas anderes als die menschlichen Zärtlichkeiten von Jacob.

Sie waren am Ziel. Dort waren sie alle – Frauen und

Männer, bekannte und unbekannte Gesichter, vermischt mit Teufeln aller Art.

Die Pastorenfrau war vom Bock hinuntergeklettert. Sie beugte sich vor, zog den Rock hoch und ließ sich vom Bock besteigen. Sol sah ihr Gesicht, nackt, aufgelöst in der Ermattung des Orgasmus.

Der Dämon hinter Sol sprang hinunter. Sie selbst jedoch sollte offensichtlich nicht zu den Gestalten, die einen wilden, schaukelnden Tanz um ein Loch in der Erde vollführten. Die Stange mit dem flatternden grauen Haar lenkte sich jetzt selbst, und ihr stockte der Atem, als sie entdeckte, dass sie geradewegs in das Loch getragen wurde, das sehr viel größer war, als sie gedacht hatte. Ein Abgrund war es, und direkt in den Abgrund hinunter flog sie, ohne die Geschwindigkeit bremsen zu können oder zu wollen. Die Luft um sie pfiff. Immer tiefer und tiefer stieg sie hinab.

Dann war sie ganz unten, unter neuen tanzenden Scharen, und sie stieg ab. Sie streckten die Hände nach ihr aus, um sie mit in den Tanz zu ziehen. Doch mit einem Mal wurde es ganz still.

Aus der Mitte der Menge stieg der Böse selbst.

Er schaute sich unter den Tanzenden um. Dann blieb sein Blick an Sol haften, und sein langer Finger zeigte auf sie.

Ohne vorherige Warnung waren all die anderen verschwunden. Sol war mit ihm allein in einer kleinen Grotte, dort war es sehr heiß und die Luft von Brunstgeruch erfüllt.

Satan sah sie an und lächelte. Und da sein Aussehen in der Fantasie eines jeden einzelnen Menschen Gestalt annimmt, war er für Sol der schönste, der anziehendste und suggestivste Mann, den sie je gesehen hatte. Gelbe Augen hatte er – so wie sie auch –, längliche Risse von Feuer und einen Satyrenmund mit weißen, spitzen Zähnen. Das Haar war rabenschwarz, und der dunkle Körper …

Sol schnappte nach Luft. Ohne Widerstand glitt sie in seine offenen Arme, und innerhalb einer halben Stunde wurde sie von den gewaltigsten Vergnügungen geritten, einer ganzen Reihe davon, konnte von ihm nicht genug bekommen, und er war genauso unersättlich wie sie.

Den Rückweg erlebte sie wie durch einen Schleier, wusste nicht einmal, dass sie durch die Lüfte zurückgeflogen war, bevor sie unter dem Baum erwachte, klebrig nass an der Innenseite ihrer Schenkel, und mit Kopfschmerzen, die von einer anderen Welt stammen mussten.

Sie konnte den Kopf nicht bewegen. Es war spät abends, stellte sie fest. Die Kopfschmerzen traten immer dann wieder auf, wenn sie versuchte, sich zu bewegen. Deshalb blieb sie reglos mit einem dumpfen Schmerz im Unterleib liegen, als sei er lange gereizt worden, und mit der brennenden Sehnsucht, alles noch einmal von neuem zu erleben.

Du liebe Güte, dachte sie. Nun habe ich aber Jacob etwas beizubringen! Was wir miteinander getrieben haben, war ja nur ein Kinderspiel!

Oh, wenn sie diesen Mann doch nur wiedersehen könnte! Den Bösen selbst. Wenn sie ihm doch nur hier begegnen könnte, hier auf Erden!

Der arme Jacob nahm sich im Vergleich dazu auf einmal so blass und langweilig aus.

Aber sie würde es ihm schon beibringen! Ihm zeigen, wie sie es haben wollte.

Nein, diese Kopfschmerzen waren fürchterlich! Aber das war wohl der Preis, den sie dafür bezahlen musste. Sie musste versuchen, sie loszuwerden.

Mühsam durchsuchte sie ihre Sachen, bis sie ein Schlafmittel gefunden hatte. Schließlich fiel sie in Schlaf und schlief die ganze Nacht.

Am Morgen danach war sie wieder gesund, aber noch längst nicht sicher, ob sie den Versuch wiederholen wollte. In jedem Fall musste sie zuerst Vorkehrungen treffen, um sich vor unerwünschten Folgen zu schützen.

Die arme Meta wartete.

Schlechten Gewissens ritt Sol durch die Wälder des Sinderödsbergkamms hinunter zu der schönen Stelle am Fluss.

Alles war still. Erschreckend still. Die Wasseroberfläche war spiegelblank, es rieselte leise bei dem kleinen Wasserfall an den Klippen, und alles badete in flimmerndem Sonnenlicht.

Nicht ein Zeichen von Leben.

Sol wurde es kalt. Wenn sie nun in ihrem Egoismus das arme Mädchen in die menschenfeindliche Wildnis getrieben hatte? Oder ob es hier wirklich wilde Tiere gab?

»Meta?«, rief sie so laut sie konnte. »Meta, ich bin's – Sol!«

Oben auf den Klippen regte sich etwas. Auf einem Absatz erhob sich eine kleine Gestalt.

»Oh, mein Gott, Meta, hast du mich aber erschreckt!«

Sol atmete erleichtert auf. »Ich habe schon geglaubt, du habest es mit der Angst zu tun gekriegt und seist weggelaufen.«

Dort oben auf dem Absatz hatte sie sich verschanzt – ganz vernünftig durchdacht – mit dem Messer und großen Steinen griffbereit, um eventuelle Angreifer damit zu bewerfen.

Nun kletterte sie hinunter.

»Hallo«, sagte Sol und sprang vom Pferd. »Du hättest von da oben herunterfallen können! Wie ist es dir ergangen?«

Meta sah ganz bleich aus. »Nachts hatte ich Angst vor dem Wald. Und dem Mond. Der starrte mich so an.«

»Du bist es doch gewöhnt, allein zu sein.«

»Aber nicht so weit weg von den Leuten.«

»Hast du noch etwas zu essen? Ich bin hungrig wie ein Wolf.«

Das Mädchen sah schuldbewusst aus. Das meiste hatte sie aufgegessen. Mit einem Seufzer nahm Sol die Hälfte der Reste, und als sie gegessen hatten, verließen sie den Ort.

»Wie weit ist es bis Fulltofta?«

»Oh, das ist weit. Dort entlang.«

»Dort entlang? Aber das ist doch ein Umweg. Dazu haben wir keine Zeit«, sagte Sol erschrocken. »Ich muss noch ... ähm ... einen Reisekameraden treffen, und ich bin schon spät dran. Und Bosjökloster, wie steht es damit?«

Meta antwortete nicht. Sie saß hinter Sol auf dem Pferd – das durfte sie, weil sie jetzt entlaust war – und antwortete nur mit ja oder nein, wenn sie etwas gefragt wurde.

»Was ist los mit dir?«, fragte Sol schließlich etwas ungeduldig.

Das kleine Mädchen zögerte etwas mit der Antwort. »Die sagen, dass die alte Herrin von Vittskövle zu den Mägden so schrecklich streng ist. Dort will ich nicht hin, Euer Gnaden.«

»Was ist das für eine Frau?«

»Gjörvel Fadderstochter heißt sie. Sie war dreimal verheiratet, nun ist sie die Witwe von Brahe und die reichste Frau in ganz Schonen, sagt man. Und sie ist über neunzig Jahre alt, aber macht immer ihre Rundgänge und passt auf wie ein Schießhund. Lasst mich Eure Kammerzofe werden, Euer Gnaden! Ich verspreche, ich werde alles für Euch tun.«

»Meine was willst du werden?«, sagte Sol verblüfft.

»Oder tauge ich vielleicht nicht dazu? Zu etwas Bescheidenerem denn? Magd oder was auch immer. Wenn ich nur bei Euch bleiben darf.«

Sol lachte herzlich. Kammerzofe! Für wen hielt das Kind sie eigentlich?

Dann beruhigte sie sich wieder. »Meta, hör mir mal zu! Ich bin nur ein ganz gewöhnliches Mädchen.« Über ihre Worte musste sie selbst lächeln, doch in diesem Zusammenhang traf es ja auch zu. »Ich bin noch nicht einmal adelig, und ich werde nie die Geduld haben, um mich um dich zu kümmern. Aber du musst nicht nach Vittskövle. Wir werden etwas anderes für dich finden.«

»Es macht nichts, wenn Ihr nicht adelig seid, und Lohn will ich gar nicht haben. Könnte ich doch nur für

Euch arbeiten, Euch all das Gute vergelten, das Ihr für mich getan habt …«

Sol war plötzlich irritiert darüber, gut genannt zu werden. Manchmal konnte sie es ertragen, manchmal nicht.

»Ich habe es getan, weil ich Lust dazu hatte«, sagte sie ungeduldig.

Lange war es still.

»Bitte«, piepste Meta erbärmlich.

Ein Gedanke war Sol bereits gekommen. Silje, dachte sie. Oder Charlotte? Beide sind die ganze Zeit zu Hause, und beide haben sie Bedienstete.

Aber mit diesem Kind durch Stadt und Land ziehen … bis nach Norwegen? Weit weg von ihrer Heimat, von Familie und …

Nein, Familie hatte sie ja nicht. Aber trotzdem … Nein, das ging nicht!

»Wir werden sehen«, antwortete Sol.

Was würde Jacob nun sagen?, dachte sie bei sich. Wo ich mich so auf ein Wiedersehen mit ihm gefreut habe.

Schon als sie Haväng vor Brösarps Backar erreicht hatten, erblickte Sol einen Reiter, der sich ihnen am Strand näherte. Sie erkannte ihn sogleich: Es war Jacob Skille.

Er hielt das Pferd an.

»Hallo«, sagte Sol. »Du bist hier?«

»Ja, ich konnte nicht war …«

Er verstummte, als er hinter Sols Rücken Metas verängstigte Augen entdeckte. Die Enttäuschung stand ihm ins Gesicht geschrieben.

»Das ist Meta«, sagte Sol rasch. »Sie hat kein Zuhause, und ich werde versuchen, bei netten Menschen für sie eine Bleibe zu finden.«

Er nickte mürrisch und wendete das Pferd.

Wie alltäglich er aussieht, dachte Sol. Robust und männlich ist er ja, doch im Vergleich zum Fürsten der Finsternis wirkt er ziemlich blass, schlichtweg nichtssagend.

Nun ja, es war schön, ihn wiederzusehen. Sie hatten noch nicht alles miteinander erlebt.

Er erklärte, dass sie nicht über Glimmingehus reiten müssten, sondern die Abkürzung quer durch Schonen nehmen könnten.

»Aber müssen wir nicht Jørgen noch abholen?«

»Natürlich, da kommen wir vorbei.«

Sie kamen auf dem Weg an einigen großen Gehöften vorbei, aber wo auch immer sie anhielten, fand Meta tausend Gründe, warum sie dort nicht nach Arbeit fragen wollte. Es spukte. Oder dort wohnte niemand. Und so weiter. Sol war sich vollkommen darüber im Klaren, dass Meta unmöglich etwas über diese Gutshöfe wissen konnte, doch sie ließ das Mädchen gewähren.

Sie übernachteten auf einem Bauernhof, in einer Scheune weit draußen auf einer freien Weide, wo niemand sie sehen konnte.

Meta erwies sich im Umgang als etwas schwierig. Sie wollte Sol die ganze Zeit an der Hand halten, so viel Angst hatte sie, dass ihre Heldin wieder verschwinden könnte. Jacob war unbeschreiblich wütend, und es fiel ihm schwer, das nicht zu zeigen.

Zudem raschelte das Heu auch noch bei der geringsten Bewegung. Im Halbdunkel hatte Jacob versucht, sich Sol zu nähern und zärtlich ihre Haut zu streicheln. Meta atmete gleichmäßig und tief.

»Ich habe dich so sehr vermisst«, flüsterte er Sol ins Ohr.

»Pst«, flüsterte Sol.

»Sie schläft. Wir gehen hinaus.«

Sol erhob sich halb.

In dem Moment hob Meta den Kopf.

»Was ist los? Wohin wollt Ihr, Euer Gnaden?«

»Nirgendwohin«, antwortete Sol gereizt. »Ich wollte mich nur bequemer hinlegen.«

Sie drückte die Hand des Mädchens. »Ich bin die ganze Zeit hier.«

Meta schlief wieder ein.

»Ich hatte mich auf ein Wiedersehen mit dir gefreut«, flüsterte Jacob unendlich enttäuscht.

»Ich hatte mich auch darauf gefreut«, flüsterte Sol zurück.

»Das ist doch unsere einzige Gelegenheit. Morgen haben wir Jørgen wieder dabei, und dann können wir nicht mehr allein sein.«

»Jacob, ich konnte nicht anders …«

»Wenn du jedes dahergelaufene Bettelmädchen mitnehmen musst …«

»Mit Meta war es anders. Ich kann jetzt nicht darüber sprechen. Versuch zu schlafen! Morgen haben wir einen langen Ritt vor uns.«

»Aber ich will mit dir allein sein, Sol!«

»Ich weiß. Mir geht es ja genauso. Gute Nacht.«

Er legte seinen Arm um ihre Taille. Sol schob ihn zurück, freundlich zwar, aber bestimmt.

Sie hörte ihn vor sich hin fluchen, eine lange Litanei. Dann kehrte er ihr demonstrativ den Rücken zu.

Sol erwachte in der Morgendämmerung und setzte sich auf.

»Jacob! Meta ist weg!«

Er drehte sich um. »Na, Gott sei Dank, dann sind wir endlich für uns allein.«

»Nein, sei jetzt nicht so egoistisch! Wir müssen sie finden!«

»Warum denn? Wenn sie weg will, dann lass sie gehen! Solche wie sie haben neun Leben.«

»Nicht Meta. Sie ist hilflos wie ein neugeborener Säugling. Als ich sie fand, trug sie dünne Fetzen am Leib, hatte eine Woche lang nichts mehr gegessen – und ein Dutzend große, tapfere Landsknechte hatten sie festgebunden und waren dabei, sie zu vergewaltigen. Von hinten.«

»Aber mein Gott! Warum hast du das nicht gleich gesagt?«

»Wann hätte ich das denn tun sollen, so wie sie an mir klebt? Das war der Grund, warum ich heute Nacht deinen Annäherungsversuch abgewiesen habe. Ich wollte nicht, dass sie an die Landsknechte erinnert wird.«

Sol war aufgestanden. »Schau mal, Jacob! Das Kind hat einen Blumenstrauß dort hingelegt, wo es gelegen hat. Die arme Kleine, auf diese Weise will sie sich wohl bedanken.«

»Ja, aber warum ist sie plötzlich weggelaufen?«

»Weiß ich nicht. Wir müssen sie finden.«

»Ja«, sagte Jacob. »Das finde ich auch. Und wir müssen nette Menschen finden, die sich um sie kümmern.«

»Danke, Jacob.«

Als sie zum Scheunentor gingen, blieb Sol stehen und schlang ihm die Arme um den Hals.

»Du bist wunderbar«, flüsterte sie und küsste ihn flüchtig. Doch Jacob drückte sie fest an sich und küsste sie auf eine Weise, die ihr alles über sein Verlangen verriet.

Dann eilten sie hinaus.

Sie verließen die Scheune und nahmen all ihre Habe mit. Sol steckte den kleinen Blumenstrauß ins Pferdehalfter, und dann jagten sie über Wiesen und Felder dahin, denselben Weg wieder zurück, den sie gekommen waren. Sie rechneten damit, dass Meta nicht denselben Weg wie sie nehmen würde.

Sie war schon weit gekommen. Aber endlich fanden sie sie. Eine tragische, kleine Gestalt, die sich unter verzweifeltem Weinen mühsam vorankämpfte, halbblind vor Tränen.

Jacob sprang vom Pferd.

»Nein, aber Meta«, sagte Sol. »Warum hast du das getan?«

Das Mädchen wandte sich ab. Sie weinte so heftig, dass sie nicht in der Lage war, zu antworten.

»Du hast uns einen schönen Schrecken eingejagt, weißt du«, sagte Sol ruhig, während Jacob Meta wieder hinter Sol aufs Pferd hob.

»Erzähl uns jetzt, warum …«, bat Sol sie.

»Dachte … das ist das Beste … damit … ihr allein sein könnt«, schluchzte Meta.

»Verdammt noch mal«, flüsterte Sol und sandte Jacob einen Blick zu. Ganz offensichtlich hatte das Mädchen sie in der Nacht gehört.

Jacob erwies sich als menschlicher, als sie geglaubt hatte.

»Du hast uns missverstanden, Meta. Wir wollten *dich* nicht loswerden. Sol und ich hatten nur eine Sache allein zu besprechen, geheime Angelegenheiten, die Dänemark betreffen. Aber das kann warten.«

Du große Güte, dachte Sol lächelnd, sind unsere Zärtlichkeiten schon so weit gediehen, dass sie jetzt Reichsangelegenheiten sind!

»Ich wollte dich nicht Bettelmädchen nennen«, fuhr Jacob fort. »Ich war nur müde und habe genörgelt, und dann sagt man eben Sachen, die man nicht so meint, das weißt du doch, nicht wahr?«

Meta nickte und holte tief Luft.

»Hast du gesehen, Meta«, rief Sol lachend aus, »wie schön das Pferd mit den Blumen am Ohr ist? Du kannst mir glauben, dass es sich schön findet!«

Meta lachte unsicher und unglücklich.

»Das ist übrigens ein sehr schöner Blumenstrauß, Meta, mit Farben, die schön zusammenpassen. Veilchen, Heckenrosen und Steinbrech.«

Ihr kam der Gedanke, dass Meta diese Fertigkeit bestimmt schon vor langer Zeit erlernt hatte, um etwas zu haben, das sie am Wegesrand verkaufen konnten.

Der Weg war nun so breit, dass sie nebeneinander reiten konnten.

Sol sandte Jacob einen Blick zu, bevor sie weitersprach: »Und nun, verstehst du, Meta, nun habe ich entdeckt, dass ich mich nicht von dir trennen will. Wir haben dich so sehr vermisst. Ich habe vor, dich mit nach Hause nach Norwegen zu nehmen, zu meiner lieben Mutter. Was sagst du dazu?«

»Oh, Euer Gnaden!«, jubelte Meta und umklammerte Sols Taille so fest, dass Sol fast keine Luft mehr bekam.

»Weißt du denn, wo Norwegen ist?«

»Nja«, antwortete Meta vage. »Hinter dem Wald da hinten, vielleicht?«

»So könnte man es auch sagen. Hinter dem Meer, Meta! Wir werden Tag und Nacht unterwegs sein.«

»Oh, aber das ist *gefährlich*!«

»Wirklich? Welche Trolle kommen dich denn jetzt holen?«

»Die große Seeschlange, Euer Gnaden. Die wirft das Boot um.«

»Nicht, wenn ich dabei bin«, beruhigte Sol sie. »Aber ... das ist klar, wenn du lieber in Schonen bleiben willst ...«

Meta schluckte so schwer, dass Sol es spüren und hören konnte. »Nein, Baronesse. Ich komme mit.«

Kurz darauf stellte sie fest, dass Meta sich wieder etwas beruhigt hatte. »Danke, Euer Gnaden«, hörte sie gerade noch.

Es war, wie Sol es vorausgesehen hatte. Jørgen fiel es schwer, sich vom Bauernhof loszureißen – oder besser gesagt, von der Tochter des Hofes. Er aber war wieder gesund und kräftig, so dass Jacob Skille herzlos mit ihm verfuhr.

»Du musst nach Hause zu Ottilie, weißt du«, murmelte er.

»Welche Ottilie? Ach ja, diese feige Zimperliese. Na ja, ich muss wohl mitkommen, fürchte ich. Aber ich komme wieder.«

Sie gaben ihm kurz Zeit, um Abschied von dem Bauernmädchen zu nehmen, und dann ritten sie weiter gen Osten.

In Helsingborg machte Jacob ein Schiff ausfindig, das die Mädchen mit nach Norwegen nehmen konnte. Sol verhandelte mit dem Schiffskapitän über ihre und Metas Überfahrt, und dann begaben sie sich zu einer einfachen Herberge, die Jacob kannte, um dort die letzte Nacht zu verbringen.

»Das nenne ich perfekte Berechnung«, sagte er stolz. »Noch eine Nacht, und ihr wärt zu spät zum Schiff gekommen.«

Doch er sah Sol mit ernsten und traurigen Augen an.

Sie selbst war sonderbar rastlos. Sie dachte an ihre fantastische Begegnung mit der Satansgestalt und spürte, dass sie eine Weile allein sein musste. Mit einem Mal fühlte sie, wie die Unterhaltung mit den Freunden sie wütend machte, sie gehörte gleichsam nicht dazu. Sie war weitaus mehr mit einem Geheimnis beschäftigt, das sie mit niemanden teilen konnte.

Für Sol war es jetzt leichter, für kurze Zeit zu entschlüpfen. Meta verließ sich darauf, dass Sol sie mit nach Norwegen nehmen wollte.

Sie schlief so fest, dass Sol es wagte, sich hinauszuschleichen.

Der Mond leuchtete über der großen Festungsanlage, dem Wahrzeichen von Helsingborg. Der Mond war nun etwas kleiner als am vergangenen Donnerstag, aber dennoch schien er klar über der Sancta-Maria-Kirche und über der ganzen Stadt. Sol wusste, was sie wollte. Sie musste ihre eigene Welt aufsuchen.

Jacob hatte von den Ruinen des alten Verlieses erzählt, wo nachts unzählige Geister umgingen. Doch er wusste nicht genau, wo es lag.

Mittlerweile war es Sol beim Abendessen in dem kleinen Wirtshaus gelungen, die genaue Lage zu erfahren, und sie lenkte ihre Schritte jetzt geradewegs auf den äußersten Vorposten der Festung zu, vorbei an der Sancta-Maria-Kirche und dem Marktplatz. Sie achtete nicht darauf, ob ihr jemand folgte.

Doch da war jemand, der ihr folgte.

Sol jagte geschwind durch die Stadt zu den uralten Ruinen. Dort blieb sie stehen.

Bald würden sie verschwunden sein, dachte sie bei sich. Verschwunden, in den Erdboden versunken und dann von Gras überwachsen und später mit Häusern überbaut. Einige neue Häuser hatten sich bereits in der Nähe innerhalb der Ruinengrenze breitgemacht. In hundert Jahren würde niemand mehr auch nur ahnen, was sich unter den Häusern befunden hatte.

Windschiefe Bäume verbargen den Eingang. Sol kletterte zwischen Mauern hinunter, die mit Moos und Gras bewachsen waren. Sie fand eine Türöffnung, wo offenbar irgendwann einmal ein Kind gespielt hatte, denn dort lag ein zerbrochenes, primitives Steckenpferd.

Sie trat in ein Netzwerk aus Ruinen ein. Sol jedoch blieb nur einen Augenblick lang stehen, um die Atmosphäre in sich aufzunehmen, dann steuerte sie ohne Zögern in eine bestimmte Richtung.

Sie musste über heruntergefallene Steine klettern, die den Weg für Regenpfützen unter großen Löchern im Dach freigaben.

Schließlich gelangte sie in einen kryptaähnlichen Raum. Die Atmosphäre war durch die vergangenen Leiden der Toten bedrückend.

Dies war das Verlies.

Der Mond schien durch eine Öffnung im Dach. Sol setzte sich auf einen grasbewachsenen Hügel mitten im Raum – direkt unter der Öffnung. Drüben in den Ecken konnte sie schemenhaft etwas Weißes erkennen, sicher Knochen eines der Toten. Hier hinein kam doch niemand, jedenfalls kein Kind.

Sie saß mit geschlossenen Augen ganz reglos da. Nach einer Weile konnte sie die Stimmen der Toten empfangen – wie ein wispernder Chor aus vergangenen Jahrhunderten. Ob es ihre eigene Fantasie war, die das alles hervorrief, oder ob sie die Stimmen tatsächlich hörte, war ihr vollkommen gleichgültig. Für sie waren sie genauso wirklich.

Sol antwortete, sprach beruhigend auf sie ein. Eine unsichtbare Gestalt schien sich neben sie gesetzt zu haben, und sie spürte, dass sie mit all den Unglückseligen eins war. Sol verstand sie, sie verstanden Sol. Da konnten sie Ausgeburten ihrer Fantasie sein, so viel sie nur wollten.

»Ich bin einsam«, flüsterte sie. »So schrecklich einsam in der Welt der Fantasielosen. Es ist schön, wunderschön bei euch zu sein. Bei euch, die ihr schon eine andere Welt kennt.«

Dies war Sols Welt, hier fühlte sie sich zugehörig. Sie sah sie, konnte die Hoffnungslosigkeit ahnen, die sie einmal empfunden haben mussten, als sie in diesem Verlies geschmachtet hatten, die Gewissheit, dass es keine Rettung gab – dass das Ende, dem sie ins Auge schauen mussten, ein langsamer und schmerzvoller Tod sein würde.

Plötzlich verschwanden alle Gestalten. Im Gang draußen hörte sie schwere Schritte.

Jacob Skille stand in der Tür.

»Hier bist du?«, sagte er steif.

Sol zögerte nur einen Augenblick, bis sie eine rettende Erklärung fand. »Ja, ich habe gehört, dass du mir gefolgt bist. Deshalb bin ich hierhergegangen, wo ich sicher sein kann, dass wir ungestört sind.«

Er war für die Stimmung im Raum nicht empfänglich. »Ja. Hierher kommt niemand.«

Sie liebten sich dort im Dunkel des Mondes. Verzweifelt und erfinderisch. Sol gab alles weiter, was sie auf ihrem Ritt zum Blocksberg gelernt hatte, und Jacob war mehr als willig, zu lernen. Sie spürte, wie er sich seiner selbst als Liebhaber immer sicherer wurde.

Er erfuhr natürlich nicht, woher all diese Künste stammten; er glaubte, er sei derjenige, der sie ermunterte, sich selbst zu übertreffen.

Er tat alles, worum sie ihn bat, und sie erlebten eine wunderbare halbe Stunde. Ohne zu wissen, dass er umgeben von Gebeinen Toter eine Frau liebte.

Sol jedoch kehrte verzweifelt mit ihm zum Nachtquartier zurück. Sie fluchte in stiller Wut, weinte ohne Tränen.

Das war nichts mehr für sie. Weltliche Erotik konnte sie nicht mehr wirklich entflammen. Dazu brauchte es sehr viel stärkere Reize.

9. Kapitel

Am nächsten Morgen ließen Meta und Sol einen traurigen Jacob Skille am Kai zurück. Die Überfahrt war ziemlich beschwerlich, dennoch liefen sie ihren Zielhafen einen Tag früher an als mit Dag abgesprochen. Sie erreichten Oslo am Vormittag.

Sol kehrte in einen Gasthof ein und brachte die recht erschöpfte Meta dort unter. Das Mädchen war zwar nicht seekrank gewesen, doch sie hatte während der ganzen Reise kein Auge zugetan. Die Seereise mit einer kleinen Nussschale von Schiff hatte sie fast um den Verstand gebracht. Mit beiden Händen hatte sie sich kräftig festgeklammert. Sie musste ja aufpassen, dass die Seeschlange sich nicht auf ihre vergötterte Gönnerin stürzte, wenn Meta ihr den Rücken zukehrte.

Sol ermahnte sie, die Tür zur Schlafkammer abzuschließen und nur ihr zu öffnen.

»Ich will kurz meine Schwester besuchen, die hier in der Stadt wohnt«, erklärte Sol. »Und du kannst nicht mitkommen, so müde wie du bist. Du schläfst ja schon im Stehen. Ich bleibe nicht lange fort.«

Meta versuchte zu protestieren, doch das Bett hatte eine unwiderstehliche Anziehungskraft.

Sol hörte, wie sie die Tür von innen abschloss, und ein schwacher Laut verriet ihr, dass Meta ins Bett fiel, ohne sich auszuziehen.

Gute Nacht und schlaf gut, dachte Sol, während sie sich hinausbegab, um nach Berenius' Haus zu suchen.

Sie war über Livs Aussehen entsetzt. Die Schwester stand zuerst nur da und starrte sie an, als könne sie nicht fassen, was sie sah.

»Aber Liv«, lachte Sol verwirrt. »Ich bin's, Sol. Deine unmögliche Schwester.«

»Sol? Du bist … hier? In diesem Haus? Oh, *Sol*!«

Endlich ging ihr auf, dass sie Besuch bekommen hatte! Überglücklich schmiegte sie sich an die große Schwester, als wolle sie sie nie wieder loslassen.

»Aber liebes Kind«, sagte Sol bestürzt. »Wie siehst du nur aus? Wenn die Haarfarbe nicht wäre, dann würde ich dich gar nicht wiedererkennen, so hast du dich verändert. Und sogar dein Haar ist matt und glanzlos geworden.«

Livs Hände zitterten, als sie Sol ihre schönen Räumlichkeiten zeigte. Ängstlich griff sie sich ans Haar, ängstlich, dass auch ihr Mann es hässlich finden könnte. »Wwieso v-verändert?«

Sol war sprachlos. Liv hatte doch früher nicht gestottert.

»Du wiegst bestimmt nur noch die Hälfte. Und deine Augen! Die leuchten vor Angst, und du hast dunkle Ringe darunter. Ich dachte, du seist gesund und dir gehe es gut! Das haben sie in den Briefen von zu Hause erzählt. Ein wunderbares Haus, und … bist du allein im Haus?«

Die kleine Schwester nickte. »Heute ist der Tratschtag meiner S-Schwiegermutter, sie ist bei der Frau von Tuchhändler Samuelsen. Dort bleibt sie fast den ganzen

Tag. Oh, Sol, jemanden aus m-meiner Familie wiederzusehen! R-reden zu dürfen, wie ich will, zu wissen, dass du mich nicht korrigierst und nicht rügst ...«

Sie brach in Tränen aus.

Sol nahm sie in ihre robusten, lebenskräftigen Arme und hörte mit Schrecken das gewaltige Weinen, das klang, als habe es sich in Monaten der Einsamkeit aufgestaut.

Als die kleine Schwester sich etwas beruhigt hatte, erfuhr Sol die ganze Geschichte. Das war unumgänglich. Liv konnte ihren Kummer nicht mehr länger zurückhalten.

»Ich habe versucht, loyal zu sein, ich will nicht hinter dem Rücken meines Mannes über ihn sprechen, aber ...«

»Raus damit jetzt!«, sagte Sol. »Hier muss alles raus, das begreife sogar ich.«

»*Er formt mich,* Sol! Nach seinen Wunschträumen zu einer gefügigen, dummen und dienenden Ehefrau. Alles, was ich zu Hause gelernt habe, wird kritisiert und ...«

»Stimmt das wirklich?«, rief Sol wütend aus. »Keine Eltern waren wohl besser als unsere.«

»Nein, das finde ich auch, aber Berenius ist voller Verachtung.«

»Musst du ihn *Berenius* nennen? Aber das ist doch lächerlich!«

»Oh, Gott sei Dank, findest du das auch? Ich dachte schon, ich werde verrückt. Und seine Mutter ...«

Alles sprudelte nur so aus ihr heraus. Sol hörte stumm vor Entrüstung und Entsetzen zu. Keinen Besuch von den Angehörigen haben, nicht nach Hause fahren, nicht malen, nicht das geringste Zeichen von Intelligenz zeigen zu dürfen, das war barbarisch! Unmenschlich!

Gebrochene Lilien, dachte sie wehmütig. Sie, Sol die Unbeugsame, die nie in ein normales, anständiges Leben hineingepasst hätte, musste sich im Verlauf ein und derselben Woche um zwei junge Mädchen kümmern, die bei ihr Zuflucht gesucht hatten! Als sei sie die Starke! Es war eine absurde Situation.

»Und was das Eheliche …«, begann Liv, hielt dann jedoch inne. »Oh, nein, Verzeihung!«

»Nein, raus mit der Sprache jetzt!«

»Nein, bring mich nicht dazu, Sol, ich weiß nicht, ob ich in der Lage bin, über so etwas Intimes zu sprechen, hinter seinem Rücken.«

»Wie du willst, ich werde dich nicht bedrängen.«

»Sol, ich bin so unglücklich. So … niedergeschlagen! Bin ich wirklich für alles so absolut untauglich? Ich gebe mir Mühe und strenge mich an, aber immer ist es verkehrt.«

»Du hast nichts verkehrt gemacht. Es ist seine Niederlage, nicht deine.«

Dies waren Traumworte für die Schwester. All die große Angst, Unsicherheit und Einsamkeit dieser Monate sprudelten einfach aus ihr heraus, ohne dass sie imstande gewesen wäre, noch irgendetwas zurückzuhalten.

Sol war entrüstet.

Doch als sie zufällig die Narben von den Peitschenschlägen auf dem Arm der kleinen Schwester entdeckte, wurde es ihr zu viel. Da vergaß sie ihre gute Erziehung und explodierte vor rasender Wut. Die Verwünschungen, die sie ausstieß, hätten auch den abgehärtetsten Menschen zum Erbleichen gebracht.

Liv starrte sie nur mit offenem Mund an, ihr blieb völlig die Luft weg.

Sol zog sie vom Sofa hoch, auf dem sie gesessen hatten.

»Komm«, sagte sie. »Das Schiff, mit dem Dag kommt, läuft bald ein. Wir gehen ihn unten am Hafen abholen.«

»Dag? Dag kommt?«

»Ja, wir wollten uns in Oslo treffen.«

»Dag …«, sagte Liv leise. »Hat er die Baronesse Trolle dabei?«

»Welche Baronesse Trolle? Er hatte nie eine Baronesse Trolle!«

»Aber ich dachte …«

»Das war nur Gerede. Dag hatte für nichts anderes Zeit als für sein Studium. Hier und da eine kleine Salontändelei, aber das haben wohl die meisten, ohne dass es gleich etwas bedeuten muss.«

»Aber ich habe keine Erlaubnis, auszugehen.«

»Du hast keine *Erlaubnis*? In unserer Familie gibt es so etwas nicht. Da haben alle Erlaubnis – auf eigene Verantwortung.«

Auf einmal wurde ihr klar, wie sie selbst mit ihrer Verantwortung umgegangen war, aber das waren jetzt Bagatellen.

»Komm nur mit, ich dulde keine Widerrede!«

Eine Stunde später sahen sie das Schiff in den Hafen gleiten. Zu dem Zeitpunkt hatten sie über alles andere als Livs traurige Gestalt gesprochen, und da lächelte das Mädchen zum ersten Mal seit Monaten.

Doch bei dem geringsten Geräusch zuckte sie zusammen und schaute sich scheu um, um festzustellen, ob sie beobachtet wurde. Sie dachte die ganze Zeit daran, was ihr Mann und ihre Schwiegermutter wohl sagen würden. »Schieb ruhig alle Schuld auf mich«, hatte Sol gesagt. »Ich halte eine ganze Menge aus.«

Während sie warteten und die Passagiere beobachteten, die an Land gingen, betrachtete Sol im Stillen ihre Schwester.

Also Liv war gemeint, dachte sie. *Eine deiner nächsten Angehörigen leidet,* hatte die Frau in Ansgars Klyfta gesagt.

Und Sols Gehirn begann zu arbeiten. Die Augenlider senkten sich ein wenig...

Ein hochgewachsener, stattlicher Jüngling winkte ihnen zu.

»Das ist er!«, rief Liv. »Oh, Sol, was für ein wunderbarer Tag – euch beide auf einmal sehen zu dürfen! Oh, könnte ich doch bloß...«

Sie verstummte.

»Mit uns kommen?«

»Oh, nein, das habe ich nicht gemeint. Ich weiß, dass die Loyalität das Wichtigste in einer Ehe ist, und ich schäme mich, dass ich Berenius angeschwärzt und heute sein Vertrauen missbraucht habe.«

»Dem Himmel sei Dank, dass du mir alles erzählt hast! Und Loyalität! Die sollte doch wohl für beide Seiten gelten, Liv, oder?«

»Aber er ist doch so gut, hat mir so viel gegeben. Und

er ist nie untreu gewesen, obwohl er als Mann das Recht dazu hätte, sagt er. Ich hätte nicht… Dag? Wie wunderbar, dich wiederzusehen!«

Dag umarmte seine Schwestern eine nach der anderen.

»Du hast es also geschafft, vor mir hier anzukommen, Sol. Das ist gut. Ich soll dich von einer Menge Leute grüßen, die sich nicht von dir verabschieden konnten. Man vermisst dich, liebe Schwester. Am meisten … hm, die jungen Männer. Guten Tag, kleine Liv, wie lange ist es her! Meine Liebe, wie dünn und bleich du bist! Behandelt er dich nicht anständig, dein Mann?«, lachte Dag sie an.

»Hier ist Krisenstimmung, Dag«, murmelte Sol.

»Sol«, rief Liv verzweifelt aus. »Das darfst du nicht!«

»Doch, das darf ich. Dieser Widerling hat unsere Schwester halb zu Tode gequält!«

»Nein, aber Sol, du sollst nicht …«

»Was hat das zu bedeuten?«, fragte Dag besorgt. »Nun sagt schon!«

Während sie den Hafen verließen, bekam Dag von der feuersprühenden Sol die ganze Geschichte aufgetischt. Er schaute sie beide bestürzt an.

»Liv? Die Feinste und Reinste von uns allen? Ich kenne sie wohl besser als die meisten anderen, und einen lieberen Menschen gibt es nicht. Wer wagt es, unsere Schwester so zu behandeln?«

Zwar waren weder Sol noch Dag Livs richtige Geschwister, doch wenn Probleme von außen eintraten, dann hielten sie fester zusammen als die meisten Blutsverwandten.

Liv war betrübt und bedrückt. »Es ist gar nicht so schlimm. Ich habe ein bisschen übertrieben.«

»Übertrieben?«, rief Sol aus. »Sieh dir ihre Arme an, Dag! Und dann die Schwiegermutter! Ja, du hast deine Lektion wirklich gut gelernt.«

»Wir müssen nach Hause«, entschied Dag barsch. »Tengel, Silje und Charlotte müssen das erfahren. Liv, du kommst mit uns.«

»Nein, nein«, bat sie verzweifelt, »das kann ich nicht!«

»Doch«, sagte Dag. »Ich werde uns sofort eine Kutsche besorgen. Bist du zur Abreise bereit, Sol?«

»Nein, ich muss noch meine Kleider … Oh, Gott, nun habe ich Meta wieder vergessen!«

»Meta?«, fragten die beiden anderen wie aus einem Mund.

»Ja, sie hat selbst Schuld, sie ist wie *geschaffen* dafür, vergessen zu werden«, sagte Sol reuevoll.

Und dann erzählte sie ihnen von Meta.

Dag schüttelte den Kopf. »Du bist ein seltsamer Mensch, Sol. Ich habe dich die gefährlichsten Dinge mit eiskaltem Herzen machen sehen – mit Tengels Patienten. Beine absägen, ohne auf das Jammergeschrei zu achten, stinkende Wunden öffnen, verrottete Körper zusammenflicken, ohne auch nur eine Miene zu verziehen – und nun kann ein kleines Mädchen dich dazu bringen, zu einer Heldin zu werden. Aber selbstverständlich müssen wir die arme Kleine mit nach Lindenallee oder Gråstensholm nehmen! Du hast das einzig Richtige gemacht.«

»Natürlich! Aber Liv hat recht, sie sollte jetzt noch

nicht mit uns nach Hause fahren, das würde ihren Mann zu sehr provozieren. Wir wollen keine zu Tode gepeitschte Schwester haben.«

»Aber ich würde gern um eine Unterredung mit diesem Mann bitten«, sagte Dag verbissen.

»Nein, das ist das Schlimmste, was du tun kannst«, sagte Sol. »Lass mich die Sache regeln! Liv, du gehst schleunigst nach Hause, bevor jemand kommt, wir sind ja schon fast da. Du, Dag, besorgst eine Kutsche nach Lindenallee, und ich hole die unglückselige Meta. Das Wirtshaus, in dem sie wartet, ist sehr weit von hier.«

Das Letzte war gelogen. Das Wirtshaus lag um die Ecke, Sol jedoch hatte noch andere Pläne.

»Dann treffen wir beide uns am Stadttor, Dag, und dann habe ich das kleine Häuflein Elend bei mir.«

»Welches kleine Häuflein Elend?«

»Meta, natürlich. Und Liv, du verhältst dich ruhig, bis wir mit unseren Eltern gesprochen haben! Sei lieb und folgsam wie ein Lamm! Bis bald!«

Sie eilte davon und war bald außer Sichtweite.

Liv und Dag gingen langsam die Straßen entlang. Sie zogen nahezu die Beine nach, um den Weg so lang wie möglich auszudehnen. Liv vergaß ganz, dass sie sich beeilen sollte.

»Vater und Mutter können nicht viel tun«, sagte er leise.

»Nein. Ihm muss aber eine Lektion erteilt werden.«

Liv seufzte. »Dann werde ich zu guter Letzt die Leidtragende sein.«

»Ja, das befürchte ich auch.«

Unbewusst hatten sie einander bei der Hand genommen, wie in alten Tagen. Dag erzählte von seinem Leben in Kopenhagen, und er bemühte sich, den munteren Plauderton beizubehalten. Doch in seiner Brust raste eine dumpfe, hilflose Verzweiflung. Ein Ehemann hatte alles Recht auf seiner Seite. Liv, die kleine Schwester, die Dag die ganze Kindheit hindurch gefolgt war wie ein bewundernder Schatten – sollte von allen Menschen ausgerechnet *sie* für den Rest ihres Lebens leiden?

Zugleich hatte er das unerklärliche Gefühl, dass er sich selbst an ihr schuldig gemacht hatte.

»Wo hat er sein Kontor?«, fragte er nach einer Weile des Schweigens.

Liv blieb stehen. »Nein, du darfst da nicht hinaufgehen, Dag, du darfst nicht!«

»Aber ich würde ihm so gern ganz gehörig die Meinung sagen. Oder um ganz ehrlich zu sein – ihn zusammenschlagen.«

»Dag, ich bitte dich!«

Er legte seine Hände um ihr Gesicht. »Nein, ich werde es nicht tun«, versprach er. »Wir wollen hören, was Sol sich überlegt hat, sie ist ganz erfinderisch«, sagte Dag naiv.

Lange schaute er Liv in die Augen, und als sie sich verabschiedeten, lag Trauer in ihren Gesichtern. Er versprach, dass sie bald etwas von zu Hause hören würde, und damit trennten sie sich.

Sie schaute ihm so lange nach, bis er ganz ihren Blicken entschwunden war. Erst dann kehrte sie zu ihrem feinen Haus zurück, durch das Treffen mit ihren Geschwistern zu neuem Leben erweckt, doch zugleich voller Todesangst vor den Bestrafungen, die erfolgen würden, wenn ihr Mann erfuhr, dass sie außer Haus gewesen war.

Sol reagierte schnell. Sie ergatterte die eleganteste Pferdekutsche von ganz Oslo und bat den Kutscher, zu Samuelsens Haus zu fahren. Während sie im Wagen saß, arrangierte sie ihr Kleid so, dass sie so vornehm wie möglich aussah. Das war nicht weiter schwierig, denn sie hatte das beste Kleid an, das sie von der Gräfin Strahlenhelm bekommen hatte, und für norwegische Verhältnisse war es sehr modern. Dann durchsuchte sie ihren geheimnisvollen Vorrat und steckte davon etwas in ihre Tasche.

Am Ziel angelangt, bat sie den Kutscher, er möge Gräfin Thott aus Kopenhagen melden. Es gab so viele Thotts, dass man über diese weitverzweigte Familie unmöglich einen Überblick haben konnte.

Der Kutscher stieg die Treppe hoch, und kurz darauf wurde die »Gräfin« willkommen geheißen. Sol schwenkte das Kleid und segelte theatralisch und elegant ins Haus, mit einem Hut nach der letzten Kopenhagener Mode auf dem Kopf.

Die Ehefrau des Tuchhändlers, die voluminöse Frau Samuelsen, verneigte sich mehrere Male und bat den hohen Gast, in ihre bescheidene Kaufmannswohnung einzutreten, wo ihre Freundinnen gerade versammelt waren. Zugleich grübelte sie verzweifelt darüber nach, was diese feine Gräfin zu ihr geführt haben mochte.

Sol glitt in den Salon. Mit sehr geradem Rücken und einer freundlichen, doch etwas herablassenden Miene ließ sie den Blick über die anwesenden Frauen schweifen. In ihrem besten Dänisch bat sie die Gastgeberin, ihr die sympathischen Damen vorzustellen.

Ihr Dänisch war nicht sonderlich perfekt, aber das fiel niemandem weiter auf.

Frau Samuelsen tat, worum sie gebeten worden war, und Sol merkte sich, wer Frau Berenius, Livs Schwiegermutter, war. Weil Sol nicht zur Hochzeit hatte kommen können, waren sie sich noch nie begegnet. Alte Schachtel, dachte sie. Das ist sie also, die das beste Mädchen von ganz Norwegen tyrannisiert. Ein Fleischberg mit kläffender Stimme. Oh, arme Liv, wie schlecht muss es ihr ergangen sein!

Sol wandte sich wieder an die Gastgeberin. »Ach, meine liebe Frau Samuelsen, ich komme direkt vom Hofe …«

Ganz offensichtlich waren die Freundinnen beeindruckt.

»Und dort sprach ich mit meinem Freund, dem alten Grafen Løwenbrander, der mich um einen Besuch bei Euch bat …«

Das konnte sie ganz beruhigt behaupten, denn einen Grafen mit dem Namen gab es nicht. »Und er erzählte mir, dass er in seiner Jugend bis zum Wahnsinn in Euch verliebt war, sich aber wegen der Familie nicht mit Euch vermählen konnte. Nie hat er Euch vergessen, Frau Samuelsen. Ist das nicht romantisch, meine Damen?«

Sol lächelte sie strahlend an.

Frau Samuelsen war äußerst verwirrt. »Nein, aber oh, wer kann das sein? Graf Løwenbrander? Ich kann mich nicht erinnern …«

»Nein, natürlich nicht! Er konnte damals seinen adligen Namen nicht verwenden, das versteht Ihr gewiss. Ebenso wenig wagte er, seiner Bewunderung für Euch Ausdruck zu verleihen. Doch Ihr wisst sicher, wen ich meine, nicht wahr?«

Die Frau presste ein kurzes, unsicheres Lachen hervor, das alles Mögliche bedeuten konnte. Sol sah ihr an, wie sehr sie nachgrübelte.

Dennoch war die Gastgeberin gewiss zufrieden! Denn die anderen machten Stielaugen.

Sol hatte neben Livs Schwiegermutter Platz genommen. Ihre Hände flogen wie Vogelschwingen über den Tisch, während sie redete und alle Aufmerksamkeit auf ein Gemälde an der Wand lenkte.

Die Gastgeberin wollte ihr ebenfalls Erfrischungen anbieten, Sol jedoch entschuldigte sich. Ihr Wagen warte vor der Tür und sie habe es eilig.

So verließ sie das Haus mit einem eleganten Abgang und musste beim Gedanken an die bewundernden Blicke vor sich hinlächeln.

Mit etwas Verzögerung trafen Sol und Meta beim Stadttor ein, wo Dag mit einem ganz gewöhnlichen Pferdefuhrwerk wartete.

Und Livs Schwiegermutter tat eine halbe Stunde später ihren letzten Atemzug, nach einem sehr überzeugenden Schlaganfall. Niemand brachte diesen Vorfall in Verbindung mit dem Wein, den sie gut eine Stunde zuvor getrunken hatte. Und noch viel weniger mit der vornehmen Dame aus Kopenhagen. Und da es nicht in ihrem Haus geschehen war, konnte Liv auch nicht in Verdacht geraten. So wollte Sol es haben. Und Sol bekam immer, was sie wollte.

Dag ging direkt hinauf nach Gråstensholm. Dort war er zu Hause, dort lebte seine Mutter in Einsamkeit.

Charlotte war selbstverständlich hingerissen darüber, ihren eleganten Sohn wiederzusehen. Sie lachte und trocknete sich die Tränen.

»Wir haben euch erst in ein paar Tagen erwartet. Wir hatten vor, euch vom Schiff abzuholen. Na, wie ist es dir ergangen?«, fragte sie neugierig, nachdem sie sich aufs Sofa gesetzt hatten.

»Wobei denn?«

»Beim Examen, selbstverständlich!«

Examen? Das hatte er ganz vergessen.

»Doch, ausgezeichnet, danke! Nun habe ich eine juristische Ausbildung höchsten Grades und zwischen den Ämtern reiche Auswahl. Nein, ich will zwar nicht prahlen, aber ich habe als Bester abgeschlossen.«

»Ich *wusste* es doch!«, strahlte Charlotte. Sie konnte sich nicht sattsehen an ihm. Wie erwachsen er geworden war! »Ich wusste, dass du es schaffen würdest. Ich bin schließlich auch nicht ganz dumm, weißt du, da hast du etwas mit mir gemeinsam«, lachte sie herzlich.

»Das weiß ich. Ihr habt uns schließlich alle unterrichtet, Mutter. Doch die Jahre an der Universität waren hart. Ein Student ist nicht viel wert, schon gar nicht, wenn er den untergeordneten Fakultäten angehört. Pastor zu werden, scheint in diesem Leben das einzig Seligmachende zu sein. Und obendrein, dass wir uns immer bei Beerdigungen einfinden und eine Art Ehrenwache bilden mussten. Je größer die Wache, umso vornehmer der Leichnam. Das kostete viel Zeit, die wir sonst zum Studieren hätten nutzen können. Aber am Ende ging alles gut.«

Dann schwieg Dag. Er saß tief in Gedanken versunken und antwortete nur mit ja oder nein, während Charlotte vom Leben auf Gråstensholm erzählte.

Sie lehnte sich vor.

»Was ist los, Dag? Du siehst so bedrückt aus.«

Er machte den Rücken gerade und seufzte schwer. »Ja, Mutter. Ich befürchte, Ihr habt in bester Absicht eine fürchterliche Tragödie verursacht.«

Sie wurde rot im Gesicht. »Ich? Was meinst du?«

»Ihr habt einmal auf Lindenallee von dieser Baronesse Trolle erzählt, die ich en passant erwähnt habe, nicht wahr?«

»Ja«, antwortete Charlotte verwirrt. »Was ist aus der Sache geworden?«

»Nichts. Da war nie etwas – nicht mehr, als dass ich sie reizend fand und stolz darauf war, dass sie sich mit mir unterhalten wollte. Es ist also auch meine Schuld, ich hätte sie nie erwähnen sollen.«

»Schuld? Ich verstehe nicht.«

»Es war zu der Zeit, als Berenius Liv den Hof machte, nicht wahr? Und er wurde ihr hier auf Gråstensholm vorgestellt, stimmt es nicht?«

Charlotte dachte nach. »Doch, so wird es wohl gewesen sein. Warum fragst du?«

Dag erhob sich und schritt im Zimmer auf und ab. »Und ich habe erfahren, dass Liv ihn zu heiraten gedachte. Dass sie bereits ja gesagt hatte.«

Die Mutter wurde immer verunsicherter. »Ja, das war für die kleine Liv eine unglaublich gute Partie.«

In dem Moment entdeckte sie die tiefe Trauer in Dags Gesicht und wurde von Sorge ergriffen.

»Liv ist mit einem gewalttätigen Ehemann verheiratet, Mutter! Mit einem wirklichen Haustyrann!«

Charlotte wurde ganz stumm, entsetzt.

Er begann erneut, auf und ab zu gehen. Dann blieb er stehen und schlug mit der Faust gegen den Fensterrahmen. »Oh, Mutter, Ihr hättet sie jetzt sehen sollen. Sie ist ein kleiner, zitternder Schatten ihrer selbst! Ihre Schwiegermutter kommandiert sie von morgens bis abends herum. Sie darf ihre Familie nicht sehen, und ihr Mann züchtigt sie, korrigiert alles, was sie gelernt hat – und er peitscht sie, wenn sie zu behaupten wagt, dass sie klüger ist als er.«

»Was sagst du da, Junge?«, rief Charlotte verzweifelt. »Was sollen wir nur tun? Oh, Gott, was sollen wir nur tun? Tengel ...«

»Nein, nicht Tengel! Er würde Laurents umbringen, und das darf nicht geschehen. Um *Tengels* willen! Wir müssen darüber sprechen, Silje, Sol und wir beide. Etwas *muss* geschehen. Sol bat mich zu warten, aber ich musste mit Euch darüber sprechen.«

»Ja. Natürlich! Oh, mein Gott, was habe ich getan? Aber ich konnte doch nicht ahnen ... Oh, das arme Kind! Niemand auf der Welt ist so liebenswert wie Liv.«

»Da stimme ich Euch zu! Sagt aber auf Lindenallee nichts, noch nicht. Lasst Sol und mich das Tempo bestimmen. Liv hat solche Angst vor Streit.«

»Ich verspreche es.«

Lange blieben sie still sitzen und waren in ihre eigenen Gedanken versunken.

»Wie ist es Sol in Kopenhagen ergangen?«, fragte Charlotte schließlich.

»Sol? Sie ist wie eine Katze – sie fällt immer wieder auf die Füße.«

»Dann ist sie also in Schwierigkeiten geraten?«

»Das musste sie wohl, auch wenn sie sich durch ihren einnehmenden Charme aus allem wieder herausmanövriert. Sol ist so verdammt unvorsichtig!«

»Fluche nicht, mein Junge!«

»Ha! Dann müsst Ihr einmal Sol hören, wenn sie loslegt!«

»Ja, das kann ich mir problemlos vorstellen«, sagte Charlotte matt.

Unten auf Lindenallee wurde Sol mit offenen Armen empfangen.

»Nein, aber Silje! Nun musst du aber aufhören mit den Honigkuchen!«

Tengel legte den Arm um Siljes Taille. »Das ist doch ganz kleidsam.«

»Vorläufig ja, da stimme ich dir zu. Aber ich habe schon ziemlich viele wohlgenährte Matronen gesehen. So eine möchte ich zu Hause nicht haben.«

»Das ist nicht so einfach«, lachte Silje schamerfüllt. »Aber du hast ganz recht, mir geht es wirklich zu gut. Tengel, wenn du siehst, dass ich zu einem Kuchen greife, dann nimm ihn mir weg und gib ihn den Armen! Aber was ist das für ein kleines Mädchen, das du mitgebracht hast, Sol?« Die Frau in Silje war schwer von Sols undiplomatischer Kritik getroffen, und sie gelobte sich selbst, sich dem nicht mehr auszusetzen. So hatte Sol damit doch eine gute Tat vollbracht.

Sol stellte die zu Tode beschämte Meta vor und erzählte in groben Zügen ihre Geschichte. Das schrecklichste Erlebnis ließ sie aus, Meta zuliebe.

Silje und Tengel wurden sogleich von dem tiefsten Mitgefühl für das heimatlose Mädchen ergriffen und versprachen ihr stehenden Fußes, dass sie eine Anstellung als Dienstmädchen bekommen sollte.

Meta fragte so vorsichtig wie möglich, ob sie im Kuhstall arbeiten dürfe, wenn sie dort jemanden brauchen konnten. Denn sie fand, dass dieses Haus für sie viel zu fein war.

»Aber was hast du denn in Schonen gemacht, Sol?«, fragte Tengel misstrauisch.

»Bekannte besucht«, antwortete sie unverzagt.

»Ach, wirklich? Nicht etwa bei Brösarps Backar, oder?«

Verdammt aber auch, dachte Sol. Dann hat auch er von den Hexen dort gewusst?

»Nein, wie kommst du darauf?«, fragte sie. »Um ganz genau zu sein, war es bei Tollarp.«

»Bist du dort in Schwierigkeiten geraten, Sol?«

»Schwierigkeiten? Wieso denn?«

»Ich bekam eine … Botschaft von dir. Silje und ich haben versucht, dir zu helfen.«

Sol bückte sich und wühlte in ihrer Reisetruhe.

»Das ist euch gelungen«, murmelte sie. »Danke. Vielen Dank!«

Tengel und Silje wechselten Blicke.

»Du willst nicht darüber reden?« fragte Tengel.

»Nein«, antwortete Sol. »Ich habe etwas Dummes angestellt. Und ich werde das nie wieder tun. Da kannst du ganz sicher sein!«

»Einmal kannst du es mir ja vielleicht erzählen?«, sagte Tengel leise. »Ich möchte es gern wissen, verstehst du. Denn ich hatte den Eindruck von … von einer Gestalt, deren Namen ich nur sehr ungern aussprechen möchte.«

Sol schaute ihm lange in die Augen. Genau in diesem Moment fühlte sie, wie nahe sie sich standen in diesem Unbeschreiblichen, das andere nicht begreifen konnten. Dann nickte sie. »Irgendwann einmal werde ich es erzählen. Das verspreche ich. Jetzt ist es noch zu früh.«

»Da kommt Are«, sagte Silje zur Ablenkung. »Are! Sieh mal, wer nach Hause gekommen ist! Und das ist Meta, sie wird hier wohnen. Meta, wenn du etwas über die Arbeit im Stall wissen willst, dann brauchst du nur Are zu fragen. Das ist sein Revier.«

Meta blickte scheu den kräftigen, hochgewachsenen Jungen an, der Tengel so ähnlich sah – abgesehen davon, dass er nicht Tengels dämonische Augen besaß.

»Ja, wann kann ich anfangen?«, fragte sie. »Ich möchte gern richtig hart zupacken.«

Are starrte sie erschrocken an. »Was sagt sie? Ich verstehe nicht ein Wort!«

»Versteht Ihr mich nicht, Herr?«, flüsterte Meta unglücklich.

»Herr? Ich bin vierzehn Jahre alt! Und sie kann ja noch nicht einmal richtig sprechen!«

»Aber Are!«, sagte Sol. »Das ist Schonisch. Ein eigener Dialekt, der dem Schwedischen und dem Dänischen ähnelt. Du wirst sie schnell verstehen.«

»Wieso ich? Nie im Leben! Sie muss *Norwegisch* lernen!«

»Nimm sie jetzt mit in den Stall und zeige ihr dein Königreich«, sagte Silje. »Und benimm dich anständig! Wir haben mit Sol einiges zu besprechen, allein.«

»Warum darf ich nicht dabei sein?«

»Du bist noch nicht erwachsen.«

»Ich werde wie ein Kind behandelt!«

»Was willst du eigentlich?«, lächelte Silje sanft. »Herr willst du nicht sein und Kind auch nicht. Nimm das Mädchen jetzt mit.«

Hitzköpfig etwas vor sich hinmurmelnd, entfernte er sich mit einer unbeholfenen Meta im Schlepptau.

»Aber um alles in der Welt«, sagte Sol bestürzt. »Das sieht Are gar nicht ähnlich! Er ist doch sonst die Freundlichkeit in Person.«

Silje schmunzelte. »Erinnerst du dich nicht mehr, wie schwer du in dem Alter mit dir selbst zurechtkamst? Mit einem Bein in der Kindheit und mit dem anderen in der Welt der Erwachsenen. Ich jedenfalls weiß noch gut, wie schwierig das sein kann. Und du warst auch nicht gerade ein Engel.«

Mit vierzehn Jahren? ... Klaus, der Küster, Herr Johan ...

»Ein Engel bin ich nie gewesen«, grinste Sol. »Na, das wird wohl auch bei ihm vorübergehen. Ich kann nicht lange bleiben, ich habe im Auftrage der dänischen Adelsfamilie etwas in Tønsberg zu erledigen. Morgen werde ich dorthin reiten.«

»Aber du kannst nicht allein reiten«, wandte Silje ein.

»Liebe Silje! Das ist noch nicht einmal eine Tagestour. Dann übernachte ich bei ihnen und bin am nächsten Tag wieder zu Hause. Was kann mir denn schon passieren, wenn ich auf dem Rücken eines Pferdes sitze?«

»Lass sie reiten«, sagte Tengel. »Sol schafft das schon.«

»Ja, aber kannst du nicht ein paar Tage warten«, bat Silje. »Die kleine Meta wird unglücklich sein, wenn du fort bist, bevor sie Zeit gehabt hat, sich hier einzuleben.«

Sol bedachte sich und fand Siljes Gedanken besser als ihren eigenen. Aus anderen Gründen. »Ich warte«, stimmte sie zu.

»Gut! Es war lieb von dir, dass du dich des Kindes angenommen hast, Sol.«

»Oh, wenn ihr nur wüsstet, was sie erlebt hat! Aber ich glaube, ich schweige besser um ihretwillen.«

Draußen im Stall führte ein finsterer Are Meta herum. Das arme Mädchen trottete ihm nach und nickte jedes Mal heftig mit dem Kopf, wenn er etwas erklärte. Ihre Augen verrieten, wie beeindruckt sie war, sie sagte jedoch kein Wort.

»Kannst du nicht einmal auf eine Frage antworten«, brach es aus Are zum Schluss heraus.

Sie zuckte zusammen, und ihre Augen liefen vor Tränen über. »Trau mich nicht. Euch gefällt meine Sprache nicht, Herr!«

»Herr? Ach, Jesus, gib mir Geduld!«

Nach Sols eindringlichen Bitten verloren Dag und Charlotte keine Silbe über Livs Leiden. Sie wollten keinen Sturmangriff von Tengels Seite riskieren. Das würde all ihre Pläne zunichtemachen.

Sol gab vor, nach Tønsberg zu reiten.

Aber das tat sie natürlich nicht.

Nach einigen Stunden stand sie, zwischen zwei Häusern verborgen, direkt gegenüber Berenius' Handelshaus. Es lag nahe des Osloer Hafens, weit von seinem und Livs Wohnhaus entfernt.

Sie ließ sich viel Zeit. Den ganzen Tag studierte sie alles, was sich vor dem Gebäude abspielte. Mehrere Male beobachtete sie einen jugendlichen Mann, in dem sie Laurents erkannte. Elegant, aber für Sols Geschmack zu geschniegelt und zu selbstsicher. Ein gewisses Maß an Autorität schätzte sie ohne Frage, aber nicht von dieser Art. Sie wollte einen richtigen Mann, einen, dem die Autorität angeboren war, ohne dass er schreien oder brüllen musste. Einen, den die Autorität wie eine Aura umgab.

Womit Berenius handelte, wurde ihr nie richtig klar. Es hatte bestimmt etwas mit Holz, Bauholz oder dergleichen zu tun. Das Einzige, worauf sie sich konzentrierte, waren die Menschen.

Das Haus stand mit der Giebelfront zur Straße. Ganz oben befand sich eine offene Luke. Dort standen einige schwere Säcke, die man wahrscheinlich am Tau hinunterließ, wenn sie gebraucht werden sollten.

Die Luke war direkt über der Tür.

Laurents stand oft in der Tür und diskutierte.

Sol kehrte am nächsten Tag zurück, stellte sich an dieselbe Stelle – in einen engen Torweg zwischen den Häusern. Passend stand auch ein Busch dort, der sie vor den Vorbeikommenden verbarg.

Er durfte sie nicht entdecken, denn sonst hätte sie

auch selbst ins Haus gehen und die Angelegenheit auf leichtere Weise erledigen können. *Nichts* jedoch durfte ihren Plan in Verbindung mit Liv bringen. Das war Sols erste Voraussetzung.

Viele Jahre hindurch hatte sie geübt, Gegenstände allein mittels ihrer Gedanken in Bewegung zu setzen.

In den frühen Morgenstunden arbeitete sie, bis ihr vor Schweiß das Haar an den Schläfen klebte und das Herz doppelt so schnell schlug. Mittels ihrer Gedanken versuchte sie, einen Sack bis ganz an die Kante zu schieben. Sie konnte nicht wissen, was sich in dem Sack befand – hoffte nur, dass es etwas recht Schweres war.

Das hatte sie noch nie zuvor versucht – etwas so Großes über eine so lange Distanz zu bewegen. Kleine Dosen auf dem Tisch, ja, das war ihr schon gelungen, aber dies hier!

Am Ende musste sie einsehen, dass sie sich zu viel vorgenommen hatte. Sol musste vorerst aufgeben. Sie musste ins Haus hinein. Aber wie?

Im selben Häuserblock war ein Kohlenhändler, das war ihr aufgefallen. An die Kohlenhandlung schloss sich ein Hinterhof an. Dort standen Säcke und anderes Gerümpel. Zum Hinterhof gingen keine Fenster hinaus ...

Eine halbe Stunde später trottete ein junger Bursche mit einem Sack auf dem Rücken durch Berenius' Tür. Er hatte seine rußige Mütze tief ins Gesicht gezogen. Die nackten Beine und Füße waren so schmutzig, dass man kaum noch die Hautfarbe darunter erkennen konnte.

Er richtete es so ein, dass er ins Haus schlüpfen konnte, als der Verkehr am stärksten war, und ging drinnen sicheren Schrittes die Treppe hoch.

Wohlbehalten oben angekommen, warf Sol den Sack vom Rücken, nachdem sie sich versichert hatte, dass es dort vollkommen menschenleer war. Dann stieg sie weiter hinauf zum Speicher, wo sie sich bei der Luke hinter den Säcken zusammenkauerte.

Sie nahm den Speicher in Augenschein. Kreuz und quer stützten große Balken das Dach. Hier oben war es dunkel und feucht, aber am anderen Ende des Raumes sah sie eine Luke offenstehen. Vorsichtig schlich sie dorthin.

Etwas unterhalb der Luke war das Dach. Da es ein Stück vorsprang, konnte man sich zum Nachbarhaus hinüberbegeben, und von dort würde es wohl gelingen, wieder festen Boden unter die Füße zu bekommen.

Sol hörte auf der Treppe ein Geräusch und eilte wieder hinter die Säcke. Sie wagte nicht hervorzuschauen, nach einer Weile jedoch entfernte der Unbekannte sich, und sie war wieder allein. Nun konnte sie hören, dass sich im Stockwerk unter ihr Leute aufhielten.

Doch Laurents Berenius hatte sich den ganzen Tag noch nicht blicken lassen.

Sol wurde es kalt. Wenn heute nun die Beerdigung seiner Mutter stattfand?

Sie hatte ja allen Grund zu der Annahme, dass seine Mutter gestorben war. Sol hatte zwar nichts dergleichen gehört, wusste nicht, dass genau in diesem Augenblick ein Brief von Liv nach Lindenalle unterwegs war. Auf Anweisung von Berenius gab Liv schriftlich Bescheid, dass die Anwesenheit ihrer Familie nicht notwendig sei. Liv schrieb nicht, dass Laurents sich ihrer Familie schämte. Nicht einmal Charlotte oder Dag wurden akzeptiert. Laurents konnte nicht verstehen, dass sich ein Bastard wie Dag Baron nennen dürfte. Dass Laurents selbst diverse Abenteuer mit Frauen gehabt hatte, bevor er Liv kennengelernt hatte, sah er nicht in Zusammenhang mit einem außerehelichen Kind. Was für eine verwerfliche Frau!

Sol lag ungeduldig hinter den Säcken und spähte hinunter auf die Straße.

Da, am späten Nachmittag zeigte sich Laurents Berenius endlich beim Handelshaus. Er fuhr im Wagen vor und eilte ins Haus.

Nun kam es nur darauf an, dass er zum Inspizieren vors Haus trat. Die Tür war dazu der strategisch wichtige Punkt.

Sol musste lange warten. Noch einen Tag Abwesenheit konnte sie sich nicht leisten. Dann würde man sich zu Hause Sorgen machen. Und dort sollte man keinen Argwohn schöpfen.

Jetzt kam er hinaus. Sie zog den Kopf ein. Oh, *halt* jetzt da an!

Aber nein, er ging zu weit voran. Zum Hafen hinunter.

Sol konnte ihn von dort, wo sie saß, nicht sehen, wusste nicht, was er tat. Plötzlich merkte sie, dass sich ihre Fingernägel tief in ihre Handflächen eingruben.

Dann kam er zurück. *Halt unter der Luke an, halt unter der Luke an!*

Das taten er und sein Begleiter. Doch der falsche Mann stand am richtigen Fleck.

Sie musste wieder warten.

Sol sah von oben nur ihre Köpfe. Berenius bekam allmählich schütteres Haar, entdeckte sie.

Die Männer diskutierten und gestikulierten lange. Dann und wann rührten sie sich etwas von der Stelle.

Da! Sie hatte es nicht fertiggebracht, den Sack zu bewegen. Aber konnte sie den Männern nicht suggerieren, das zu tun, was sie wollte?

Bleib stehen, Laurents Berenius!

Sol schob den Sack an den Rand der Luke. Er kippte um – und fiel.

Laurents drehte sich um. Sol erhob sich, wagte nicht, sich dort noch länger aufzuhalten. Sie verschwand vom Fenster und stürmte über das Dach zum Nachbarhaus hinüber.

Kurz darauf war sie auf der Straße. Rasch warf sie einen Blick auf das Durcheinander vor der Tür des Kontorgebäudes von Berenius, bevor sie um die Ecke verschwand.

Der Sack war schwer gewesen. Schwerer als sie erwartet hatte. Von Laurents Berenius war nicht mehr viel übrig.

10. Kapitel

Sol traf zur Abenddämmerung wieder zu Hause ein.

»Sol, wie gut, dass du kommst«, sagte Silje aufgeregt. »Charlotte und Dag sind hier. Wir haben einen Brief von Liv erhalten, in dem sie berichtet, dass ihre Schwiegermutter gestorben ist. Herzanfall. Und Liv bittet uns, nicht zur Beerdigung zu kommen. Aber ich finde, wir sollten trotzdem hinfahren. Findest du nicht auch?«

Sol kam gar nicht zum Antworten, denn Dag fuhr dazwischen.

»Ihr Mann muss sie gezwungen haben, das zu schreiben.«

Silje sah ihn verwundert an. »Warum denn? Warum sagst du das?«

»Wann ist die Beerdigung?«, unterbrach Sol blitzschnell.

»Übermorgen.«

Liv ist jetzt allein, dachte Sol. Niemand im Haus – abgesehen von den Toten.

»Ich glaube, Liv braucht uns«, sagte sie ruhig. »Wir fahren hin, alle zusammen.«

Damit war es abgemacht.

Doch sie kamen nicht dazu, nach Oslo zu fahren. Denn es kam ein neuer Bescheid, durch einen Reiter mit einem Eilbrief. Er kam an, als sie zusammen mit

Charlotte und Dag die Reisevorbereitungen für den nächsten Tag besprachen.

Auch Laurents war tot. Ein tragischer Unglücksfall auf dem Arbeitsplatz – und die Beerdigung der Mutter war aufgeschoben worden, so dass Mutter und Sohn gemeinsam begraben werden konnten.

»Oh, arme Liv«, klagte Silje. »Nach so kurzer Zeit ihren Mann zu verlieren!«

Dag, Sol und Charlotte wechselten vielsagende Blicke. Sol nickte.

»Das war wohl das Beste, was passieren konnte«, sagte Dag.

Und dann erzählten sie von Livs unglücklicher Ehe.

Tengels Gesicht wurde immer weißer.

»Und darüber habt ihr nicht ein Wort verloren? Mein kleines Mädchen!«

»Wir wissen es doch selbst erst seit einer Woche«, sagte Dag.

Silje weinte. »Ich war so oft traurig, weil sie nicht herkam und keinen Besuch von uns haben wollte. Ich habe mich so nach ihr gesehnt. Dann durfte sie also nicht! Oh, Liv, unser kleines Mädchen!«

»Ja, wir tragen an dieser Ehe große Schuld«, sagte Charlotte. »Ich glaube, wir haben Liv in diese Ehe gedrängt. Sie hat sich eingeredet, dass Laurents der einzig Richtige für sie sei.«

»Morgen früh fahre ich hin«, sagte Silje. »Ich werde ihr bei der Beerdigung beistehen, und dann nehme ich sie mit nach Hause.«

»Ich komme mit«, sagte Tengel.

»Ja, macht das«, sagte Sol. »Aber jetzt habe ich Hunger. Ich sehe in der Küche nach, ob noch was zu essen da ist. Wenn sich die Bediensteten schon schlafen gelegt haben, dann mache ich mir selbst etwas.«

»Um diese Tageszeit?«

»Warum nicht? Muss man immer nach der Uhr essen? Folgt ihr festgelegten Normen?«

Sie verschwand.

Es wurde still.

»Sol ist schon eigen«, grinste Are. »Sie hat immer gemacht, was sie wollte. Wir haben schon viel Kummer mit ihr gehabt, aber ...«

Dag schaute in die Luft. »Ich glaube, wir haben Sol viel zu verdanken«, sagte er nur.

Die andern schwiegen.

»Ja«, sagte Charlotte, und dachte an frühere Erlebnisse. Das Wirtshaus in Dovre. Zwei tote Einbrecher ...

»Sie liebt ihre Familie über alles auf der Welt«, sagte Silje und erinnerte sich an die kleine zweijährige Sol, die bewirkte, dass Abelones widerlicher Sohn sich mit dem Messer schnitt, nachdem er Silje so sehr gequält hatte. »Für uns würde sie alles tun.«

»Ja«, sagte Dag, während er sich fragte, wieso Livs Schwiegermutter so unerwartet und passend gestorben war.

Tengel sagte keinen Ton. Seine Augen verrieten, dass er weit fort war. Er wusste mehr als die anderen. Er hatte den Küster hilflos auf die Kirche zutorkeln sehen. Einen Küster, der gedroht hatte, Tengel wegen des Gebrauchs von Zauberkraft anzuzeigen ...

»Sol bat uns, noch ein paar Tage zu warten«, murmelte Dag vor sich hin.

Niemand wollte den anderen in die Augen sehen. Niemand hatte das Bedürfnis, Fragen über den Ritt nach Tønsberg zu stellen …

Alle hatten von der Sache einen unterschiedlichen Eindruck. Allein Sol kannte den gesamten Zusammenhang.

In der Küche versorgte sie sich mit einer ordentlichen Scheibe Brot. Ihre Gedanken waren im Grunde mit den gleichen Dingen beschäftigt, wie die ihrer Familie.

So hatte sie also noch einen Menschen in einen anderen Bewusstseinszustand befördert.

Begonnen hatte es mit einem gewöhnlichen Spielkameraden aus dem Tal des Eisvolkes. Wenn sie von Abelones Sohn absah, von dem sie sich sagte, dass sie ihn nur zu Übungszwecken benutzt hatte. Von dem Spielkameraden wusste niemand etwas. Er hatte Liv und Dag gehänselt. Alle hatten geglaubt, er sei eines natürlichen Todes gestorben.

Ach, beständig musste sie aufpassen, dass nichts ihren Lieben zustieß oder jemand schlecht von ihnen sprach. Wie wehrlose und naive Kinder standen sie all dem Bösen auf dieser Welt gegenüber. Sie musste sie beschützen, aufpassen, dass sie in Frieden leben konnten und es ihnen gut ging. Manchmal wurde sie richtig wütend über ihre Unschlüssigkeit!

Dann waren da auch noch die beiden Räuber in der Posthalterei von Dovre. Die Tante Charlotte, dem Engel der Familie, etwas antun wollten.

Der Kirchendiener … Dabei hatte sie sich wirklich amüsiert!

Herr Johan ... Das war schade, aber notwendig. In allerhöchstem Grade notwendig.

Und dann einige von Tengels schwerkranken Patienten. Aber die zählten nicht, die waren schließlich schon halbtot.

Wie war es in Kopenhagen gewesen? Nein, dort hatte sie sich zusammengerissen.

Aber dann waren da noch die beiden Räuber in Schonen. Selbstverteidigung. Keinerlei Finessen dabei, aber die Zeit war zu knapp gewesen.

Dann Livs Schwiegermutter. Damit war sie weitaus mehr zufrieden. Intelligent und methodisch geplant. Und dann Laurents. Auch das hatte sie gut gemacht.

Allmählich wurde die Liste lang. In der letzten Zeit war sie erheblich angewachsen. Aber das wichtigste Opfer wartete noch. Nur wusste Sol das nicht.

Liv stand vollkommen unbeweglich in dem feinen Salon in ihrem Haus in Oslo. Sie presste die Hände zusammen, um nicht so zu zittern. Doch sie konnte nicht verhindern, dass sie am ganzen Körper bebte.

Er ist tot, dachte sie. Er ist tot und kommt nicht wieder.

Sie konnte nur zittern, nicht denken, ihr Gehirn funktionierte nicht. Wollte nicht funktionieren. Denn dann könnten ihr Gedanken kommen, bei denen sie sich nicht wiedererkannt hätte.

Die Gedanken hatten sich bereits gemeldet, als sie vom Tod der Schwiegermutter erfahren hatte. Ich darf keine Erleichterung verspüren, hatte sie sich gesagt, ich ... Nein, ich habe ihr nicht den Tod gewünscht! Das habe ich nicht! Gott, hilf mir und erbarme dich meiner!

Und nun Laurents.

Nicht denken, nicht denken, mein Gewissen erträgt keinen freimütigen Gedanken. Die Beerdigung, wie soll ich die nur überstehen? Kommt denn niemand, der mir bei den praktischen Dingen helfen kann? So dass ich auf andere Gedanken komme. Ich zerbreche daran. Ich zerbreche an all dem, was kurz vor dem Ausbruch steht, ich … da kommt jemand. Vertraute Stimmen. Vertraute und liebe Stimmen!

Sol segelte in den Raum. Und hinter ihr kamen alle ihre Lieben. Liv war umgeben von besorgten, fürsorglichen Stimmen, Armen, die sie umschlossen. Die Mutter war da, warmherzig und mit glänzenden Augen. Sie sagte etwas von »mager« und »geliebtes Kind«. Und Sol zwitscherte. Und Dag war da, und Charlotte, und alle schauten sie besorgt an. Doch Liv konnte sie nicht klar erkennen.

Tengel war in der Tür stehen geblieben. Er starrte seine Tochter an, das Kind, das er die Kinderkrankheiten hindurch im Zimmer hin und her getragen, das er im Arm gehalten hatte, während sie sich durch ihre ersten Buchstabenreihen buchstabierte, und das der gesamten Welt stets so sanft und herzerwärmend entgegengestrahlt hatte. Und er erkannte sie nicht wieder. Dieses starre, abgemagerte Gesicht mit blauen Schatten unter den Augen, mit glanzlosem Haar und verwirrtem Blick …

Tengel wandte sich ab und schlug die Hände vors Gesicht. Nun wusste er, was Hass war. Laurents Berenius und seine Mutter konnten dankbar sein, dass der Tod sie so jäh und schmerzfrei ereilt hatte.

Mit einem schweren Seufzer wischte er die Tränen fort. Wie viele Male hatten Silje und er vorgehabt, Liv zu besuchen, obwohl sie deutlich ihre Ablehnung eines Besuches zum Ausdruck gebracht hatte. Doch ihre Rücksichtnahme hatte gesiegt. Liv hatte sie gebeten, nur noch ein bisschen zu warten – sie war mit dem Einrichten noch nicht fertig, oder Laurents war verreist, und er wollte so gern dabei sein. Und so weiter.

Jetzt war Liv von vielen Menschen umgeben. Alle wollten sie umarmen, alle wollten sich um sie kümmern. Ihr Gesicht war vollkommen leblos. Tengel hatte Angst, solche Angst!

Nun war sie frei, und sie schaute ihn unverwandt an. Tengel ging auf sie zu, und sie fiel ihm geradewegs in die Arme. Und während ihm erneut Tränen übers Gesicht rannen, hörte er ihr verschrecktes Schluchzen: »Nimm mich mit nach Hause, Vater!«

»Ja«, flüsterte er zurück. Auch er konnte nicht deutlich sprechen. »Nun kommst du wieder nach Hause. Und willkommen sollst du sein, mein geliebtes Kind!«

Liv kam nach Hause, bleich und müde und entsetzlich mager. Sie ging stumm im Garten umher, und manchmal machte sie einen Abstecher nach Gråstensholm, wo sie lange Gespräche mit Dag führte. Er war derjenige der Geschwister, der ihr immer am nächsten gestanden hatte. Charlotte hielt sich im Hintergrund, servierte ihnen gute Speisen und war in jeder Hinsicht aufmerksam.

Liv und Dag wanderten über die Felder.

»Bitte, Liv! Warum kannst du nicht sagen, was dich so sehr bedrückt?« Dags Stimme klang fast verzweifelt. »Ich weiß, dass da etwas ist«, fuhr er fort. »Wir haben es alle gesehen, als wir dich nach Hause holten, und du wirst nicht drüber hinwegkommen, wenn du es nicht offen aussprichst. Sie sind beide tot, Liv! Wovor hast du Angst?«

Sie rang die Hände. »Ich traue mich nicht, es laut auszusprechen.«

»Du musst! Sonst wirst du es nie überwinden.«

Liv nickte. Sie schwieg eine Zeit lang, und dann begann sie.

»Ich fühle mich so schuldig, Dag.«

Er nahm ihre Hand und fühlte, dass sie eiskalt war. »Was meinst du damit?«

»Ich meine nicht, dass ich mir Laurents' Tod direkt gewünscht habe. Aber meine Gedanken kreisten ständig um die fürchterliche Tatsache, dass ich nie aus diesem erniedrigenden Leben herauskommen würde. Und das ist wohl in gewisser Hinsicht dasselbe wie seinen Tod zu wünschen, oder nicht?«

»Nein, das finde ich nicht. Das war deinerseits wohl eher eine Art Resignation.«

»Ja, das war es wohl«, sagte sie zögernd, jedoch etwas erleichtert.

Sie waren stehen geblieben.

»Liv, meine liebe Freundin, versuche, es als eine Phase anzusehen, durch die du hindurchmusstest! Nimm mich als jemanden, auf den du dich verlassen kannst, jemanden, der immer Zeit und Geduld zum Zuhören hat.

Ich möchte dir so gern helfen. Du brauchst keine Angst zu haben, dich zu wiederholen, wenn dir danach ist, du musst alles Schreckliche aus dem Körper und deiner Seele lassen. Und dann kannst du wieder von Neuem beginnen!«

»Oh, Dag!« Sie lehnte ihren Kopf an seine Schulter. »Nie kann ich wieder von Neuem beginnen. Ich bin verletzter, als du dir vorstellen kannst.«

Er legte den Arm um ihre Schultern. »Du musst die Zeit zu Hilfe nehmen, die ist jetzt deine beste Freundin. So – Kopf hoch!«

Er hielt sie etwas von sich ab und schaute freundlich hinunter in ihre verzweifelten Augen.

Mit einem Mal verflüchtigte sich sein zärtliches Lächeln. Es wurde so still, so still um sie her. Livs Augen weiteten sich, ihre Augen bekamen einen hilflosen Ausdruck.

Dag vergaß das Atmen. Eine Angst vor dem Unverstehbaren erfüllte sie beide in diesem Augenblick der Wahrheit.

Liv gab ein verzweifeltes Wehklagen von sich und lief vor ihm davon. Sie lief wie ein verschrecktes Tier über die Wiesen auf Lindenallee zu.

Dag blieb stehen und schaute ihr nach, er unternahm jedoch keinen Versuch, ihr nachzusetzen. Erschrocken und verwirrt kehrte er nach Gråstensholm zurück.

Charlotte stand draußen vor dem Salonfenster und beschnitt die Rosenbüsche, die ihre Mutter vor langer Zeit gepflanzt hatte.

»Na, du kommst allein? Ich dachte, Liv würde mit uns essen.«

Darauf gab er keine Antwort. Blieb nur stehen und starrte auf die Rosen, ohne sie wirklich wahrzunehmen.

Charlotte schaute ihn an. »Was ist los, Dag?«

Er schluckte.

»Du brauchst nichts zu sagen«, sagte sie leise und begann wieder, die Rosen abzuknipsen. »Ich habe es schon an dem Tag verstanden, an dem du nach Hause gekommen bist. Als du von den Missverständnissen mit Baronesse Trolle und Laurents' ausdauernder Brautwerbung gesprochen hast.«

»Ja, das hatte ich wohl damals schon unbewusst im Hinterkopf. Im tiefsten Inneren wusste ich, wie sehr ich mich für sie interessiere. Aber ich hatte mir wohl nicht erlaubt, den Gedanken auch nur zu Ende zu denken. Sie war ja schließlich verheiratet. Aber heute ... gerade eben ...«

Die Mutter wartete, ließ ihn zu Ende sprechen.

»Ich habe es früher nie begriffen, denn wir waren ja wie Geschwister«, sagte er heftig. »Aber wir sind es nicht. Und ich glaube, Liv fühlt genauso, selbst wenn auch sie jetzt fürchterlich erschrocken ist.«

Charlotte nickte. »Ich verstehe. Sie war enttäuscht, von Baronesse Trolle zu hören, und deshalb gab sie dem Druck nach und hat Laurents Berenius geheiratet. Liv ist ja so gefügig. Und du ... in Kopenhagen ... du warst aufgebracht von der Nachricht, dass sie heiraten wollte. Nicht wahr?«

»Ja.«

Er wandte sich so jäh um, dass der Kies knirschte. »Aber Ihr hättet womöglich niemals eine Heirat zwischen Liv und mir zugelassen?«, fragte er mit einem Anflug von Aggressivität in der Stimme. »Sie ist schließlich nicht von Adel.«

»Dag, liebster Sohn, wie kannst du so etwas sagen? Hast du bei mir je Standesdünkel erlebt?«

»Nein, das habe ich zum Glück nie erlebt.«

»Aber gib ihr Zeit, mein lieber Junge! Ich glaube, du musst ungeheuer vorsichtig vorgehen. Wir alle kennen Livs Ängste nach dieser Ehe.«

»Ich habe da so eine Ahnung«, seufzte er. »Ich fürchte, das kann unbeschreiblich lange dauern. Vielleicht wird es mir nie gelingen, sie zu erreichen?«

»Mir scheint, dass sie ein schlechtes Gewissen hat«, nickte Charlotte. »Als ob ihr irgendjemand ein schlechtes Gewissen immer und immer wieder eingeredet hat. Und ich fürchte, der Gedanke an Liebe zwischen zwei Menschen, die wie Geschwister aufgewachsen sind, kann sie noch mehr erschrecken. Armes, kleines Mädchen! Wir müssen ihr all unsere Fürsorge geben, Dag.«

Dag stimmte dem mehr zu, als er auszudrücken vermochte.

Eines Tages hielten sie auf Lindenallee an einem herrlich gedeckten Tisch Familienrat ab. Sol stellte fest, dass Silje standhaft den Kuchenteller stehen ließ, und grinste. Tengel griff ein Thema auf, das Liv schon erwartet hatte.

»Liv, du wirst bald gezwungen sein, dir Gedanken über deine Zukunft zu machen«, sagte er und schaute sie ernst an. »Du bist nunmehr die Besitzerin einer bedeutenden Holzhandlung.«

»Ich will sie nicht haben«, sagte sie scharf.

»Dann wirst du sie verkaufen müssen«, sagte Tengel. »Du kannst sie nicht einfach ihrem Schicksal überlassen.«

»Wäre das nicht ziemlich dumm?«, unterbrach ihn Are. »Wie Ihr wisst, Vater, habe ich vor, den Wald hier zu nutzen. Das haben Tante Charlotte und ich besprochen. Und was wäre da besser als eine Holzhandlung, die die Verfrachtung übernimmt?«

»Das ist eine ausgezeichnete Idee«, sagte Dag.

»Aber ich habe keine Ahnung von Holzhandel«, wandte Liv ein. »Und ich will auch nicht in dem fürchterlichen Haus wohnen – mit all den Erinnerungen. Ich will hier wohnen!«

»Das kannst du doch auch«, sagte Dag und war enttäuscht, dass sie erneut seinem Blick auswich. »Aber ich bin Jurist, und ich kann dir bei vielem behilflich sein. Außerdem darfst du nicht vergessen, wie geschickt du im Rechnen bist. Die Buchhaltung kannst du von hier aus führen. Was wir mit dem Haus machen sollen, weiß ich nicht. Es wäre schade, es zu verkaufen ...«

»Warum lasst ihr nicht mich dort wohnen?«, fragte Sol ungezwungen. »Feine Dame spielen, Hof halten und so weiter. Dann würden sich die Verehrer bestimmt haufenweise die Finger nach dem schönen Haus ablecken – und mich mit in Kauf nehmen.«

»Red nicht so dummes Zeug«, sagte Tengel streng. »Du kannst dort nicht allein wohnen.«

»Kann ich doch. Das macht das Ganze nur noch spannender. Die Leute werden vor Neugier umkommen über die schöne Frau mit den traurigen Augen!«

»Traurige Augen – du?«, lachte Are. »Deine Augen sind lebenslustig und wie die eines Teufels.«

»Are!«, sagte Silje streng. »Du wirst in diesem Haus nicht fluchen!«

»Ich fluche nicht, das war nur ein Vergleich.«

Tengel seufzte, konnte ein Lächeln aber nicht ganz unterdrücken. »Nun schweift der Familienrat aber ab«, sagte er. »Wir müssen versuchen, ernsthaft bei der Sache zu bleiben. Ihr seid jetzt alle zusammen erwachsen, Are ausgenommen. Und der Einzige, dessen Lebensweg gesichert ist, ist er. Ihr großen Kinder könnt euch nicht einfach treiben lassen. Dag ist fertig ausgebildet – aber was willst du mit deiner guten Ausbildung anfangen?«

»Ich weiß es nicht genau, Vater. Aber ich habe zwei wirklich gute Angebote – und viele andere Möglichkeiten.«

Er nannte Tengel noch immer Vater, und Charlotte wurde deswegen von Freunden und Bekannten oft geneckt.

»Dann sitzt du also nur herum und zählst Knöpfe. Und Liv hat eine vermögende Holzhandlung geerbt, hat aber nicht die Kraft, sich darum zu kümmern. Und Sol … Könntest du mir nicht wieder bei der Behandlung der Kranken helfen? Sie haben dich alle vermisst – und *ich* am allermeisten«, fügte er hinzu.

»Das kann ich«, sagte sie halbherzig, während sie an die Freiheit dachte, die sie hatte erleben dürfen. Oder besser gesagt: Alles war vollkommen verändert, seit sie dem Fürsten der Finsternis begegnet war. Nichts war mehr so wie früher. »Doch, das kann ich. Vorübergehend, bis ich herausgefunden habe, was ich mit meinem

Leben anfangen will. Denn es sieht nicht gerade so aus, als würde ich von Verehrern überrannt.«

»Verehrer hast du doch bestimmt genug gehabt, und das weißt du sehr genau«, lächelte Silje. »Ungefähr die Hälfte der männlichen Patienten hat um deine Hand angehalten. Aber es macht nicht den Eindruck, als wolltest du einen haben.«

»Habe noch nicht den Richtigen gefunden«, antwortete Sol leichthin. Wieder war das Gespräch aus dem Ruder gelaufen.

Allmählich ging auf den beiden großen Gehöften alles wieder seinen geregelten Gang. Sol half nett und geistesabwesend bei der Behandlung der Patienten, verabreichte ihnen mitunter wirkungslose Arzneien und versprach ihnen vollkommene Besserung und das halbe Himmelreich dazu. Manchmal ging es gut, manchmal nicht, die Kranken jedoch liebten sie. Sie machte mehrmals Ausflüge in den Wald und unternahm ihre »Reisen« zum Blocksberg, doch die Nachwirkungen waren so fürchterlich, dass sie es lange bleiben ließ. Aber auch das war schwer auszuhalten, denn sie sehnte sich ständig nach der faszinierenden Satansgestalt. Auch wenn sich die Landschaft und die Episoden am Blocksberg veränderten, so war *er* stets derselbe, ein unheimlich suggestiver Mann mit genau dem dämonischen Stich, der Sol so sehr anzog. Er wurde bei jedem Mal schöner und erotischer. Vielleicht wurde der Abstand zwischen ihm und anderen irdischen Männern bedenklich groß. Dreimal war sie ihm nun schon begegnet, in schwindelerregender Ekstase, und sie verspürte beim Erwachen eine beständig zunehmende Leere. Dann weinte sie vor Hilflosigkeit.

Sie wusste, dass sie nach jedem Mal gespalteneren Sinnes war. Der Abgrund wurde für sie zum Grenzland, kennzeichnete die Trennungslinie zwischen ihren beiden Welten – und mehr und mehr wurde ihr klar, in welche Welt ihr Herz gehörte, wohin ihre Sehnsucht sich richtete.

Das erschreckte sie mehr, als sie sich selbst eingestehen wollte.

Liv kehrte langsam wieder ins normale Leben zurück. Dennoch war es ein weiter Weg. Dag hatte mit ihr unbeschreiblich viel Geduld und oft dachte er an den fatalen Augenblick zurück, als ihnen beiden klar geworden war, dass sie wirklich keine Geschwister waren.

Es war Liv selbst, die das Thema ansprach.

Sie saßen in Gråstensholm am Fenster. Draußen dämmerte es. Die Unterhaltung war eingeschlafen. Sie waren allein. Charlotte war unten auf Lindenallee.

»Was soll nur aus uns werden, Dag?«, seufzte Liv plötzlich.

Er zuckte zusammen. »Was meinst du damit?«

»Du weißt, was ich meine.«

»Ja«, sagte er nach langer Pause. »Ich habe mich nur nicht getraut, es auszusprechen.«

Liv wartete. Sie hatte das Thema angeschnitten, nun war die Reihe an ihm.

»Willst du, Liv?«, fragte er leise. »Willst du mich heiraten?«

Sie wandte sich ab. »Das geht nicht so einfach«,

brachte sie flüsternd hervor. »Wollen heißt nicht immer auch gleich können.«

»Warum nicht?«

Heftig schüttelte sie den Kopf. »Ich kann darüber nicht sprechen, Dag. Ich kann nicht. Es ist zu... privat.«

Er schaute sie prüfend an, doch sie wandte ihr Gesicht wieder von ihm ab.

»Aber du willst?«, fragte er leise. »Mich heiraten?«

Diesmal nickte sie heftig.

Dag quälte sie nicht mehr. Es fiel ihr offensichtlich zu schwer.

Stattdessen ging er mit dem Problem zu Sol. Zur offenen und ehrlichen Sol, die stets bereit war, zu helfen. Er bat sie, zu versuchen, aus Liv herauszubringen, was sie daran hinderte, ihn zu heiraten.

»Zuerst ist es wohl unanständig früh nach dem Tod ihres Mannes«, sagte Sol wie aus der Pistole geschossen.

»Das weiß ich. Aber ich kann warten.«

Sol, die gerade beschlossen hatte, das gefährliche Blocksbergspiel aufzugeben, war dankbar, weil sie auf andere Gedanken gebracht wurde.

»Natürlich werde ich sie fragen, lieber Bruder. Das ist das Einzige, was Liv retten kann – dich zu heiraten. Warum bist du nicht schon längst darauf gekommen, du Dummkopf?«

»Wärest du darauf gekommen?«

»Nein, wenn ich ehrlich sein soll, dann wäre ich nicht darauf gekommen. Ich habe uns immer als Geschwister im Kopf gehabt.«

»So ist es uns auch gegangen. Aber wir sind keine Geschwister, Sol.«

»Nein, Gott sei Dank nicht – um Livs willen. Ich wünsche euch alles Gute, kleiner Bruder, und ich werde die Wahrheit schon aus ihr herauskitzeln.«

Das tat sie auch. Sie teilten ein Schlafzimmer, wie schon als Kinder, und eines Abends bemerkte Sol, dass Liv bereit war, über ihre schreckliche Ehe zu sprechen.

Sol hörte im Dunkeln der flüsternden Stimme ihrer Schwester zu.

»Unsere liebe Mutter hatte mir geraten, ihm all meine Liebe zu geben, ihn zu mir kommen zu lassen und ihn mit Freude zu empfangen und zu zeigen, dass ich seine … Begierde teile. So habe ich es dann gemacht, Sol. Und ich bekam eine eiskalte Strafpredigt zu hören. Er sagte, das sei unweiblich und dass ich mich zukünftig passiv zu verhalten hätte. Er wollte der Jäger, der Eroberer sein. Ich war seine Frau, sein Eigentum, auf das er stolz sein und das er benutzen wollte.«

»Missbrauchen, meinst du wohl eher«, fauchte Sol, so dass Liv sie zum Schweigen bringen musste. »Ich habe noch nie so etwas Abscheuliches gehört! Und etwas so *Verkehrtes*! Das darfst du nicht glauben, Liv. Silje hatte recht. Die meisten Männer wollen eine Resonanz auf ihre Annäherungen, wollen sich geliebt fühlen.«

»Glaubst du das?«, fragte die Schwester mit ein bisschen Hoffnung in der Stimme.

»Glauben? Ich weiß es!«

Mit Erstaunen nahm Liv Sols eindeutige Erfahrungen auf diesem Gebiet zur Kenntnis. »Wenn ich doch nur genug Kraft gehabt hätte, das einzusehen und zu glauben. Aber ich war so allein, so verunsichert. Ich habe gedacht, es sei meine Schuld und er habe das Recht, mich mit Straßenmädchen zu vergleichen und was er mir sonst noch alles an den Kopf geworfen hat. Ich habe ernsthaft einen Knacks bekommen, Sol. Das war der Auftakt zu all den Demütigungen, den Erniedrigungen und zu meinem ständig schlechter werdenden Gewissen. Er hat mich getötet, verstehst du. Und … Sol! Nein, das kann ich nicht sagen!«

»Doch. Rück jetzt mit der ganzen Wahrheit heraus, sonst wirst du die Gedanken daran nie los.«

»Nein, mir ist nur gerade etwas eingefallen.«

Sol wartete.

Liv nahm ihren Mut zusammen. »Der Gedanke ist natürlich ganz schrecklich, aber ich komme nicht umhin … Du verstehst, jedesmal wenn er die Peitsche genommen oder mich auf andere Weise bestraft hat, dann wurde er so seltsam zärtlich, und dann wollte er … Ja, du verstehst.«

Sol hatte sich im Bett aufgesetzt. »Oh, zum Teufel, Teufel, Teufel! So ein Schwein! So ein ekelhaftes …«

Sie fand keine Worte und legte sich wieder hin. »Ich hätte ihn umbringen können!«, murmelte sie mit zusammengebissenen Zähnen – als wenn sie nicht genau das getan hätte.

»Aber das war nur eine Nebensächlichkeit«, sagte Liv entschuldigend. »Das Schlimmste war der tägliche Druck, die ständig wachsamen Augen. Ich musste ständig aufpassen, mich untadelig aufzuführen.«

Sie blieb lange still.

»Deshalb kann ich Dag nicht heiraten«, flüsterte sie betrübt. »Weil ich ihm nichts zu geben habe. Ich traue mich nicht mehr, Gefühle zu zeigen, und würde immer Angst haben, etwas zu tun, was ihm nicht gefällt. Der Gedanke an Strafe...«

»Von Dag?«

»Er ist schon immer sehr genau und penibel gewesen, das weißt du auch. Schätzt keine Nachlässigkeit und Unordnung.«

»Ja, aber wie kannst du eine Parallele zur Liebe ziehen?«

»Das ist doch ganz leicht.«

»Stell dich jetzt nicht dumm«, sagte Sol.

Eine Zeit lang diskutierten sie darüber, doch Sol gelang es nicht, ihre Schwester wirklich zu überzeugen.

Sol besprach es mit Dag. Erzählte ihm alles.

»Es sieht so aus, als schrecke ihre Spontaneität vor deinem Ordnungssinn zurück, Dag. Das darf nicht sein!«

Dag saß beim Fenster und schaute zu Liv hinüber, die Meta bei den Hühnern half. Er war zutiefst schockiert darüber, wie Laurents Fröhlichkeit und Natürlichkeit seiner Ehefrau zerstört hatte. Heftig drehte er sich zu Sol um.

»Aber sie hat doch wohl keine Angst vor mir!«, rief er verzweifelt aus. »Sie muss mich doch kennen?«

»Genau das tut sie auch.«

Er fand keine Worte. »Aber... aber...« Er schlug die Hand vor die Stirn. »Wie kannst du mich mit diesem Ungeheuer vergleichen?«

»Du hast noch einen langen Weg vor dir, lieber Bruder«, sagte Sol langsam.

11. Kapitel

Eines Tages, als alle Geschwister und Meta Are draußen auf dem Kohlrübenacker halfen, tauchte auf dem Weg ein Reiter auf. Ganz offenbar war er unterwegs nach Lindenallee.

»Aber wer kann das nur sein?«, wunderte sich Liv.

Dag schaute dem Reiter nach. »Aber ist das nicht der Kurier, der dich nach Schonen eskortiert hat, Sol?«

»Doch, das ist er«, sagte Meta.

»Verdammt«, fauchte Sol. »Entschuldigung, ich wollte nicht fluchen. Jacob Skille? Was hat der hier zu suchen?«

»Ich habe gedacht, er hat Euch gern«, sagte Meta.

»Gern haben, ja«, fauchte Sol. »Das kann schon sein, aber ich bin *fertig* mit ihm.«

Die anderen schauten sie verwundert an.

Der Reiter war auf dem Landweg stehen geblieben, um sein Gepäck zurechtzurücken. Er hatte sie offensichtlich noch nicht entdeckt.

Sol fühlte sich zu einer Erklärung genötigt. »Ja, wir hatten ein kleines Techtelmechtel – ganz unschuldig und in allen Ehren. Etwas romantisch. Aber deshalb muss er ja nicht gleich herkommen! Dag, kannst du nicht ein Engel sein und ihn nach Gråstensholm einladen? Ich möchte meine abgelegten Bewunderer nicht im Hause haben.«

»Doch, das kann ich machen«, sagte Dag. Nach dem Winter in Kopenhagen kannte er seine Stiefschwester besser als alle anderen.

Er wischte sich die Hände an der Hose ab und machte sich auf zum Gutshaus.

»Ach, warte auf mich«, sagte Sol. »Ich komme wohl doch besser mit.«

Sie wollte nicht riskieren, dass Jacob Skille etwas Kompromittierendes zu den Eltern sagte. Es dauerte noch eine Weile, bis er am Gutshaus angelangt war. Dag blieb stehen.

»Herrgott«, murmelte sie, während sie die letzte Kohlrübe ausrupfte und dabei hintenüberfiel. »Dass die Leute nie begreifen wollen, dass Schluss ist, wenn Schluss ist.«

Are seufzte. »Nein, Meta, nun hast du dich wieder im Haufen vertan. Die Guten kommen hierher und die Kleinen dorthin. Siehst du denn nicht den Unterschied?«

»Entschuldigung«, murmelte Meta.

»Gibt es denn *nichts*, was du richtig machen kannst?«

Sol war wegen Jacob Skille mürrischer Laune. »Hör auf, ständig auf dem Kind herumzuhacken«, fauchte sie Are an. »Sie läuft ja herum wie ein geprügelter Hund, um es dir recht zu machen. Aber das siehst du ja nicht einmal. Das Einzige, was du siehst, sind die Fehler, die sie macht.«

»Macht sie denn etwas anderes als Fehler? Sieh nur, nun steht sie da und weint und schnieft und wirft die Rüben weiter auf den falschen Haufen.«

»Du machst sie nervös. Sie hat vorher noch nie solche Arbeit gemacht, begreifst du das nicht?«

»Nein, so schusselig kann doch kein Mensch sein!«

Sol ließ die Kohlrübe los, die sie gerade in der Hand hatte, und baute sich dicht vor ihrem kleinen Bruder auf. Sie musste den Blick heben, um ihm in die Augen schauen zu können.

»Wie glaubst du, hättest du dich wohl angestellt, wenn du in Hurerei geboren worden – und ein sogenannter Bankert gewesen wärst? Und wenn du deiner Mutter bei ihren Geschäften mit Männern hättest von Kindesbeinen an nachfolgen müssen? Wenn du von allen Hiebe und Tritte gekriegt hättest, weil du nicht der christlichen Gemeinschaft angehörtest? Meta hat in äußerster Not und Armut gelebt, weil niemand sie in seinen Diensten haben wollte. Das Einzige, was sie hatte, war die Mutter, die in ihrem Elend versucht hat, das Mädchen vor den Unbilden der Welt zu beschützen. Meta war so verlaust, als ich sie gefunden habe, dass ich die Läuse auf ihr kriechen sehen konnte. Und ich musste ihre Mutter begraben, die drei Monate tot in ihrer erbärmlichen Erdhütte gelegen hatte. Danach war Meta allein und absolut ohne Schutz. Als ich sie fand, stand sie an einen Zaun angebunden, und ein Dutzend Soldaten verlustierten sich an dem abgemagerten Kind! Den Spuren nach zu urteilen, haben sich fast alle an ihr vergangen, an einer Dreizehnjährigen, bevor ich kam und dem Ganzen ein Ende setzte. Dann habe ich sie mit hierhergenommen, ja! Denn ich glaubte, hier würde sie ein Zuhause finden und Menschen, die sie verstehen. Aber da habe ich mich wohl geirrt.«

Are stand stumm und hörte sehr ernst ihren Worten zu.

Liv, die Unglückliche, war zu Meta gegangen und hatte sie an sich gedrückt, den Arm um ihren Kopf und die Wange auf ihr Haar gelegt. In dem Moment entstand zwischen den beiden Mädchen eine innere Nähe, und das tat auch Liv gut. Sie wurde einer anderen Tragödie gewahr, die ihre eigene fast überschattete. Sie hatte eine, die sie trösten und um die sie sich kümmern und darüber sich selbst vergessen konnte. Sowohl Sol als auch Dag sahen es, und auch sie freuten sich darüber.

»Warum hast du das nicht schon früher gesagt?«, fragte Are leise.

»Weil Silje und Tengel sie aufgenommen haben – ohne Fragen zu stellen. Weil ich wollte, dass Meta um ihrer selbst willen angenommen werden soll, nicht aus Mitleid. Und ich hielt dich für zu jung, um solche hässlichen Dinge zu hören.«

»Da hast du dich geirrt«, sagte Are kurz und machte sich wieder an die Arbeit.

Sol zuckte zusammen. »Oh, Dag, wir müssen Jacob Skille zuvorkommen! Herrgott, wie soll man denn mit so vielen Kilo Lehm unter den Füßen laufen?«

Es gelang ihnen, Jacob anzuhalten, bevor er das Gutshaus erreicht hatte. Als er sie erblickte, blieb er auf der Allee stehen, direkt vor Sols Baum.

Sol spürte, wie ihr Willkommenslächeln erstarrte. Jacob jedoch bemerkte nichts, so glücklich war er, sie wiederzusehen. Dankbar nahm er die Einladung von Dag an, auf Gråstensholm zu wohnen.

Sol bedeutete Dag, er möge sich im Hintergrund halten, als sie zum Gutshaus hinaufgingen.

»Was machst du hier, mein Freund?«, fragte Sol und versuchte freundlich auszusehen.

»Ich habe um meine Versetzung nach Akershus gebeten – und wurde versetzt«, antwortete er stolz. »Jetzt können wir wieder zusammen sein, Sol. Ich habe mich so schrecklich nach dir gesehnt. Und jetzt bin ich endlich auf dem Weg zu deinem Vater, um aus dir eine anständige Frau zu machen.«

Sol entdeckte in dem Moment, dass er seine elegantesten Kleider trug, mit blankgeputztem Harnisch und federgeschmücktem Helm. Ganz offensichtlich meinte er es ernst!

»Du wagst doch nicht etwa zu behaupten, du habest aus mir bereits eine unanständige Frau gemacht!«, fauchte sie.

Die Intensität ihrer Stimme erschreckte ihn ein wenig.

»Ich bin davon ausgegangen, du hast es erzählt. Hast du denn nichts von uns gesagt?«

»Doch, aber ich bin nicht ins Detail gegangen. Meine Eltern sind gute Menschen, und sie wären sehr betrübt gewesen, wenn sie das erfahren hätten. Jacob, ich bitte dich, noch zu warten. Das passt jetzt gar nicht recht, die sind ganz in Aufregung über die Tragödie mit meiner Schwester. Das werde ich dir später erzählen. Und diesen Winter braucht mein Vater mich bei der Arbeit ...« Jetzt ist sogar die Arbeit mit den Kranken ein Vorteil, dachte sie bei sich. »Aber sie werden dich wohlwollend aufnehmen, denn ich habe ihnen erzählt, wie freundlich du in Schonen zu mir warst, und eine Zeit lang können wir wohl unsere Liebe noch geheim halten, nicht wahr? Ich werde dir sofort Bescheid geben, wenn die Zeit reif ist.«

Igitt, was für ein widerliches Gefühl, das Wort Liebe zu benutzen!

»Aber ich habe davon geträumt, mit dir zusammen zu sein«, sagte Jacob.

»Wir wollen uns morgen da drüben im Wäldchen am Fluss treffen, nach dem Abendessen.«

Jacob Skille war sichtlich verwirrt, nickte jedoch zustimmend.

Sol winkte Dag diskret. Er holte sie wieder ein.

»Wie lange kannst du bleiben?«, fragte sie Jacob.

»Den neuen Dienst werde ich erst in drei Wochen antreten müssen«, antwortete er.

Mein Gott, drei Wochen! Wie sollte sie es nur fertigbringen, ihn sich so lange vom Leib zu halten?

Ihre Eltern hatten von Jacob Skille nicht sonderlich viel gehört, sie nahmen ihn dennoch freundlich auf und dankten ihm, dass er Sol in Schonen eskortiert hatte. Zum Glück begriff Dag, dass Sol der Boden unter den Füßen brannte, und er nahm deshalb Jacob Skille rasch mit sich hinauf nach Gråstensholm.

Sol atmete erleichtert auf.

Als Sol später am Tag zufällig aus dem Fenster schaute, sah sie Meta mit dem Milcheimer in der Hand aus dem Stall kommen. Auf dem Hof begegnete sie Are, der stehen blieb und sich mit ihr unterhielt. Sol konnte nicht hören, was er sagte, sie sah nur Metas verschrecktes Gesicht, als sie den Kopf hob und ihn anblickte. Sol beobachtete, dass Are sie anlächelte und ihr kurz über die Wange strich. Dann nahm er den Milcheimer und ging mit ihr ins Haus.

Sol verließ das Fenster und grinste zufrieden. Der Hausfrieden war wieder hergestellt. Sie hatte keine Angst, dass Are das aus Mitleid getan hatte. Er hatte seine Lektion wohl gelernt. Dieser Junge besaß eine Menge warmer Menschlichkeit, auch wenn die aufgrund von Pubertätsproblemen ab und zu in den Hintergrund trat.

Sol hatte Metas Geschichte auch ihren Eltern erzählt, und Dag hatte Charlotte alles berichtet. Von dem Tag an wurde alles getan, damit das kleine Mädchen aus Schonen sich wohlfühlte. Arbeit bekam sie weiterhin, weil sie der Ansicht waren, dass es das Beste für sie sei, jetzt wurde sie jedoch mehr und mehr wie eine Tochter im Hause.

Am nächsten Tag traf Sol sich mit Jacob am Fluss. Dies war ihr heimlicher Platz, wo sie in den alten Zeiten immer mit ihrer Katze umhergestreift war.

Jacob Skille sank neben ihr in das weiche Gras.

»Nun, wie steht's?«, fragte sie.

»Auf Gråstensholm? Danke, ausgezeichnet! Dags Mutter ist ein ungewöhnlich feiner Mensch. Sich mit ihr zu unterhalten, ist sehr angenehm.«

»Ja, natürlich! Tante Charlotte ist einzigartig. Wir beten sie alle an.«

»Das verstehe ich. Ich habe ihr ein wenig in dem großen Haus geholfen. Ich habe ganz geschickte Hände, und Dag macht nicht gerade den Eindruck, als sei er dazu geeignet.«

»Nein, im Augenblick ist er von den Schwierigkeiten unserer Schwester vollkommen in Anspruch genommen. Er regelt die Erbschaft von ihrem Mann, du verstehst …«

Sol plauderte hektisch drauflos, um Jacobs Annäherungsversuche zu verhindern.

Doch er sah so betrübt aus.

»Sol. Warum weichst du mir aus?«

»Ausweichen?«, lachte sie nervös. »Nennst du das, dir ausweichen, wenn ich mich mit dir in aller Heimlichkeit treffe?«

»Das vielleicht nicht gerade, aber da ist etwas, was mir Sorgen macht. Ich habe mir so viel erträumt, Sol.«

»Oh, Jacob!«

Sie wandte ihm ihr Gesicht zu, und er küsste sie – begierig und ausgehungert.

Als sie sich endlich von ihm losmachen konnte, sagte sie: »Es stimmt schon, dass ich ein bisschen verändert bin. In Schonen waren wir so frei, so weit fort von zu Hause. Hier bin ich mehr an die Ansichten meiner Eltern gebunden. Jacob, Liebster, findest du es sehr brutal, wenn ich lieber nicht … nicht mehr … will? Verstehst du, wenn ich mich am liebsten rein und frei von schlechtem Gewissen fühlen möchte, bis wir einander richtig gehören?«

Er war gerührt. »Natürlich werde ich das respektieren. Ich kann warten. Bis in alle Ewigkeit, mein geliebtes Täubchen.«

Täubchen? Wirklich die richtige Bezeichnung für mich, dachte Sol.

Mit dem schlechtesten Gewissen der Welt ging sie

nach Hause. Wie um alles in der Welt sollte sie da wieder herauskommen? Um nichts in der Welt wollte sie Jacob Skille dahin schicken, wo der Pfeffer wächst, auch wenn sie tatsächlich wünschte, er möge sich von dannen scheren. Irgendeine weiche Stelle in ihr bewirkte, dass sie ihn nicht verletzen wollte.

Aber was sollte sie tun?

Als sie wieder nach Hause ging, fluchte sie im Takt der Schritte vor sich hin.

»Verdammt, verdammt, verdammt …!«

Dag stand im großen Handelshaus Berenius am Osloer Hafen und starrte entsetzt den Bauern an, der gerade mit einer Ladung Holz eingetroffen war.

»Aber wollt Ihr denn nichts für das Holz haben, Mann? Warum seid Ihr dann damit gekommen?«

Der Bauer drehte seine Mütze in der Hand. »Sägewerksbesitzer Berenius hat mir befohlen, es herzubringen. Seine Majestät der König braucht es, hat er mir erzählt.«

»Was sagt Ihr da? Es stimmt zwar, dass der König einen bestimmten Prozentsatz bekommt, und dass wir ihm Steuern zahlen – aber eine ganze Fuhre? Ist das früher schon mal vorgekommen?«

»Zehn Fuhren im Jahr, Herr.«

»Wie bitte? Und die anderen Bauern?«

»Für die gilt dasselbe, Herr.«

»Aber du liebe Zeit! Kein Wunder, dass Berenius reich war! Und was ist mit den anderen Fuhren, die ihr bringt – diejenigen, die der König nicht haben soll? Was bekommt Ihr für die?«

Der Bauer nannte einen erbärmlich niedrigen Betrag.

»Nein, das geht nicht an. Nun versammelt Ihr all die Bauern, die in den letzten Jahren hier Holz abgeliefert haben, und sagt ihnen, sie sollen, von heute an gerechnet, in einer Woche hierher zu mir kommen. Hier ist eine Liste der Namen. Ihr sollt alles ausbezahlt bekommen, was Euch diese Holzhandlung in den letzten Jahren schuldig geblieben ist. Und danach machen wir eine ordentliche Absprache, so dass Ihr eine redliche Bezahlung für euer Holz und die gemachte Arbeit bekommt. Seid Ihr damit einverstanden?«

Der Bauer stand mit offenem Mund da. Er konnte nur heftig nicken, bevor er hinausstürmte.

Dag drehte sich zum Vorarbeiter um, der einen total verwirrten Eindruck machte. »Und wie ist es mit der Arbeit hier? Was erhaltet Ihr als Lohn?«

»Lohn?«

Es stellte sich heraus, dass sie mit Waren bezahlt wurden. Brot oder Branntwein. Und zu Weihnachten bekamen sie einen Taler. Dag schloss die Augen und seufzte.

»Ich werde die Buchhaltung durchgehen und sehen, was ihr bekommen sollt. Ich schäme mich! Ich schäme mich für Berenius!«

Am Ende waren es Metas Probleme, die Livs Dasein wieder ins Lot brachten. Niemand kümmerte sich so um das bedauernswerte Kind wie sie. Und eines Tages traten die beiden Mädchen vor Lachen nach Luft schnappend zur Tür herein.

»Was ist los, Liv?«, fragte Silje überrascht. »Du lachst!

Das ist das Schönste, was ich seit langem gesehen habe!«

»Ich weiß nicht genau«, antwortete Liv und breitete lächelnd die Arme aus. »Vielleicht kommt es daher, dass Dag etwas unglaublich Geniales gemacht hat. Er hat das Spukhaus in Oslo verkauft und stattdessen ein anderes gekauft. Das soll sein Kontor werden, wenn er jetzt ernsthaft mit der Arbeit beginnt, und das Osloer Haus der Familie, wenn jemand in der Stadt ist und eine Unterkunft braucht.«

»Schön, schön«, sagte Silje. »Aber das Beste von allem ist, dass du fröhlich bist, Liv. Und Meta auch.«

»Und Dag gestaltet den ganzen Betrieb in der Holzhandlung um. Er hat dem Vorarbeiter größere Befugnis übertragen und sorgt dafür, dass die Arbeiter besser bezahlt werden. Und er hat die besten Verbindungen zu den Waldbesitzern. Sie beten ihn schon an. Das einzige Negative ist, dass der König einen so unverschämt großen Anteil am Holz haben will – gratis.«

Das stimmte, doch gleichwohl stand dem König nur ein Bruchteil von dem zu, was Laurents Berenius behauptet hatte. Er musste einen haarsträubend großen Anteil in die eigene Tasche gewirtschaftet haben.

»Liv!«, rief Silje aufgebracht, »erdreiste dich nicht, herabsetzend von Seiner Majestät zu sprechen!«

»Nein, aber was hat er denn getan, um all das Holz zu verdienen?«

»Liv, der König ist unantastbar!«

Sol brach in Gelächter aus. »Dann hättest du mal deine geliebte Majestät auf dem Fest sehen sollen, auf dem ich war, Silje, auf dem Schloss in Kopenhagen! Den schlaffen, fetten Kadaver, den sie hinausgetragen haben, sturzbetrunken, wie er war! Es brauchte sechs Mann, um ihn hochzuheben, und er lallte nur noch unzusammenhängendes Zeug. Man sagt, dass Christian IV. im Trinken nur von seinem toten Vater Fredrik II. übertroffen wurde. Aber *das* muss man zu Christians Verteidigung sagen, sein Gehirn ist am Tag danach blitzgescheit. Und niemand kann sich über die Weise beklagen, in der er das Land regiert. Aber das mit dem Zehnten vom Holz der Bauern könnte er sich ersparen. Und die Steuer auf das, was Liv verkauft. In diesem Jahr hat er neue Zollsätze eingeführt, und er ist bestimmt der Letzte, der dabei verliert!«

Silje saß da und starrte sie mit einem Blick an, der verriet, dass sie all ihre Illusionen verlor.

»Das hättest du nicht zu erzählen brauchen, Sol«, sagte Tengel. »Die gute Silje hat ein rührendes Zutrauen zur Königsmacht. Wir haben versucht, euch eine andere Erziehung angedeihen zu lassen; wir wollten, dass ihr Menschen werdet, die selbst nachdenken. Aber das bedeutet auch, dass ihr andere Meinungen respektiert! Hast du verstanden, Sol?«

»Ja. Entschuldigung.«

Tengel nickte. »König Christian ist gut. Der beste Dänenkönig, den wir gehabt haben, und er interessiert sich wirklich für Norwegen. Das tat sein Vater nicht.«

Bei seinen Worten strahlte Silje wieder.

»Da ist eine andere Sache, die mir Sorgen macht«, sagte Are. »Einige Leute sehen es gar nicht gern, dass wir mit Dänen Umgang pflegen.«

»Du willst damit sagen, dass wir Umgang mit Charlotte pflegen?«, fragte Tengel. »Das können unmöglich viele sein.«

»Davon habe ich nichts gehört«, sagte Sol.

»Ich auch nicht«, sagte Liv.

»Ich schon«, sagte Silje. »Aber es sind wie gesagt nur wenige. Charlotte ist eine einsame Frau, und nur Fanatiker können so denken.«

»Tante Charlotte ist doch sehr beliebt«, sagte Liv. »Dag ist sehr stolz auf sie.«

»Die allermeisten haben akzeptiert, dass Dänen im Land sind«, sagte Tengel. »Aber es gibt ein paar Rebellen, und ich empfinde auch für sie Sympathie. Norwegen war einmal eine Großmacht, bevor es unter dänische Herrschaft geriet. Einmal wird es zum ernsthaften Bruch kommen. Aber das wird wohl kaum zu Christians Zeiten geschehen.«

»Wie stehst du selbst zu der Sache?«, fragte Sol.

»Natürlich wünsche ich mir ein freies Norwegen, das tun wir wohl alle«, antwortete Tengel. »Aber Charlotte ist unsere beste Freundin, und ich habe nicht vor, ihr aus diesem Grund den Rücken zuzukehren. Nein, die allermeisten hier in der Gegend haben selbst Kontakt zu Dänen. Kümmere dich nicht um Ausnahmefälle, Are.«

»Nein, es waren nur ein paar junge Burschen.«

Tengel nickte. »Zukünftige Rebellen. Da können wir uns nicht einmischen. Schon wegen Sol müssen wir vermeiden, Aufsehen zu erregen.«

»*Meinetwegen*? Ich komme doch gut zurecht.«

Tengel sah skeptisch aus. »Du musst sehr vorsichtig sein, Sol! Ein kleiner Fehltritt kann Unglück über uns alle bringen, und vor allem über dich.«

»Bin ich vielleicht nicht brav gewesen wie ein Lamm?«

»Doch, das stimmt. Aber ich kenne die Zeichen. Du bist wieder rastlos. Und heute hast du wieder Magie eingesetzt. Bei der Schuhmachersfrau, die auf wundersame Weise gesund wurde. Das darfst du nicht, Sol! Halte dich an die Kräuter!«

Sol nickte leicht und versprach, ein Engel zu sein.

Mit den Armen unter dem Kopf lag Sol im Bett und starrte an die Decke.

Es war an der Zeit, dass sie sich Gedanken über Jacob Skille machte. Er wohnte noch immer auf Gråstensholm, und in ein paar Tagen würde er abreisen. Zum Glück hatte er sich auf Lindenallee seit einer Woche nicht blicken lassen. Er war sicher von ihrem Verhalten sehr enttäuscht.

Doch nun saß ihr wieder die Rastlosigkeit in den Knochen, die sie zu den Blocksbergritten trieb. Und sie wollte sich nicht wieder auf so etwas einlassen. Dadurch geriet sie nur in Disharmonie mit sich selbst, distanzierte sich vom realen Leben – und sie hatte auch noch kein Gegenmittel gegen die schrecklichen Kopfschmerzen danach gefunden.

Mehrere Tage hintereinander hatte es geregnet, doch jetzt war die Erde wieder trocken. Sollte sie Jacob mit in den Wald hinausnehmen und ihn »verführen«? Darüber würde er sich bestimmt freuen, und er würde nie merken, dass das von Anfang an ihre Absicht gewesen war. Sie würden »unwiderstehlich einander in die Arme getrieben« werden.

Vor dem Einschlafen legte sie sich noch einen kleinen Schlachtplan zurecht.

Am folgenden Tag kam sie in einem leichten und verführerischen Kleid nach Gråstensholm.

Wie schön die Halle geworden war! Ganz offensichtlich hatte Jacob fleißig gearbeitet. Felldecken waren an die Wände genagelt und in der einen Ecke ein neuer Kamin gemauert worden.

Im Salon hörte sie Stimmen und ging hinüber.

Charlotte lachte. Ein heiteres und glückliches Lachen.

Sol klopfte an und trat ein.

Jacob Skille und Charlotte fuhren auseinander.

»Oh, Sol du bist's«, sagte Charlotte mit hektisch roten Wangen. »Komm herein!«

Jacobs Gesichtsausdruck war zunächst leer. Doch dann entdeckte Sol in seinem Blick eine Bitte und eine desperate Ermahnung. »Sag nichts von uns«, bat sein Blick.

Sol sandte ihm einen beruhigenden Blick zurück. Sie hatte kein Interesse daran, ihn bloßzustellen. Ganz im Gegenteil!

Sie erinnerte sich nicht, worüber sie redeten, auch nicht, was sie selber gesagt hatte. Es waren wahrscheinlich hauptsächlich Belanglosigkeiten. Charlotte hatte ihr die ganze neue Möblierung und Ausbesserungsarbeiten gezeigt und dabei die ganze Zeit davon gesprochen, wie schön es sei, einen Mann im Haus zu haben. Anscheinend hatte Sol nach Dag gefragt, doch, das hatte sie getan, als wisse sie nicht genau, dass er in Oslo war.

Kurz darauf war sie gegangen, verwirrt, jedoch nicht ohne ein selbstironisches Lächeln auf den Lippen.

Ach so, sagte sie – Sol die Unwiderstehliche – war von einer Frau mittleren Alters, die nicht gerade zu den Schönsten zählte, ausgebootet worden! Ob wohl Dag davon wusste?

Oh, wie sehr sie Charlotte eine kleine Romanze gönnte! Wie arm war doch ihr Leben an solchen Ereignissen gewesen! Und die beiden passten vom Alter her besser zusammen als Jacob und Sol. Sol würde sich ganz sicher immer zu Männern mit einem gewissen Maß an Autorität und Erfahrung hingezogen fühlen, Jacob gab sie gern frei.

Sie hoffte, dass er es ernst meinte! Charlotte durfte nicht noch einmal verletzt werden!

Aber was würde Dag dazu sagen, wenn Jacob Skille ehrliche Absichten hatte? Oder war er nur auf ihr Geld und Gut aus?

Nein, das konnte Sol sich nicht vorstellen, absolut nicht. Deshalb hatte er sich also nicht auf Lindenallee blicken lassen!

Sol lachte laut.

Sie machte sich keine Illusionen. Jacobs Liebe zu ihr war nur eine Besessenheit gewesen, genauso wie sie nur neugierig und lüstern auf ein Abenteuer gewesen war. Seine Gefühle für Charlotte waren etwas anderes, das hatte selbst sie im Lauf ihres kurzen Besuches oben auf Gråstensholm bemerkt.

Mit einem Mal wurde sie von bodenloser Wehmut ergriffen. Sie trauerte nicht um Jacob, das nicht. Aber was blieb ihr noch? War es ihr nicht möglich, jemanden zu lieben und wiedergeliebt zu werden, so wie sich Silje und Tengel liebten, so wie die Liebe zwischen Liv und Dag immer mehr heranwuchs – so dass mittlerweile alle davon wussten?

War sie außerstande, jemanden zu lieben, abgesehen von der einen Schattengestalt? Und konnte ein Mann sie wirklich mögen, uneigennützig, nicht nur durch ihr Äußeres, ihren Körper angezogen?

Sol hörte sich plötzlich selbst schluchzen. Ungeduldig kramte sie in der Tasche an ihrem Gürtel und fand die Dose mit der Salbe. Blind von ungewohnten Tränen bog sie vom Weg ab und lief in den Wald zu einem sehr geheimen Versteck, das niemand außer ihr kannte. Dort zog sie sich rasch aus, schmierte sich mit der Salbe ein, und mit einem Stock fest an den Unterleib gepresst, steuerte sie eine halbe Stunde später in den Abgrund hinunter, der sie beständig zu den gewaltigsten Erwartungen anfeuerte. Oh, das letzte Mal war schon so lange her! Sie sehnte sich danach, sie sehnte sich danach!

So begegnete sie ihm wieder, dem Fürsten der Finsternis, dem Einzigen, der sie wirklich liebte und verstand. Das wusste sie, auch wenn ihre Begegnungen ausnahmslos wilder erotischer Natur waren.

Sie wusste auch, dass kein menschliches Wesen ihre Sinne würde entflammen können. Und eine andere Form von Liebe gab es für sie nicht.

Es war wie Tengel gesagt hatte – Sol konnte es zu Hause nicht mehr aushalten. Die Rastlosigkeit trieb sie hinaus.

Auf den Gutshöfen schien sich alles zum Besten zu

ordnen. Are war zusammen mit einigen anderen Bauern in die Forstwirtschaft eingestiegen und hielt sich beinah den ganzen Tag im Wald auf. Charlotte war frisch verliebt, hatte aber sicherheitshalber ein Testament aufgesetzt, in dem sie verfügte, dass fast ihr gesamter Besitz an Dag übergehen sollte – *falls* sie sich eines Tages verheiratete. Nie hatte sie, die unansehnliche Charlotte von Meiden, sich wohl vorstellen können, wieder auf solche Gedanken zu kommen! Das Leben war so verwirrend. Aber im Augenblick war es einfach wunderbar!

Livs Wangen hatten wieder Farbe bekommen, und sie und Dag verschwanden oft zu langen, gedankenversunkenen Wanderungen. Doch sie entfernten sich nie weit vom Haus. Liv wollte, dass alles in Anstand vor sich ging, sie war erst seit kurzem Witwe, und noch immer war sie bei jeder Berührung von Dags Händen scheu wie ein Reh. Dennoch hatte sie sich erholt. Es war fast kaum zu glauben, wie viel ruhiger ihr Blick geworden war und wie viel leichter ihr das Lächeln fiel!

Und die kleine Meta lief fröhlich und heimisch vertraut zwischen Stall und Wohnhaus hin und her und hatte es in ihrem kurzen, gotterbärmlichen Leben noch nie so gut gehabt.

Sol kam sich überflüssig vor.

Als der Herbst das Laub gelb, rot und braun färbte, bat sie darum, eine Weile in dem neuen Haus in Oslo wohnen zu dürfen. »Um Liv beim Einrichten zu helfen«, wie sie sagte.

Tengel und Silje berieten sich lange. Doch sie kannten ihre wilde Stieftochter, und zum Schluss gaben sie ihr die Erlaubnis. Denn wie Tengel sagte, konnten sie

sie nicht ihr Leben lang festhalten. Dann würde es unmöglich sein, sie im Haus zu haben.

Seltsamerweise dachten sie nicht daran, Sol zu verheiraten. Es wäre ein Leichtes gewesen, einen willigen Bräutigam zu finden. Doch als Tengel und Silje gründlich in sich gegangen waren, hatten sie sich zu diesem Schritt nicht entschließen können.

Und Sol brachte dieses Thema selber nie zur Sprache.

Mit sorgenvollen Blicken sah Tengel das schöne Mädchen die farbenprächtige Lindenallee hinunterreiten. Sorge und Wehmut – gemischt mit tiefer Furcht.

Begleitung wollte sie nicht haben. Sie wollte selbst über die Reiseroute bestimmen, sagte sie.

Auf dem Weg nach Oslo geschah etwas Seltsames. Etwas, das mit einem Schlag ihr gesamtes Leben veränderte.

Sie machte bei einem Wirtshaus Halt, wo ihres Wissens nach gutes Essen auf den Tisch kam. Als sie sich gesetzt hatte und gerade dabei war, sich die Handschuhe auszuziehen, fiel ihr Blick auf einen Man an einem der anderen Tische.

Ihr Herz machte einen Sprung. Das konnte nicht wahr sein, ihre Sinne mussten sie täuschen! Es war, als woge das Blut in alle Glieder und mit krampfhafter Geschwindigkeit wieder zurück zum Herzen.

Da ist er!, dachte sie und merkte, wie sie kurz davor war, die Fassung zu verlieren. Der Fürst der Finsternis! Der Mann von meinen Ritten zum Blocksberg!

Nein, das konnte nicht sein, das wäre doch …

Doch, er ist es. Es gibt ihn! Er ist in die Welt der Menschen gekommen, um mich zu treffen!

Ganz und gar unverändert war er jedoch nicht. Dieser war etwas älter – ungefähr in Jacob Skilles Alter. Und sein Haar war blond. Das des Satans war rabenschwarz. Und dieser war nicht so dämonisch, er sah etwas menschenähnlicher aus.

Der Meister muss sich selbstverständlich verkleiden, damit niemand ihn erkennt, dachte sie erregt. Aber dennoch hatte sein Gesicht etwas verwegen Teuflisches an sich, das ihn verriet.

Er war prachtvoll in Samt und Seide gekleidet – ein wohlsituierter Mann.

Endlich schaute er auf und sie an. Seine Augen funkelten. Sol begegnete freudig seinem Blick – sie kannten einander schließlich.

Er saß mit zwei anderen Männern zusammen, die er offenbar nicht alleinlassen konnte. Aber als sie sich zum Gehen erhoben, kam er an ihren Tisch.

»Wir sehen uns wieder, meine Schöne«, flüsterte er und eilte hinaus.

Sol war wie verhext. Einen so schönen Mann hatte sie in ihrem Leben noch nie gesehen. Aber es war auch der Herrscher der Nacht – der Einzige, den sie lieben konnte.

Nie zuvor war sie so aufgeregt gewesen. Kaum dass sie Zeit für das Essen hatte, so fieberte es in ihrem Körper.

Als sie schließlich hinauskam, waren die Männer natürlich schon verschwunden. Sol jedoch wusste, dass sie ihn wiedersehen würde. Um sie zu treffen, war er vom Blocksberg hierhergekommen.

12. Kapitel

Rastlos jagte Sol durch die Straßen Oslos, auf der Suche nach ihrem Herrn und Meister aus dem Abgrund. Sie hatte nicht die Ruhe, um für längere Zeit in Livs neuem Haus zu verweilen, so spannend es auch sein mochte, es zu möblieren und schön herzurichten.

Doch sie begegnete ihm nie.

Aber sie war noch keine drei Tage in Oslo, bevor sie in Schwierigkeiten geriet.

Sie stand an einem Marktstand, im Begriff, eine sehr schön gegerbte mit Ornamenten versehene Felldecke zu kaufen, die vorzüglich zum Bett im kleinsten Schlafzimmer gepasst hätte. Die meisten Möbel und anderen Einrichtungsgegenstände stammten von Lindenallee, dennoch fehlte es im Haus an vielem. Der Gerber hatte soeben die Decke ausgebreitet, und Sol gab ihm mit einem Kopfnicken zu verstehen, dass sie zum Kauf entschlossen war.

In dem Augenblick drängelte sich eine Frau des höheren Bürgerstandes vor und schnappte sich die Decke.

»Das ist meine. Die nehme ich.«

Sol protestierte energisch. »Nein, was fällt Euch ein …«

Der Verkäufer wagte nicht, Partei zu ergreifen. Er tat, was die am lautesten Schreiende von ihm verlangte.

Sol war vor Wut außer sich – so sehr, dass sie vergaß,

nachzudenken. Sie entdeckte, dass der Rock der Frau mit einem Band um ihre Taille gehalten wurde.

»Möge dir dein Rock runterrutschen, du alte Kuh, so dass alle sehen, dass du nichts weiter hast als alte Speckringe«, zischte sie durch die Zähne.

Sie hatte es sich so innig herbeigewünscht, dass sich vor aller Augen der Knoten des Bandes löste, und der Rock zu Boden fiel, schwer wie er war. Die Szene löste unter allen Anwesenden natürlich große Heiterkeit aus.

Die Frau heulte, während sie bemüht war, ihren Anstand wieder herzustellen: »Fasst sie! Fasst die Hexe mit dem bösen Blick!«

Sol scherte sich nicht darum. Sie war so verbittert, dass sie fauchte und sich dann gefangen nehmen ließ.

Gefolgt von einer großen Volksmenge führten zwei starke Kerle sie zum Bürgermeisteramt, das gleich in der Nähe lag.

Es schien, als gehe Sol das Ganze gar nichts an. Menschen – die waren so kleinkariert und erbärmlich, sie aber hatte einen mächtigeren Beschützer, der sogar menschliche Gestalt annahm, um sie aufzusuchen.

Während die Zuschauer draußen warten mussten, wurde sie in einen großen Saal geführt, in dem einige Ratsherren beim Gespräch saßen.

Die beiden Männer, die Sol festhielten, verbeugten sich tief.

»Diese Frau hat auf der offenen Straße Zauberei betrieben«, sagte der eine. »Daran gibt es keinen Zweifel!«

Sol sah sofort, dass der Bürgermeister selbst nicht anwesend war, doch die Herren mussten seine engsten Vertrauten sein.

Einer von ihnen seufzte laut. »Oh, wie habe ich doch den ganzen Trubel um die Hexerei satt! Das gehört ins Ressort des Pastors, nicht in unseres!«

»Mmmm, wartet einen Augenblick«, sagte der andere mit dänischem Akzent. »Die Frau haben wir doch schon einmal gesehen. Bei allen Göttern, ich glaube, wir haben da einen guten Fang gemacht!«

Sol schaute ihn prüfend an, erkannte ihn jedoch nicht.

»Das ist die Frau mit den gelben Katzenaugen«, sagte er. »Die so spurlos aus Kopenhagen verschwunden ist, nachdem sie dort einen Skandal hervorgerufen hat. Ja, Ihr müsst sie festhalten, meine Herren! Sie kann mehr als ihr Vaterunser! In Kopenhagen gingen Gerüchte um, dass sie Leute dazu bringen könnte, wie Schlangen auf dem Boden zu kriechen.«

Ein anderer Ratsherr erschauerte. »Nein, damit will ich nichts zu tun haben. Das Gespann des Lehnsherren steht abfahrbereit draußen. Lasst sie uns zu ihm bringen, das ist mehr sein Gebiet als unseres!«

Und so kam es. Sol wurde zur Hintertür hinausgeführt, und ein Mann wurde zum Aufpassen abkommandiert.

Sie ging über den Hofplatz zum Wagen. Endlich kam ihr zu Bewusstsein, was mit ihr geschehen sollte, und sie hatte Angst. Nicht um ihretwillen, nein, um ihrer Familie willen. Sie beschloss, ihren Namen zu verschweigen ...

Der Kutscher, der den Wagen abfahrbereit machte,

drehte sich um, um zu sehen, wen er mitnehmen sollte. Er war ein kräftiger, blonder Mann, stattlich anzusehen, doch mit einem sonderbar leeren Ausdruck in den Augen.

Sol, die hörte, wie er nach Luft schnappte, musste nochmals einen Blick auf ihn werfen.

Sie hätte fast laut aufgeschrien, beherrschte sich aber gerade noch rechtzeitig.

Klaus! Ihre erste Eroberung.

Sieben Jahre waren vergangen, doch sie konnte in seinen Augen lesen, dass er sie nie vergessen hatte. Natürlich, er hatte im Stall des Lehnsherren Arbeit bekommen. Das stimmte!

Sie sandte ihm einen warnenden Blick zu und stieg auf den einfachen Wagen. Der Landsknecht, der auf sie aufpassen sollte, folgte. Er hatte einen Brief bei sich, in dem wahrscheinlich alles über Sol stand.

Sie musste die Fahrt beenden, noch ehe sie das Haus des Lehnsherren erreicht hatten. Und Klaus sollte ihr dabei helfen.

Der Landsknecht war kein sonderlich großes Problem. Es galt lediglich, den richtigen Zeitpunkt zu finden …

Klaus war auf den Wagen geklettert, und sie rollten vom Hof hinunter und hinein in eine abgelegene Gasse, wo der Pöbel nicht auf sie wartete.

Auf der Fahrt nach Westen waren sie bald vor Oslos Stadttoren angelangt.

Der Landsknecht beugte sich zum Kutscher vor.

»Einen schönen Fang haben wir da gemacht«, sagte er eifrig. »Sie soll die schlimmste Hexe in ganz Skandinavien sein!«

»Sie?« Klaus sandte Sol über die Schulter einen erschrockenen Blick zu.

»Ja. Diesmal geht es auf direktem Wege auf die Folterbank und das Rad. Und dann auf den Scheiterhaufen. Bin sicher, dass der Bischof höchstpersönlich dem Schauspiel beiwohnen wird.«

»Aber die können sie doch nicht verbrennen!« Sol hörte, dass Klaus zutiefst verzweifelt war.

»Sie ist gefährlich schön anzusehen, dem stimme ich vollkommen zu. Aber das sind die Schlimmsten.«

Klaus jammerte vor sich hin und sank gleichsam in sich zusammen.

Sie gelangten in einen Wald. Der Landsknecht ging mit siegessicherem Grinsen an Sol vorüber und baute sich breitbeinig ganz hinten auf dem Karren auf.

Das wäre eine gute Gelegenheit, dachte Sol, die die ganze Zeit einen kalten Kopf bewahrt hatte.

Ganz unerwartet stieß sie einen gellenden Schrei aus. Es hörte sich an wie der Schrei eines Raubvogels im Sturzflug. Zugleich nahm sie vom Boden des Karrens einen Striegel und warf ihn auf die Flanke des Pferdes. Er traf das Pferd genau mit den scharfen Dornen.

Das Pferd wieherte aufgeschreckt und machte einen kräftigen Satz nach vorn. Der Landsknecht verlor das Gleichgewicht und fiel hintenüber vom Karren, während das Pferd in wildem Galopp durch den Wald stürzte. Klaus und Sol bemühten sich gemeinsam, das Tier wieder unter Kontrolle zu bekommen. Es machte die Sache nicht leichter, dass Klaus von seinem Kutschbock gefallen war.

»Ihr seid verrückt«, japste er, nachdem alles wieder

im Lot war. »Was glaubt Ihr wohl, was der Lehnsherr dazu sagen wird?«

»Was glaubst du, würde er wohl sagen, wenn ich mich dorthin bringen ließe?«, antwortete Sol verbissen, wobei sie die Zügel übernahm. »Er wird mich verbrennen, wenn er mich zu Ende gefoltert hat.«

»Nein! Nein, das darf er nicht! Ich habe gesehen, wie sie eine Hexe zugerichtet haben. Das war schrecklich!«

Das Pferd hatte sich wieder beruhigt.

»So, lass mich hier runter, dann kannst du zu deinem Stall zurückfahren«, sagte Sol und nahm den Brief an sich, der auf dem Boden des Karrens gelandet war.

»Nein, dahin kann ich nicht zurück, nicht ohne die Gefangene, das versteht Ihr doch! Ich komme mit Euch.«

»Dann beeile dich, bevor jemand kommt!«

»Das Pferd und der Karren?«

»Den Karren können wir nicht nehmen, und wir haben keine Zeit, das Pferd auszuspannen. Ich weiß nicht, was mit dem Landsknecht los ist, vielleicht läuft er uns hinterher.«

»Nein, das tut er nicht«, sagte Klaus finster, während er absprang. »Der läuft überhaupt nicht mehr.«

»Dann komm jetzt«, sagte Sol ungeduldig. Das Schicksal des Landsknechtes bereitete ihr weniger Kopfzerbrechen als ihm.

Klaus gab dem Pferd einen Klaps auf die Hinterbacke. »Nach Hause mit dir! Nach Hause zum Hof«, sagte er freundlich.

Den Karren hinter sich schlingernd, verschwand das Pferd im Wald. Es war noch lange zu hören.

Sie selbst bogen vom Weg ab und liefen durch tiefes Moos und über kahle Bergfelsen. Am Anfang rannten sie so schnell sie konnten, doch dann verlangsamten sie ihr Tempo.

»Wo sind wir?«, fragte Sol atemlos und blieb stehen. Sie standen auf einem Bergrücken. Überall sahen sie Wald, nur Wald. Weit im Süden blinkte ein großes Gewässer. Der Oslofjord.

»Weiß nicht«, antwortete Klaus. Aus seiner Lunge pfiff es. »Nördlich von der Festung Akershus auf alle Fälle.«

Darauf war sie auch schon gekommen.

Sie betrachtete ihn heimlich. Einfach und unbeholfen war er, aber sie konnte sich selbst als Vierzehnjährige schon verstehen. Sein grober Körperbau, die reinen Gesichtszüge und seine auffallende Männlichkeit wirkten sehr anziehend auf sie.

Sie lachte etwas. »Ja, Klaus, alter Freund. Das war wirklich ein überraschendes Wiedersehen.«

Er schaute ein wenig entmutigt drein. »Ihr zieht das Unglück an, Jungfer Sol. Sagt mir, Ihr seid doch keine Hexe?«

»Was möchtest du darauf für eine Antwort haben?«

Klaus sah hinunter aufs Moos. »Mein Mädchen«, sagte er leise.

»Das bin ich«, sagte Sol ungewohnt sanft. »Aber was machen wir jetzt?«

Für Klaus war es nicht so einfach, sich verwickelte Pläne auszudenken. Er stocherte mit der Schuhspitze im Moos und gab keine Antwort.

»Ich kann nicht nach Hause nach Lindenallee«, sagte

Sol. »Noch weiß die Obrigkeit meinen Namen nicht, und ich will meine Familie schützen. Und ich kann auch nicht zurück nach Oslo. Dann nehmen sie mich sofort gefangen. Die erkennen mich jetzt an meinen Augen wieder.«

»Und ich kann nicht zurück in den Stall des Lehnsherren«, sagte Klaus. »Übrigens will ich das auch gar nicht. Dort hatte ich es nicht so gut.«

Sol waren Narben auf seiner einen Wange aufgefallen. Sie *konnten* von einem Schlag mit einer Peitsche herrühren.

»Die einzige Stelle, an der ich es gut hatte, das war auf Gråstensholm«, sagte er verträumt. »Wenn ich doch nur wieder dorthin zurückkönnte!«

»Das geht aber nicht. Viel später habe ich gehört, dass man dich damals fortgeschickt hat, um uns zu trennen.«

Von einer hohen Kiefer auf der Heide schrie ein Rotmilan. Sol schaute zu dem Vogel auf.

»Aber das haben sie nicht geschafft«, murmelte sie. »Wir haben uns bekommen, du und ich. Damals.«

Klaus seufzte, in Erinnerungen schwelgend. »Seitdem habe ich nur eine einzige Sehnsucht gehabt – das alles noch einmal zu erleben.«

»Aber mein Lieber, hast du denn keine anderen Mädchen gehabt?«

»Doch. Aber die waren nichts. Wie tote Kühe.«

Sol war geschmeichelt. »Wir werden ja sehen. Aber wohin sollen wir jetzt?«

Klaus starrte hinauf zum Himmel. »Ich habe gedacht, ...«

Bravo, dachte Sol, doch sie hielt den Mund.

»Wir könnten zu mir nach Hause gehen.«

»Zum Stall des Lehnsherren? Das wäre ausgesprochen dumm, finde ich.«

»Nein, nein, ich meine *nach Hause*.«

Tja, auch Klaus musste wohl von irgendwoher stammen, dachte Sol. Für sie war er immer ein Wechselbalg gewesen, der aus einem sumpfigen Moos aufgetaucht war und nun unter den Menschen wandelte.

»Aber was wird deine Familie dazu sagen?«

»Die gibt es nicht. Niemand wohnt dort, soweit ich weiß.«

Sol strahlte. »Worauf warten wir dann noch? Ist es weit?«

»Ein Stück.«

Es war tatsächlich noch »ein Stück«. Erst am nächsten Abend erreichten sie ein elend kleines Haus hoch oben am steilen Talhang. Sol wollte wissen, wo in Norwegen sie sich befanden, aber das wusste Klaus selbst nicht. Er kannte sein Zuhause nur unter dem Namen »der Platz«. Das Einzige, was Sol herausfand, war, dass sie nordwestlich von Oslo und Lindenallee waren – und außerdem ganz weit entfernt davon!

Die Holzbalken in dem Haus hatten sich gut gehalten und sie begannen sofort mit dem Aufräumen. Als auch das Feuer brannte, richteten sie sich häuslich ein.

Und an diesem Abend durfte Klaus seinen Traum noch einmal erleben. In Sols Armen liegen zu dürfen. Er weinte vor Glück. Und Sol? Doch, sie war ein bisschen gerührt. Klaus hatte sie gern, ganz unkompliziert, er verlangte nichts von ihr, akzeptierte alles, was sie tat –

und physisch betrachtet, war er gut ausgestattet. Gab es auf Erden einen Mann, der Sol um ihrer selbst willen lieben konnte, dann war das Klaus. Oder wollte auch er nur ihre äußere Schönheit haben? Nein, an ihm zweifelte sie nicht, nicht an ihm!

Bis auf weiteres erfüllte er seinen Zweck. Und im Übrigen hatte sie keine andere Wahl. Sie war allzu verrufen, um sich jetzt irgendwo sehen lassen zu können.

Für einen Augenblick quälte sie die Sehnsucht nach dem Mann aus dem Wirtshaus, nach ihm, der in ihren Träumen ihr Liebhaber war. Dem Fürsten der Unterwelt.

Sol jedoch trug die sichere Gewissheit in sich, dass sie ihn eines Tages wiedersehen würde.

Zu Hause auf Lindenallee wusste niemand, was mit Sol in der Zwischenzeit geschehen war. Sie war nur plötzlich aus dem neuen Haus verschwunden. War einkaufen gegangen, sagte das Dienstmädchen dort. Und dann war sie nicht zurückgekehrt.

»Na, Sol ist eben Sol«, sagte Tengel mit gekünstelter Munterkeit, nachdem sie sich bereits siebeneinhalb Wochen lang Sorgen gemacht hatten. »Sie hat bestimmt Knall auf Fall die Idee gehabt, irgendwohin zu fahren.«

»Bestimmt«, sagte Dag, der gemeinsam mit seiner Mutter und Jacob Skille zu Besuch war. »Das sieht ihr ähnlich.«

Und dann schwiegen sie alle.

Liv betrachtete verstohlen Dag. Anscheinend hatte sie ihre Depression überwunden. Jedoch nicht im Unterbewusstsein. Dort lastete noch immer das Schuldgefühl aller Welt auf ihr, so wie es Laurents und seine Mutter ihr eingeprägt hatten.

Eine gescheitere Ehe ist immer eine Niederlage – auch für den unschuldigen Teil. Liv war eine der wenigen Religiösen in der Familie, und sie verkraftete ihre Niederlage schwer, auch wenn sie wieder lächeln und lachen konnte.

»Ich vermisse Sol«, sagte sie plötzlich. »Es ist so schön, das Zimmer mit ihr zu teilen. Sie war so wunderbar, wenn ich schlechte Träume hatte. Eine Nacht konnte sie mich trösten, wie die Mutter ihr Kind, und eine andere konnte sie mich ausschimpfen, dass ich so dumm sein konnte, all die bösen Lügen zu glauben. Nun habe ich niemanden mehr, der mich tröstet. Manchmal wünsche ich, ich wäre tot.«

Die anderen starrten sie an.

»Du träumst schlecht, Liv?«, fragte Silje erschrocken.

Es war, als habe Liv mit sich selbst gesprochen. Nun wachte sie gleichsam wieder auf.

»Was? Ja, das tue ich. Und jetzt kann ich danach nicht wieder einschlafen, weil Sol nicht da ist.«

»Nein, aber das geht doch nicht!«, entfuhr es Charlotte aufgeregt. »Liebe Liv, vergib mir, dass ich etwas persönlich werde, aber rein zufällig weiß ich, dass Dag nichts lieber möchte, als dich zu heiraten. Warum nimmst du das Angebot nicht an?«

»Jetzt?«, fragte Liv mit großen Augen. »Das ist zu früh!«

»Aber du brauchst dringend jemanden, der sich um dich kümmert.«

Liv schlug den Blick nieder. »Oder jemanden, um den ich mich kümmern kann«, sagte sie schüchtern. »So, dass ich mich selbst vergesse.«

»Du kannst dich mehr als gern um mich kümmern«, sagte Dag lächelnd.

»Aber darf das denn wirklich sein?«, wandte Silje ein. Sie war trotz allem die konventionellste von ihnen. »Ich meine, würden die Leute euch dann nicht etwas schräg angucken? So wenige Monate nach Laurents' Tod.«

Charlotte legte all ihre Seele in ihre Worte. »Klatsch und Gerüchte waren noch nie mein Lieblingszeitvertreib. Doch dieses Mal werde ich selbst Gerüchte in die Welt setzen. Ich werde die Nachbarn und Bekannten mit den schrecklichen Machenschaften von Laurents und seiner Mutter überschütten. Dann sind sie schockiert und voreingenommen und werden Liv fürchterlich bedauern. Denn Liv *ist* zu bedauern! Und dann werde ich von ihren schrecklichen Albträumen erzählen und wie sehr Dag sie ins Herz geschlossen hat.«

Silje nickte. »Jemand wird schon darüber reden. Doch, ich glaube, die meisten werden tolerant sein. Aber der Pastor …?«

»Ich habe zum Pastor gute Verbindung«, sagte Charlotte. »Schließlich habe ich der Kirche die schönen Kerzenleuchter geschenkt. Er soll sich unterstehen, zu zögern. Dann nehme ich die Kerzenleuchter wieder zurück.«

Dag lächelte. »Mutter, Ihr seid wunderbar!«

»Aber eine Hochzeit wird es nicht werden«, sagte Silje.

»Müsst ihr alles über meinen Kopf hinweg entscheiden?«, flüsterte Liv verzweifelt. »Ich kann nicht wieder heiraten – niemals wieder. Weil ich untauglich und wertlos bin und deshalb nicht liebenswert. Ich kann ja noch nicht einmal Kinder kriegen.«

»Na, na«, sagte Tengel. »Das Letztere weißt du doch gar nicht. Das kann genauso gut an Laurents gelegen haben.«

»Und niemand von uns hier findet, dass du untauglich und wertlos bist, das weißt du«, nahm Dag den Gesprächsfaden auf.

»Es gibt wohl kaum jemanden, der vielseitiger ist als du, Liv«, sagte Charlotte. »Du besorgst den Haushalt perfekt, du bist künstlerisch begabt und intelligent, und du kannst rechnen.«

»*Und* bist voller Liebe für alle Lebewesen«, sagte Tengel. »Du warst immer so voller Sonnenschein! Liv, wir haben dich in diese fürchterliche Ehe getrieben. Kannst du uns verzeihen?«

Liv schaute sie aus unglücklichen, nahezu verzweifelten Augen an.

»Was ihr sagt, hilft nichts«, sagte sie angespannt. »Ich *kann* nicht mehr heiraten.«

Dag war betrübt. »Willst du mich nicht, Liv? Ist es das, was du sagen willst?«

Sie war so sehr in die Enge getrieben, dass sie in krampfhaftes Weinen ausbrach.

»Es gibt wohl … nichts auf der Welt … das ich lieber möchte. Aber er hat mich getötet. Er hat alles getötet … in mir.«

Dag schlang die Arme um sie. »Komm, Liv«, sagte er

sanft. Er drehte sich zu den anderen um. »Ich nehme Liv mit, damit wir unter vier Augen miteinander reden können.«

Sie nickten.

Liv und Dag gingen in das Zimmer nebenan. »Sol hat mir erzählt, was Laurents dir angetan hat. Er hat deine Fähigkeit getötet, deine sinnliche Liebe zu zeigen. Ich akzeptiere das, Liv. Ich akzeptiere, dass du dich wahrscheinlich dagegen sträuben wirst. Oder total passiv sein wirst.«

Sie war noch immer sehr aufgeregt. »Aber das ist dir gegenüber nicht *richtig*, Dag.«

Er lächelte zärtlich. »Lass uns sagen, ich nehme es als Herausforderung. Denn ich *weiß*, wie viel Glut und Wärme du in dir hast. Gib mir eine Chance, Liv, sie wieder zum Leben zu erwecken. Und wenn es Jahre dauert.«

Sie lächelte schluchzend und lehnte den Kopf an seine Wange. »Ich halte es keinen Tag länger mehr allein mit meinen Gedanken aus. Ich brauche deine Nähe so sehr.«

»Das ist doch genau das, was wir alle dir schon seit langem zu sagen versuchen.«

»Aber ich kann doch nicht so egoistisch sein! Wenn ich vielleicht *nie* wieder wie früher werde.«

»Liv, hör mir zu ...«

Draußen in der Stube seufzte Silje.

»Ich bin außer mir vor Sorge. Unsere beiden Mädchen haben es so schwer. Es ist so schrecklich, nichts tun zu können.«

Are holte tief Luft und erhob sich. »Ich reite morgen nach Oslo und versuche, Sol aufzustöbern.«

»Nein, nicht du«, sagte Tengel. »Du wirst hier gebraucht. Aber genau das wollte ich gerade selber vorschlagen.«

Im gleichen Augenblick traten Liv und Dag wieder ein. Hand in Hand.

»Wir versuchen es!«, sagte Dag.

Liv sagte nichts. Doch in ihren Augen lag ein kleines, scheues Leuchten, und das freute alle grenzenlos.

Tengel fand jedoch keine Spur von Sol.

Bis er durch einen Zufall von einer Hexe mit Katzenaugen erfuhr, die von der letzten Fahrt ihres sündigen Lebens zum Scheiterhaufen entkommen war.

Tengel zuckte zusammen, wagte jedoch nicht, viel weiter nachzufragen. Inzwischen war klar, dass dieser Hexe die Flucht gelungen war. Und nun war sie wie vom Erdboden verschluckt. Und das war für ihn schwer genug zu verkraften.

Es gab nicht viele Spuren, denen er nachgehen konnte. Doch es *könnten* Spuren von Sol gewesen sein.

Tengel wünschte ihr von ganzem Herzen alles Gute.

Dann ritt er wieder nach Hause. Nach Hause zu den Sorgen, die sie dort hatten.

Es war vor allem Dag, der Probleme hatte – mit der Holzhandlung. Er war bitter enttäuscht über alles und jeden.

Er hatte es so gut gemeint, hatte für die Arbeiter und die, die mit dem Holz kamen, Bedingungen ausgehandelt. Aber was war passiert? Andere Bauern hatten von seinen Entscheidungen gehört und kamen mit ihren Holzfuhren, um sie für einen anständigen Preis zu verkaufen. Er konnte sie nicht berücksichtigen, sie mussten zu ihrem vorherigen Sägewerk zurückkehren, und die Eigner der Sägewerke waren rasend vor Wut auf Dag. Er fiel bei ihnen in Ungnade, die Arbeiter standen Schlange, um bei ihm Anstellung zu finden, und die Obrigkeit wollte von Kritik nichts hören, wenn es um die hohen Steuern ging.

Der junge Dag musste schnell und schmerzvoll lernen, dass es nicht so einfach war, etwas für die untere Gesellschaftsschicht zu tun.

Und zu Hause auf Lindenallee lief Meta wie ein ergebener Hund hinter Are her. Sie begleitete ihn beim Herbstpflügen und beim Kalben, und draußen auf dem Hof harkte sie mit ihm Laub zusammen, genauso gewissenhaft, als bestünde das Laub aus wertvollen Küken.

Are seufzte oft über einen solchen Willen zur Zusammenarbeit. Er schalt sie jedoch nie mehr aus.

Es machte Sol Spaß, in Klaus' primitivem Haus zu wohnen – eine Zeit lang. Sol und er hatten nicht viel gemeinsam, abgesehen von den Nächten, aber ihr gefiel es, all den alten Krempel aufzuräumen und das Haus für Klaus gemütlich herzurichten.

Tagsüber war er draußen, fischte und pflückte gefrorene Preiselbeeren. Zum Leben hatten sie nicht viel, doch sie kamen über die Runden.

Sol jedoch wusste, dass das nicht lange so weitergehen konnte. Klaus war *jetzt* glücklich, doch bald würden Reue und Zukunftsängste auftreten. Und Sol war nicht die Geduldigste auf der Welt. Bald würde die Rastlosigkeit sie wieder antreiben. Im Grunde genommen war sie fertig mit Klaus. Er hatte ihr nichts mehr zu geben. Doch eine Art Zärtlichkeit für ihn hielt sie zurück.

Da gab es auch noch eine andere Schwierigkeit. Das erste Mal als sie Klaus nackt gesehen hatte, war sie entsetzt gewesen. Wie viele Schläge und Hiebe musste der Bursche abbekommen haben! Aber am allerschlimmsten war eine hässliche, nässende Wunde, die er am Oberschenkel hatte. Die Haut darum herum war rot und geschwollen. Er berichtete ihr, dass die Wunde von einem Peitschenschlag stammte. Er hatte sich auf die erniedrigendste Weise ausziehen und seine Strafe entgegennehmen müssen, weil er einem kranken Pferd zu viel Futter gegeben hatte. Dass das Pferd von all dem Futter wieder gesund geworden war, spielte keine Rolle. Es sollte gespart werden!

Sol behandelte seine Wunde nach bestem Vermögen. Doch die Entzündung saß tief und nässte die ganze Zeit abscheulich.

Und Sols Arzneivorrat, das wenige, was sie bei sich gehabt hatte, war schnell verbraucht.

Eines Tages konnte Klaus nicht mehr aufstehen. Er glühte vor Fieber, und das Bein war derart angeschwollen, dass er es nicht beugen konnte.

Sol verabreichte ihm ein wahres Hexengebräu aus so gut wie allen Kräutern, die sie hatte. Das half für eine Zeit, aber nicht auf Dauer.

Und dann kam der Schnee.

Als sie eines Morgens hinausschaute, war der Hügel so weiß, dass sie ganz blind davon wurde. Die Nahrungsmittel waren zwei Tage zuvor zur Neige gegangen.

Sie hatte daran gedacht, Klaus für einige Stunden alleinzulassen, um in dem kleinen Waldsee zu fischen, doch das Vorhaben musste sie aufgeben.

Klaus war fast bewusstlos.

Sol stand neben dem Bett und schaute ihn an, lange und nachdenklich.

Sie hatte Mittel dabei, um seinem Leiden und seinem armseligen Leben ein Ende zu setzen. Er bedeutete ihr nichts mehr, war nie etwas anderes als ein Gespiele im Bett gewesen.

Und nicht einmal dort bedeutete er ihr besonders viel, weil es nur einen gab, der ihre Lustgefühle wirklich wecken konnte …

Klaus war aber eine Zeit lang unterhaltsam gewesen. Er war auf eine primitive Weise wild, kräftig gebaut – und er liebte sie. Das hatte Sol zunächst gereicht.

Und er war eine wehrlose, unschuldige Seele auf dieser unbarmherzigen Welt.

Sie hob den Kopf und schaute sich in der Stube um, die aus nichts weiter bestand als aus vier Wänden und einem Dach.

Der Mann aus dem Wirtshaus? Warum kam er nicht?

Nein, er konnte schließlich nicht wissen, dass sie sich hier draußen in der Wildnis aufhielt. Womöglich wartete er ungeduldig an einer anderen Stelle auf sie.

Auf der anderen Seite jedoch, wenn er der Fürst des Abgrundes war, der heraufgekommen war, um sie zu besuchen, dann musste er doch wissen, wo sie steckte! Das war doch selbstverständlich!

Warum kam er dann nicht?

Sols Augen bekamen einen gejagten Ausdruck. Was

machte sie hier mit dem erbärmlichen Klaus? Warum war sie nicht draußen in der Welt? Sie nahm den kleinen Lederbeutel mit Kräutern zur Hand und schaute lange und gedankenvoll erst ihn und dann den jammernden Mann an.

Kurz darauf war sie auf dem Weg den Abhang hinunter, zurück in die Welt der Menschen.

Doch sie war nicht allein.

Der Pfad führte steil nach unten. Die wenigen Bäume krallten sich mit klauengleichen Wurzeln am Abhang fest.

In Ermangelung eines Schlittens hatte Sol eine breite Bank umgedreht und Klaus zwischen die beiden Seiten daraufgelegt. Nun zog sie die Bank mit der leblosen Gestalt zum Steilhang hin.

Sie hatte ihm nichts gegeben, um seinen Tod zu beschleunigen. Das war nicht notwendig. Es würde wohl ohnehin darauf hinauslaufen. Doch sie wollte ihn nicht da oben liegen lassen. Selbst wenn das sein Leichenzug werden sollte, dann sollte er wenigstens ein christliches Begräbnis bekommen. Sie wusste, dass er in seinem Glauben an Gott stark gewesen war.

Noch aber war sie sich nicht sicher, ob dies ein Trauerzug *war* oder nicht.

Er sah so entsetzlich aus. Die Vergiftung hatte sich im gesamten Körper ausgebreitet. Doch sein Gesicht war glatt und makellos. Der etwas dümmliche und schafartige Ausdruck hatte nunmehr etwas nahezu Engelhaftes angenommen. Sol fiel ein Zitat aus der Bibel ein.

Selig sind die Armen im Geiste, denn sie werden Gott schauen.

Oder so etwas in dem Stil. Bibelzitate waren nicht ihre Stärke.

Sie hatte einen Wunsch – mit Klaus bei Tengel einzutreffen, bevor es zu spät war. Denn Tengel hatte wirkungsvollere Arzneien als diejenigen, die sie bei ihrer Gefangennahme bei sich gehabt hatte.

Lindenallee! Das gab ihr einen Stich. Warum hatte sie dort nie zur Ruhe kommen können? Was steckte in ihr, das sie ständig weiter trieb? Und nun würde sie nie mehr dort wohnen können. Sie hatte dazu kein Recht mehr, ihre Familie musste unbehelligt bleiben.

Sie zog und zerrte an dem »Schlitten«, um ihn hinunterzubugsieren, ohne dass Klaus dabei zu Schaden kam, sie stemmte die Füße gegen die Erde, rutschte lange Strecken auf den Absätzen und fluchte über Bäume und Steine, die ihr in die Quere kamen.

An einem kritischen Punkt jedoch ging es schief. Die Bank kippte um, und Klaus fiel heraus. Er blieb mit dem Gesicht im Schnee liegen.

»Kannst du nicht an deinem Platz liegen bleiben, du verdammter, ungeschickter Idiot?«, murmelte sie und riss und zerrte an seinen Armen und Beinen, um ihn wieder auf die Bank zu schaffen. »So, lieg jetzt still, du Tollpatsch ...«

Die Fahrt ging weiter. Manchmal nur einen Zoll, manchmal so schnell, dass Sol kaum Schritt halten konnte. Auf dem Gipfel des Steilhanges setzte sie sich mit Klaus in den Armen auf die Bank. Der Schnee wirbelte ihr ins Gesicht, aber sonderlich gut ging es nicht. Sie landeten im Schnee, alle beide, und die anstrengende Arbeit begann von vorn.

Klaus war die ganze Zeit bewusstlos – vielleicht tot.

Ein makabrer Leichenzug, der ihm da beschert wird, dachte sie bissig, während sie ihn abermals an seinen Platz zog. Den Pfad hatte sie schon längst verloren, nun ging es grob gesehen gerade nach unten.

Und dann stand sie vor dem Unumgänglichen – einem riesigen Baumstumpf.

Selbst hätte sie ihn noch überwinden können, indem sie von Baumwurzel zu Baumwurzel geklettert wäre. Aber mit einem Schlitten?

Sol stand lange verzweifelt davor.

Dann ließ sie es auf Biegen und Brechen ankommen. »Hinunter kommt er auf alle Fälle«, murmelte sie leise vor sich hin. Sie gab der Bank einen leichten Schubs, so dass sie über den Schnee und das Eis glitt.

Solange sie sich aufrecht hielt, könnte es vielleicht gehen, dachte sie. Dreht sie sich aber zur Seite …

Die Bank raste hinunter. Ohne dass sie wusste wie, stand Sol mit geballten Fäusten und zusammengebissenen Zähnen da.

Bleib auf deinem Platz liegen!, flehte sie. Bleib auf deinem Platz liegen, sonst rollst du direkt in den Schnee, und da kriege ich dich vielleicht nicht mehr zu fassen.

Er *fiel* hinaus. Doch da war er bereits unten auf etwas ebenerer Erde, und dorthin konnte sie gelangen. Die Bank rutschte noch ein Stück weiter, bis sie von einem Baum aufgehalten wurde.

»Hurra!«, rief Sol oben auf dem steilen Abhang und riss im Triumph die Arme hoch. »Runter sind wir gekommen, Klaus! Wenn auch nicht so elegant!«

In der Abenddämmerung quälte sie sich durch ein Tal, unterwegs zu ihrem Elternhaus, das sie so lange nicht gesehen hatte. Doch vor Einbruch der Nacht würde sie dort nicht ankommen, und es sah so aus, als würde es sehr kalt werden.

Sie hatte ein Seil mitgenommen, um den Schlitten zu ziehen. Es war jedoch alt und riss oft. Nun war es durch das häufige Zusammenknoten mittlerweile äußerst kurz und bestand größtenteils aus Knoten.

Mitunter trat sie hinter den Schlitten und schob ihn. Sie war mehr als erschöpft. Und dazu kam, dass sie seit Tagen nichts mehr gegessen hatte.

Klaus hatte sich überhaupt nicht gerührt. Sie hatte ihn so gut eingepackt, dass sie sein Gesicht nicht sehen konnte.

Sie wollte es auch gar nicht sehen.

Sol richtete sich auf. Sie wusste, wo sie war.

Lange blieb sie stehen. Wenn sie überleben wollte, dann mussten sie irgendwo einen Unterschlupf finden – schnell. Aber wer würde sie bei sich aufnehmen? Wie weit hatte sich der Ruf der »Hexe mit den gelben Augen« inzwischen ausgebreitet?

Sie könnten geradewegs in ihr Unglück laufen.

Ihre Augen funkelten. Einen gab es, der ihnen Nachtasyl gewähren und der sie nicht verraten würde.

Oder würde er es doch tun? Sollte sie es wagen? Würde es bedeuten, dass sie sich direkt in die Höhle des Löwen begaben?

Sol erschauerte heftig. Sie wusste, wo er wohnte, der Mann, mit dem niemand sprach, der Mann, dem alle auswichen, er, der keine Freunde hatte.

Bis dorthin war es nicht weit.

Er war eines Abends nach Lindenallee gekommen. Hatte sich im Schatten gehalten, bis alle von Tengels Patienten ihre Arznei erhalten und den Hof wieder verlassen hatten.

Da war er hergekommen. Finster und schrecklich anzusehen unter seiner Ledermütze.

Der Henker.

Er hatte sich die Hand verletzt, und Tengel und Sol hatten die Wunde versorgt. Am nächsten und übernächsten Abend war er wieder gekommen. Er hatte dagesessen und Sol aus brennenden Augen angesehen, während sie den Verband wechselte. Als sie zu ihm aufgeschaut hatte, hatte er den Blick gesenkt, wohl wissend, dass niemand etwas mit ihm zu tun haben wollte.

Danach war er nie wieder aufgetaucht.

Der Henker… Er, wenn sonst niemand, müsste sie verraten. War sie jetzt nicht seine Beute?

Doch Sol glaubte nicht, dass er es tun würde. Sie war sicher, dass sie ihn schon zu nehmen wissen würde.

Mit einem tiefen Seufzer packte sie aufs Neue die Beine der Bettbank und begann, wieder zu schieben.

13. Kapitel

Sie fand die Hütte, die gut verborgen im Wald stand. Kein anderer Hof lag in der Nähe.

Mit frierenden Händen klopfte sie an.

»Mach auf, Scharfrichter!«, rief sie. »Hier ist Sol, Tengels Stieftochter, die dir einmal eine Wunde geheilt hat. Nun bin ich in Not, ein Freund von mir ist verletzt, und wir brauchen für die Nacht ein Dach über dem Kopf. Kannst du uns aufnehmen?«

Es dauerte geraume Zeit, bis die Tür einen Spaltbreit geöffnet wurde. Ein Kienspan leuchtete Sol ins Gesicht. Sie selbst sah nichts.

Dann ging die Tür ganz auf.

»Kannst du mir bei meinem Freund helfen?«, fragte sie.

»Er liegt dort im Schlitten. Ich weiß nicht, ob er noch lebt oder schon tot ist.«

Ohne ein Wort packte der hochgewachsene Mann Klaus und schleppte ihn hinein. Er legte ihn auf dem Fußboden ab und schloss die Tür.

»Ist es dein Liebster?«, fragte der Henker mit grober Stimme.

»Liebster?«, wiederholte Sol. »So etwas habe ich nie gehabt, das ist nichts für mich. Er ist ein guter Freund, der hat viel für mich aufgegeben, und ich möchte mich gern dafür erkenntlich zeigen.«

Der Henker nickte. Er hatte ein hartes, verschlossenes Gesicht mit dunklen, brennenden Augen. Wie immer trug er seine Mütze, die große Teile seines Gesichts verbarg und ihm bis auf die Schultern ging. Er trug ein weites Hemd mit Gürtel und eine eng sitzende Hose. Er war weder jung noch alt, den Henker schien es schon seit Bestehen der Erde zu geben, und er schien sich nie zu verändern.

Sie legten Klaus nahe ans Feuer, um ihn aufzuwärmen, und der Henker stellte für Sol und sich selbst Brot und Bier hin.

Nachdem sie eine Weile gegessen hatten, brach Sol das Schweigen.

»Wie viel weißt du von mir, Scharfrichter?«

Er gab Antwort, ohne dabei aufzusehen. »Ich weiß wohl von allen am meisten. Ich weiß, wer die Hexe mit den Katzenaugen ist, nach der die Obrigkeit sucht. Aber ich habe deinen Namen nicht verraten.«

»Danke«, sagte Sol.

»Dein Stiefvater ist ein guter Mann. Ihr habt mir einmal geholfen, ohne mich abzuweisen oder etwas Verächtliches zu sagen.«

Danach sprachen sie kein Wort mehr.

Als sie gegessen hatten, kümmerten sie sich um Klaus. Soweit sie feststellen konnte, steckte noch Leben in ihm. Danach wurde ihr ein Bett in einer winzigen Kammer angewiesen, der einzigen, die es im ganzen Haus gab. Sol kroch unter die Decken, halb tot vor Müdigkeit und schmerzenden Armen und Beinen.

Der Scharfrichter kam dazu und schlief mit ihr. Ihr war das gleichgültig. Mehrmals im Laufe der Nacht spürte sie, was er mit ihr trieb, doch sie war zu müde, um zu protestieren. Sie ließ ihn gewähren. Er war ein einsamer Mann, der zwar alle möglichen männlichen Gerüche verbreitete, aber er hatte ihr geholfen. So sollte das dann ihr Dank dafür sein.

Von dem Scharfrichter bekam sie einen Schlitten, auf dem sie Klaus ziehen konnte. Als Entgelt erhielt er eine gute Bank. Er begleitete sie so lange er konnte und zog den Schlitten für sie. Von dem Allernotwendigsten abgesehen, fiel zwischen ihnen keine Silbe.

Am Ende nahmen sie mit drei einfachen Worten voneinander Abschied.

»Danke«, sagte Sol.

»Danke gleichfalls«, antwortete er.

Doch er stand noch lange und schaute hinter ihnen her.

Es war dunkel, als sie den Schlitten die Lindenallee entlang hinauf zu Tengel und Silje zog.

Da war sie bereits auf eine unerwartete Schwierigkeit gestoßen. Der Schnee war im Laufe des Tages geschmolzen, und sie fühlte großes Mitleid mit Klaus, als die Kufen auf blankem Boden knirschten. Der Schnee war hier im Tiefland ohnehin nicht so tief gewesen, und sie hatte den Schlitten die meiste Zeit des Tages über Gras, Sand und nackte Steine ziehen müssen.

Aber Klaus lag noch immer weiß und unbeweglich da.

Das ganze Haus war dunkel, sah fast unbewohnt aus. Aber es war schließlich auch spät.

Zuerst versuchte sie es an Livs Fenster – an ihrem eigenen alten Schlafzimmer. Doch Liv reagierte nicht.

Da wurde sie unruhig. Was mochte wohl in ihrer Abwesenheit geschehen sein? Wenn nun …?

Doch das Klopfen an Ares Fenster brachte den gewünschten Erfolg. Sie wurde in die Halle eingelassen.

»Sol!«, flüsterte ihr kleiner Bruder. »Bist du's wirklich?«

»Ja. Lieber Are, wie schön, dich wiederzusehen! Kannst du Tengel wecken? Ich habe einen kranken Mann dabei. Aber lass Silje schlafen, wenn es geht.«

Er nickte. Kurz darauf stand ein halb bekleideter Tengel in der schwach erleuchteten Halle.

»Sol! Liebes Kind! Willkommen!«

Sie wurde umarmt und erzählte von Klaus.

Rasch beförderten die Männer ihn aus dem Schlitten hinein ins Haus.

»Du Gütiger«, sagte Tengel mit seiner vertrauten Stimme, die sie so sehr vermisst hatte. »Das sieht nicht gut aus.«

»Lebt er?«

»Wahrscheinlich, soweit ich das sagen kann! Ich werde mich um ihn kümmern. Leg dich jetzt schlafen. Du siehst vollkommen erschöpft aus.«

»Das bin ich auch. Aber ich habe keine Zeit, mich auszuruhen, nun da ich wieder zu Hause bin.«

Silje kam mit kleinen Schritten die Treppe hinunter. Sol wurde erneut willkommen geheißen, und es wurden wieder ein paar Tränen dabei vergossen.

»Bedeutet es dir viel, dass dieser Bursche überlebt?«, fragte Tengel.

Sie dachte darüber nach, was sie darauf antworten sollte. »Nicht in dem Sinne, wie du vielleicht glaubst. Doch es bedeutet mir viel, ja. Er war nett zu mir. Und er hat viel unter der Bosheit der Menschen gelitten.«

Tengel nickte. »Dann werde ich mein Äußerstes versuchen. Denn *das* ist hier wirklich notwendig!«

Doch Silje hatte einen kurzen Blick auf Klaus' Gesicht werfen können. »Mein Gott, das ist doch der Knecht, der vor etlichen Jahren auf Gråstensholm war!«

»Ja«, sagte Sol. »Ihr habt versucht, uns auseinanderzubringen. Aber das Leben geht seine eigenen Wege.«

Silje fragte nicht weiter nach. Sie wagte es nicht.

Dann bekam Sol in der gemütlichen Küche etwas zu essen, während Silje und Are sie ausfragten. Tengel war mit Klaus allein in dem Zimmer, in dem er die Kranken behandelte.

Silje wollte alles darüber wissen, wo Sol gewesen war. Doch sie bekam nicht sonderlich viel Auskunft darüber. Stattdessen wechselte Sol das Thema.

»Wo ist Liv?«

»Weißt du es nicht? Nein, das kannst du natürlich nicht wissen. Liv und Dag haben geheiratet. Sie wohnen jetzt auf Gråstensholm.«

»Du meine Güte! Das ging aber schnell. Aber wunderbar, das war das Beste, was passieren konnte!«

»Es war notwendig – um Livs willen. Sie war kurz davor, sich selbst zu zerstören, Sol. Der fürchterliche Laurents hat ihr alles Selbstvertrauen genommen. Gott sei Dank, dass er tot ist… Nein, nun bin ich gemein, aber es kommt von Herzen.«

Dann habe ich ja nicht vergebens gelebt, dachte Sol. Laut sagte sie: »Und wie geht es Liv jetzt?«

»Sie erholt sich mit jedem Tag mehr. Ich glaube, sie kommt langsam darüber hinweg, du weißt schon, was.«

»Nichts dabei zu empfinden, wenn sie mit Männern schläft, meinst du?«

Silje wurde aufgeregt. »Aber Sol!«

»Liebe Silje, ich war es doch, die dir davon erzählt hat! Manchmal glaube ich, du hast deine Kinder vom Klapperstorch!«

»Nein, aber es war eine Reaktion darauf, dass du *Männer* gesagt hast! Unsere kleine Liv? Aber du bist müde, meine liebe Sol. Nun musst du wirklich ausschlafen.«

»Ja gern. Aber dann muss ich wieder fort.«

»Nein, liebes Kind, können wir dich nicht hierbehalten?«

Die fürsorglichen Worte und die Gewissheit, willkommen zu sein, erwärmten Sol innerlich ganz unerwartet. »Nein. Früher oder später wird einer von Tengels Patienten nach der ›Hexe mit den Katzenaugen‹ gefragt werden und dann werdet ihr in die Sache mit hineingezogen. Ich habe Freunde, Silje, ich komme gut zurecht.«

Tengel war hereingekommen und hörte ihre letzten Worte.

»Die Männer des Landvogtes *waren* schon hier, Sol«, sagte er ruhig. »Wir haben wahrheitsgemäß erzählt, dass wir dich schon lange nicht mehr gesehen haben.«

»Dann muss ich schon heute Nacht wieder los.«

Tengel schüttelte den Kopf. »Leg dich hin und schlaf dich richtig aus. Niemand darf dich in meinem Haus gefangen nehmen.«

Sie brachte keine Einwände mehr vor, nahm hingegen all ihre Fürsorge dankbar an.

Sol schlief die ganze Nacht und einen großen Teil des nächsten Tages. Am Nachmittag kamen Liv und Dag und Charlotte und Jacob Skille von Gråstensholm herunter, um sie zu sehen. Es wurde ein richtiger Festtag, an dem Sols Rückkehr gefeiert wurde.

Sol streichelte Liv über die Wange. »Es ist mir anscheinend unmöglich, auch nur zu einer deiner Hochzeiten zu kommen. Nun sind mir doch glatt zwei durch die Lappen gegangen!«

Auch die kleine Meta strahlte vor Wiedersehensfreude.

Charlotte und Jacob wollten ebenfalls heiraten, und Sol freute sich, das zu hören. Auch Dag, denn er wusste, wie einsam seine Mutter gewesen war – und werden würde, wenn er das Angebot als Amtsrichter in Akershus annähme. Jacob hatte seinen Abschied eingereicht, um Gråstensholm ordentlich leiten zu können. Die Führung eines Gutes war etwas, worauf er sich verstand.

Es wurde ein unvergesslicher Abend für Sol und die ganze Familie.

Klaus lebte noch. Er war zwar bewusstlos, aber sein Gesundheitszustand hatte sich immerhin nicht verschlechtert.

Sol wandte sich an Charlotte. »Wenn er wieder gesund werden sollte ... kann er dann nicht bei euch arbeiten? Er spricht so freundlich von der kurzen Zeit auf Gråstensholm, die einzige Stelle, wo ihm Menschlichkeit begegnete.«

»Natürlich kann er das, nicht wahr?«

Sowohl Jacob als auch Dag nickten zustimmend.

»Aber wird nicht auch nach ihm gesucht?«, fragte Liv. »Du hast doch erzählt, dass er dir bei der Flucht geholfen hat.«

»Ich glaube nicht, dass sie so sehr hinter ihm her sind. Irgendwo muss er ja schließlich unterkommen. Und bei dem Lehnsherren hat er so fürchterlich gelitten. Aber sicherheitshalber kann er sich ja verstecken, wenn jemand von den Behörden kommen sollte.«

So wurde es entschieden.

»Kannst du nicht bis Weihnachten bleiben, Sol?«, bat Silje.

Sol jedoch schüttelte nur den Kopf. Und alle wussten, dass es im Grunde ausgeschlossen war.

Früh, sehr früh am nächsten Morgen stand Tengel auf und weckte Sol, wie sie es abgesprochen hatten. Sie setzten sich in die Küche, wo sie ihre letzte Mahlzeit bekam, bevor sie wieder verschwinden würde.

»Was hast du vor?«, fragte er leise.

»Zu den Schwenderfinnen will ich. Das sind Leute unseres Schlages, Vater. Dort bin ich sicher.«

Aber für wie lange?, dachte er erbittert. Dein rastloses Blut wird dich bald wieder weitertreiben.

»Wonach suchst du eigentlich, Sol?«

»Ich habe es früher nicht gewusst. Nun aber weiß ich es. Es ist ein Mann ... Ich habe ihn ein einziges Mal gesehen. Er ist ein Teil von mir. Ich kann nicht erklären, warum.«

»Glaubst du, dass all dein Suchen vorüber ist, wenn du ihn gefunden hast?«

»Ja.«

Eine Zeit lang saßen sie still da. Dann seufzte sie schwer.

»Was ist?«, fragte er.

Sie zuckte zusammen. »Ich bin kurz davor, die Kontrolle zu verlieren, Vater.«

Tengel setzte sich neben sie auf die Küchenbank und zog sie zu sich heran. »Was meinst du?«

»Früher war das Leben so leicht. Ich war voller Lebensfreude. In meiner Neugier habe ich gemacht, wozu ich Lust hatte. Das mache ich noch immer. Doch nun ist es, als versänke ich im Morast.«

»So geht es«, sagte er behutsam. »Niemand kann genauso leben, wie er will.«

Sie schaute zu ihm auf. »Warum gibt es solche wie dich nicht – für mich, in meinem Alter?«

»Wenn es so wäre, dann würde es dir auch nicht helfen, mein Kind. Du bist zu schwer betroffen.«

»Ja«, flüsterte sie. »Das bin ich. So gespalten, Vater!«

»Ich habe Leute vom Eisvolk gesehen, die in ihrer eigenen Bosheit gefangen waren«, sagte Tengel wehmütig. »Du bist in deiner Doppelnatur gefangen. Du weißt es selbst nicht, Sol, aber dein Äußeres hat sich sehr verändert.«

»Wieso denn?«, fragte sie geschwind.

»Nein, du bist noch genauso schön wie zuvor. Aber deine Augen. Die sind wild und böse.«

Sie richtete sich auf. »Dann kann ich nur eine Sache tun – diesen Mann finden! Er beherrscht mich und wird mit mir fertig.«

»Woher weißt du das?«

»Weil …«

Nein, von den Ritten zum Blocksberg konnte sie nicht erzählen. Das würde zu weit gehen.

»Ich weiß es einfach.«

Tengel erhob sich. »Geh zu den Schwenderfinnen, Sol! Und sollte das nicht gutgehen, dann versuch es in Schweden! Dort ist deine Herkunft unbekannt.«

»Ja, aber für wie lange? Bald wird mich wieder der Teufel reiten, und ich schicke jemanden in die Hölle. Oder in den Himmel, wo auch immer er dann hingehört.«

Tengel rüttelte sie sanft – »Damit musst du aufhören, Sol! Versuch, dich zu beherrschen. Versuch, zuerst *nachzudenken!*«

»Aber genau das meine ich doch damit, dass ich die Kontrolle verloren habe. Mir ist es vollkommen gleichgültig. Und ich habe mich erniedrigt, Vater, mehr als du dir vorstellen kannst.«

Er lächelte sie an. »Und trotzdem bringst du Arme und Unglückliche mit nach Hause, denen du helfen willst? Nein, ich verstehe nicht, was mit dir los ist … Komm aber zurück nach Hause, wenn alles ruhig und sicher ist, und wenn du deinen Seelenfrieden gefunden hast. Versprich mir das!«

»Das verspreche ich. Übrigens … Ich brauche Geld, Vater.«

Beide waren erleichtert, das Gespräch auf ein alltägliches Thema lenken zu können. »Das sollst du bekommen.«

Das Wetter war umgeschlagen. Es war mild, fast warm, als sie sich wieder von zu Hause aufmachte. Sie ritt ostwärts, in Richtung Solør, und berechnete die Reise dorthin auf drei Tage. Wie sie dann später in den tiefen Wäldern die Schwenderfinnen finden sollte, stand auf einem anderen Blatt. Sie würde sich wohl zu ihnen durchfragen müssen. Wenn sich jemand zum Fragen fand…

Als sie den Stadtrand von Oslo hinter sich gelassen hatte und entlang des Flusses Glomma ritt, fühlte sie sich langsam sicherer. Bis hierher war ihr Ruf wohl noch nicht gedrungen.

Am Abend des zweiten Tages wagte sie sich in ein Wirtshaus. Dort übernachtete sie und aß früh am folgenden Morgen ihr Frühstück.

Sol war wieder elegant gekleidet, nachdem sie in den vergangenen Monaten fast in Lumpen gegangen war. Sie konnte wirklich wie eine Dame aussehen, wenn sie wollte.

Obwohl sie allein ritt – was für Frauen nicht üblich war, wurde sie vom Wirt wohlwollend aufgenommen, und nun nahm sie ein ausgezeichnetes Frühstück zu sich. Nach einer Viertelkanne Wein kam ihre Lebenslust wieder, und Sol gewann allmählich ihre Selbstsicherheit zurück.

Trotz allem war die Welt voller Herausforderungen. Eine Menge spannender Erlebnisse konnte vor ihr liegen.

Sie hatte den Gedanken kaum zu Ende gedacht, als

sie jäh von ihrem Stuhl auffuhr und zur Tür hinausstarrte.

Ein Reiter hielt draußen an und stieg vom Pferd. Er band es fest und sorgte dafür, dass es dem Tier gut ging. Dann ging er auf das Wirtshaus zu.

Da war er! Der Mann, nach dem sie so lange gesucht hatte. Der Fürst der Finsternis hatte sich also wieder materialisiert – um sie zu treffen? Immer in Wirtshäusern! Warum hatte sie nicht schon früher ein Wirtshaus aufgesucht? Dann wäre ihr das unerträgliche Warten erspart geblieben.

Diesmal war er nicht ganz so elegant gekleidet, doch immer noch fein genug, in hohen Schaftstiefeln und einem breiten, offenen Spitzenkragen über einer geschnürten Elchlederweste. Er war barhäuptig, so dass das schöne blonde Haar zur Geltung kam.

Verkeidet! Denn der Satan war schwarz wie die Nacht. Doch sie erkannte ihn! O ja, sie kannte ihn aus ihren Träumen. Die Gesichtszüge, das teuflische Schimmern in den Augen, da bestand kein Zweifel.

Er befand sich jetzt im Wirtshaus, Sol jedoch blickte nicht mehr in seine Richtung. Sie tat so, als sei sie sehr mit ihrem Weinglas beschäftigt, schaute durch die Flüssigkeit, als studiere sie die Lichtbrechung darin.

Sie ahnte mehr als sie es sah, dass der Schatten über ihren Tisch fiel.

»Ich wusste, dass wir uns wiedersehen würden.«

Die Stimme war leise und verheißungsvoll.

Sol schaute verwirrt auf. Zuerst tat sie, als verstehe sie nicht, doch dann lächelte sie langsam. »Ja, sind wir uns nicht früher schon einmal begegnet?«

Er vollführte eine fragende Handbewegung in Richtung des Stuhles ihr direkt gegenüber, und sie nickte gnädig. Der Wirt kam, und der Fremde bestellte Essen und Wein, ohne den Blick von Sol abzuwenden.

Als sie wieder allein waren, fragte er: »Wie heißt Ihr, meine Schöne? Nein, ach, sagt es nicht. Denn seit ich Euch das erste Mal sah, seid Ihr in Gedanken meine Mondgöttin. Lasst mich Euch so nennen!«

Sol brach in klingendes Lachen aus. Wie vollkommen verrückt! Mondgöttin! Für sie, da sie doch auf den Namen Sol, Sonne, getauft worden war!

»Und Ihr?«, fragte sie neckend. »Ihr scheint mir ein verkleideter, fahrender Ritter hier auf der Erde zu sein. Obwohl Ihr eigentlich an einer ganz anderen Stätte heimisch seid.«

»Ja, ein Erzengel bin ich nicht gerade!«

»Nein, das meinte ich auch gar nicht.«

Wie lustig hier zu sitzen und sich in Verschlüsselungen auszudrücken, wie unter sehr guten Bekannten!

Sol war in gehobener Stimmung und glücklich wie nie zuvor. Endlich, endlich hatte sie ihresgleichen gefunden. Und einen, von dem sie wusste, dass er ihr alles geben könnte, was eine Frau brauchte.

»Ich weiß, wer Ihr seid«, sagte er. »Euren Namen kenne ich nicht, aber Ihr werdet die ›Hexe mit den Katzenaugen‹ genannt. Nein, keine Aufregung, ich weiß, dass man hinter Euch her ist, aber ich habe kein Interesse daran, Euch zu verraten. Ihr habt aber auch noch einen anderen Beinamen.«

»Ach ja? Das wusste ich nicht.«

»Ihr werdet die ›Gelbe Spinne‹ genannt.«

»Spinne? Igitt! Warum das denn?«

«Die Leute bilden sich ein, dass Ihr hinter Männern her seid und Eure Liebhaber nach der Umarmung tötet.«

Sol war tief berührt. »Das ist nicht wahr! Das ist absolut nicht wahr! Zum Ersten habe ich nur äußerst wenige Männer gehabt und die beiden – oder drei«, sie hätte den Henker fast vergessen, »erfreuen sich noch bester Gesundheit. Ich habe keine Freude an gewöhnlichen, sterblichen Männern.«

Er musste über ihre Entrüstung lachen.

Er fragte, wohin sie unterwegs sei, und sie antwortete, sie sei auf dem Weg nach Solør, zu den Schwenderfinnen. »Weil sie Zauberkünste beherrschen, wie man sagt.«

Seine Augen glänzten. Oh, er war so anziehend! »Ja, ich wusste doch, dass Ihr eine Hexe seid, meine kleine Mondgöttin. Das kann man an Euren Augen erkennen.«

Es machte nichts, dass er es aussprach, ganz im Gegenteil. Wer, wenn nicht er, könnte alles verstehen?

Bei näherer Betrachtung war deutlich zu erkennen, dass er kein jugendlicher Mann mehr war. Aber das war der Fürst der Finsternis auch nicht. Er war bestimmt tausend Jahre alt. Denn in seinem Reich waren tausend Jahre wie ein Tag.

Satan, Luzifer – Der Engel, der den Kampf mit Gott aufnahm und der vom Himmel in die Hölle gestürzt worden war. Das musste Luzifer sein, so musste er nach dem Fall ausgesehen haben. Mit bleibender Schönheit, doch bereits mit einem Funken des Bösen in den Augen.

Es war nicht richtig, das Bild das die Menschen sich von dem Bösen geschaffen hatten. Er war schön – schön wie der Engel des Herrn, der er einst gewesen war. Oder vielleicht konnte er sich nach Belieben verwandeln? Er hatte ja so viele Gesichter – Drache, Hund oder Schlange. Er konnte alles.

»Wo seid Ihr die ganze Zeit gewesen, nachdem wir uns das letzte Mal begegnet sind?«, fragte sie.

Er war etwas betreten.

»Nein, entschuldigt, das war eine dumme Frage«, sagte sie schnell. Er sah erleichtert aus.

Doch warum er beim zweiten Mal so lange gewartet hatte, aus dem Abgrund emporzusteigen, hätte sie ihn gern gefragt. Aber das war nicht so wichtig. Vielleicht wollte er von seinem anderen Leben nicht sprechen.

»Kleine Mondgöttin, mein Weg führt auch mich nach Osten. Darf ich vorschlagen, dass wir uns zusammentun? Für eine einsame Frau sind die Wege nicht sicher.«

Graziös neigte Sol den Kopf. »Ich nehme Euer Angebot an, mein Herr. Doch duzt mich bitte, wenn es beliebt. Wir sind uns ja früher schon einmal begegnet.«

Das Letzte sagte sie in einem vielsagenden Tonfall, und sein gespenstisches Lächeln verriet ihr, dass er auf das Spiel einging.

Er war der schönste Mann, der ihr je begegnet war. Trotz der tiefen Furchen, die das Dasein auf seinen Wangen hinterlassen hatte, war er nahezu unverschämt schön. Die blauen Augen glänzten, und das in feinen Wogen liegende blonde Haar wurde an den hohen Schläfen bereits grau. Sie schätzte sein »weltliches« Alter auf … tja, um die vierzig? Wie viel Tausende von Jahren er *wirklich* alt war, konnte sie nicht sagen.

Ihr lief ein kalter Schauer über den Rücken und ihre Nackenhaare sträubten sich. Eine Sache war es, ihm bei einem Ritt zum Blocksberg zu begegnen. Es war wie im Traum, verantwortungslos. Etwas ganz anderes war es, ihm in einem ländlichen Wirtshaus direkt gegenüberzusitzen und mit ihm eine Reiseroute zu besprechen – mit allem, was dazugehörte.

Er jedoch war ja das einzige Wesen, das sie voll und ganz verstand, also warum war sie denn nervös? Gleichwohl musste sie einräumen, dass auf ihren Ausflügen in sein Reich Zusammengehörigkeit und Gemeinsamkeit sehr viel größer waren. Jetzt hatte sie Schwierigkeiten, den rechten Ton zu treffen. Es war, als näherten sie sich einander nur zögernd.

Eine Stunde später ritten sie in der stechenden Herbstsonne hintereinander an der Glomma entlang. Der Pfad war zu schmal, um nebeneinander zu reiten und miteinander zu sprechen. Doch Sol war sich sehr bewusst darüber, dass er hinter ihr ritt, und sie spürte, dass er ebenso empfand. Sich ihrer physisch und sinnlich stark bewusst war.

Ein verrückter Gedanke überkam sie. Dies war der Mann für sie, so viel war sicher. Wenn sie doch mit ihm zusammen zur Ruhe kommen könnte. Hier, in dieser Welt. Ein Heim aufbauen dürfen, vielleicht Kinder bekommen, dieses rastlose Suchen hinter sich lassen. Zum ersten Mal in ihrem Leben wünschte sie, so wie andere Frauen zu werden – die Geborgenheit mit Mann und Heim zu spüren. Aber war das möglich? Zusammen mit so einem? Das konnte wohl nicht sein. Er war hier ja nur zu Gast, wie ein Fremder in dieser Welt.

Doch sie würde ihn fragen. Oh, Gott, sie würde ihn fragen. Jetzt aber noch nicht. Erst mussten sie einander besser kennen.

So sehnlichst hatte sie sich noch nie etwas gewünscht. Und der Gedanke an ein ruhiges, schönes Glück rieselte in leichten Strömen durch ihren Körper.

Sie ritten lange – bis er zu halten befahl. Da hatten sie gerade ein Dorf hinter sich gelassen, und nun befanden sie sich in einer öden Gegend.

Ihr fahrender Ritter zeigte auf einen Heuschober.

»Sollen wir dort eine Zeit lang Rast machen?«

Sie nickte. Ihr Herz hämmerte ihr vor Aufregung bis hinauf in den Hals.

Es war mitten am Tag. Die Sonne schien auf die Wände des Schobers, und drinnen war es warm und behaglich. Er zog sie langsam aus und betrachtete sie lange, bevor er auf routinierte Weise ihre Leidenschaft weckte.

Sol war noch nie zuvor einem so sicheren Liebhaber begegnet. Er war jetzt nicht wie der Fürst der Finsternis. Der pflegte schneller zur Sache zu kommen. Hier schien er genau zu wissen, was eine Frau sich wünschte, und als er schließlich ausgezogen neben ihr lag, vibrierte ihr ganzer Körper.

Doch gleichwohl war es nicht dieselbe Orgie wie in seinem Reich. Sie wusste nicht, was anders war, konnte es nicht begreifen. Im Abgrund musste sie nicht entfacht werden, ihr Körper hatte dennoch in Brand gestanden. Hier war sie zum ersten Mal in einer irdischen Umarmung entflammt, doch es glich eher einem Genuss, nicht der schmerzhaften Ekstase, die mehr und mehr verlangte.

Aber gewiss machte er sie glücklich! *Das* konnte sie nicht leugnen. Als sie ermattet nebeneinander lagen, empfand sie eine warme Zusammengehörigkeit. Endlich hatte sie im Leben Halt gefunden. Etwas, woran sie sich festhalten konnte. Sie strich mit der Hand über die seidenweiche Haut auf seiner Brust.

Diesmal unternehme ich nichts, um eine mögliche Leibesfrucht zu töten, dachte sie. Wenn ein Kind dabei herauskommt, dann ist es mir herzlich willkommen. Man stelle sich vor – ein Satan höchstpersönlich! Das Kind würde sie hüten und lieben – wenn es zu einer solchen Verbindung käme.

»Du warst gut«, sagte er heiser.

»Du auch.«

Das wusste er doch von früher. Es war schließlich nicht das erste Mal.

Doch diesmal war es anders. Ganz anders als ihre Ausflüge zum Blocksberg. Er war auch nicht so gut ausgestattet, körperlich gesehen, wie im Abgrund. Aber auch dieses Detail gehörte selbstverständlich zu seiner irdischen Verkleidung.

»Nun wollen wir zusammenhalten«, flüsterte er.

»Ja. Aber du weißt wohl, dass ich keine Heilige bin?«

»Das bin ich auch nicht«, lächelte er.

»Nein, das bist du ganz bestimmt nicht.«

Er griff nach ihrer Alraune. »Die will ich haben«, sagte er sanft. »Als Liebespfand.«

Sol spürte Verlust und Widerwillen an sich zerren. Sie konnte doch nicht ihren teuersten Besitz fortgeben! Doch sie konnte es *ihm* auch nicht verweigern, eine Alraune gehörte rechtmäßig dem Satan. Mit Trauer im Herzen gab sie sie her.

Sie erhob sich und zog sich an. Langsam und gemächlich stand auch er auf.

»Ich habe auch zwei, drei Leute in meinem Leben umgebracht«, gab sie zu, denn ihm musste sie es selbstverständlich sagen. »Aber damit will ich jetzt aufhören. Ich habe Lust, mit dir zusammen ein neues Leben anzufangen. Ein besseres Leben«, lächelte sie. »Meine Stiefeltern haben mich immer darum gebeten, doch ich bin wahrscheinlich zu einsam und wild gewesen, um auf Menschenleben Rücksicht zu nehmen. Und diejenigen, die ich umgebracht habe, waren böse Menschen, die meinen nächsten Angehörigen Schaden zufügen wollten. Nur die, vor denen ich sie beschützen musste, habe ich getötet.«

Ihr Ritter grinste breit. Er war ein prächtiger Anblick, wie er dort nackt vor der Scheunenwand stand.

»Du brauchst dich bei mir nicht dafür zu entschuldigen«, lächelte er. »Ich habe ein ganzes Volk ausgerottet.«

»Ja, das hast du wohl«, lachte sie. »Mehrere, könnte ich mir vorstellen.«

»Nein, es ist wahr! Ein ganzes Volk von Hexen und Zauberern.«

»Was du nicht sagst!«

Dann ging ihr auf, was er gesagt hatte. Sie spürte, wie sich etwas Kaltes über ihren Körper legte. Es funkelte und glitzerte im Sonnenlicht, das durch die Spalten in den Wänden der Scheune eindrang und ihr in die Augen stach.

»Sag mir … wie heißt du eigentlich?«

»Ich?«, lächelte er nichtsahnend. »Bin ich nicht dein fahrender Ritter?«

»Nein, ich will es wissen.«

»Warum denn?«

Sie merkte, wie ihr schwindelte, doch es gelang ihr, ihrer Stimme einen normalen Klang zu geben. »Ich will es wissen.«

»Warum denn? Na, dir kann ich es ja sagen. Ich heiße Heming.«

Sol war ganz blass geworden. »Heming Vogtmörder?«

Das Lächeln in seinem Gesicht erstarb. »Woher weißt du das? Woher zum Teufel weißt du das? Niemand hier im Süden kennt diesen Namen.«

Langsam, sehr langsam stiegen fürchterlicher Zorn und schmerzlich brennende, verzehrende Enttäuschung in Sol auf. Der Zorn steigerte sich wie ein Schmerzensschrei und sie riss eine Heugabel von der Wand.

»Halt!«, schrie er. »Bist du von Sinnen?«

Mit aller Kraft schleuderte sie die Gabel auf Heming, der verzweifelt zu entkommen versuchte. Doch gleich darauf stand er festgenagelt an die Wand gespießt. Die Zinken der Heugabel hatten ihn bei lebendigem Leib durchbohrt.

Sein Schrei durchschnitt die Luft.

Sol starrte mit dem gleichen unversöhnlichen Blick auf ihn, den sie dem Sohn von Abelone vor zwanzig Jahren zugesandt hatte.

Er stöhnte und keuchte. »Du bist von Sinnen! Hexe!«, presste er heraus.

Sie trat dicht zu ihm heran. »Erkennst du mich nicht wieder? Ich bin Sol vom Eisvolk, Tengels Stieftochter.«

»Nein!«, brüllte er halb erstickt vor Schmerzen. »Du bist tot! Alle sind tot!«

»Nein«, sagte Sol jetzt ruhiger. »Tengel lebt. Und Silje und Dag und Liv. Alle, hinter denen du her warst.«

»Nein! Nein! Hilf mir«, jammerte er. »Ich sterbe!«

»Ja, du stirbst, und das freut mich. Denn du hast das Eisvolk getötet. Du hast Hanna getötet! Dank allen Mächten, dass ich diese Rache nehmen durfte. Dass ich Hanna rächen durfte, die meine Lehrmeisterin und mir gleich war. Ich glaube, sie wusste das. Ich glaube, sie hat das vorausgesehen.«

»Spinne!«, schrie er. »Todesspinne!«

Sol setzte sich ruhig auf einen Holzblock, um ihm beim Sterben zuzusehen. Hörte ungerührt sein Schreien. Mit monotoner Stimme sprach sie zu ihm, und er war zum Zuhören verdammt. Das Blut rann aus seinem Körper an den Schenkeln hinunter. Er versuchte, es mit den Händen zu stillen, doch er konnte diese kaum heben.

Sols Augen glühten, doch es war, als sei ihre Stimme erloschen. »Dann warst du nur eine Illusion! Eine vage Erinnerung an einen selten schönen Mann, dem ich vor langer Zeit einmal in meiner Kindheit begegnet bin. Nicht einen Funken dämonisch.«

Selbstverständlich begriff er den Sinn ihrer Worte nicht. Er wusste nichts von ihren Ritten zum Blocksberg, gewöhnlich und irdisch wie er war.

Ein Meister im Umgang mit Frauen, das war er. Aber kein Satan.

Sol verstand ganz einfach nicht, dass die Salbe sie während der Trance so überempfindlich, übererotisch gemacht hatte. Sie war müde und verwirrt, wusste weder aus noch ein.

Sie wusste nur, dass sie nie jemanden so tief gehasst hatte, wie diesen Mann.

»Hilf mir doch! Hilf mir!«, flüsterte er. »Ich habe nichts gemacht, es waren die Landsknechte.«

»Silje hat deinetwegen auch gelitten«, sagte Sol in demselben ausdruckslosen Tonfall. »Und Tengel mit ihr. Um ihretwillen, um Hannas und Grimars willen, um deines eigenen Vaters willen und all derer im Tal des Eisvolkes, sollst du sterben. Heming Vogtmörder! Um all der Kinder willen, die du kaltblütig von den Landsknechten töten ließest – nur um dein elendes eigenes Leben zu retten…«

Er konnte sie kaum noch hören. Ihre Stimme erreichte ihn durch einen Nebelschleier aus Schmerzen und Todesangst. In seinen Ohren dröhnte es. Er hatte Blutgeschmack im Mund, spürte, wie ihm das Blut aus den Mundwinkeln rann. Er hustete und versuchte, zu schreien, sie um Hilfe anzuflehen.

»Um Gottes willen, hab Erbarmen mit mir«, presste er heraus.

»Gott hat nie auf meiner Seite gestanden«, sagte sie kalt. »Nur der Teufel, und der freut sich jetzt. Du bist ein harter Konkurrent gewesen, Heming Vogtmörder. Hast du überhaupt noch etwas anderes zustande gebracht, seit du das Tal des Eisvolkes verlassen hast, als herumzuhuren, zu lügen und zu betrügen? Ich nehme an, dass deine Abwesenheit in den letzten Monaten daher rührte, dass du im Gefängnis gesessen hast? Und dass die Männer, die du beim ersten Mal dabeihattest, Gefangenenwächter waren. Satan freut sich jetzt, Heming. *Er* steht auf meiner Seite, verstehst du.«

Der Nebelschleier vor seinen Augen wurde immer dichter. Doch noch konnte er sie erkennen.

Unbeweglich kauerte sie auf dem niedrigen Holzblock und sah ihm beim Sterben zu. Und ihre Augen leuchteten, gelb und unversöhnlich.

Bald waren es nur noch die Augen, die er erkannte.

Dann verschwanden auch sie.

Sol erhob sich. Hob die Alraune vom Boden auf. Setzte sich wieder aufs Pferd, und mit dem anderen Pferd am Zügel hinter sich ritt sie nach Osten. Zu den unbekannten Wohnstätten der Schwenderfinnen.

14. Kapitel

Der Winter verging.

Tengel und Silje standen oft am Fenster, spähten die Lindenallee hinunter und hofften, eine ganz spezielle Besucherin zu erblicken – ihre Stieftochter Sol. Doch nichts tat sich, seit sie an jenem Herbsttag fortgeritten war.

Beide studierten insgeheim Sols Linde in der Allee. Und so lange sie gesund war, atmeten sie erleichtert auf.

Noch ein Sommer. Ein neuer Herbst …

Siljes und Tengels – und Charlottes – erstes Enkelkind kam zur Welt. Liv gebar ohne Komplikationen einen hübschen Jungen, der den Namen Tarald bekam. Benannt nach dem sehr stolzen Vater der Mutter. Er hatte ihnen verboten, den Jungen Tengel zu taufen. »Das ist ein Name voller Schmerzen«, sagte er.

Silje sagte nichts, dachte sich aber ihr Teil: Vielleicht hatte ihre arme Tochter jetzt endlich ihre alten Probleme überwunden – da sie trotz allem ein Kind zur Welt gebracht hatte? Und sie wirkte so glücklich, so fröhlich und frei zusammen mit Dag.

Silje dachte oft an Hannas Worte: *Alle deine Kinder werden dir große Freude machen. Nur einen tiefgreifenden Kummer werden sie dir bereiten.*

Hatte sie diesen Kummer denn nicht schon gehabt?

Livs tragische Ehe mit allem, was damit zusammenhing?

Aber als sie es Tengel gegenüber erwähnte, hatte er sich umgedreht. Hatte nicht antworten wollen.

Weil Liv jetzt glücklich war. Wahrscheinlich war er der Ansicht, dass ihr Unglück zu kurz angedauert hatte, um mitgerechnet werden zu können.

Silje jedoch war fest entschlossen, diese Zeit mitzuzählen. Jetzt konnte nichts Schlimmes mehr geschehen!

Klaus war unter Tengels heilenden Händen schnell wieder genesen und arbeitete nun offensichtlich glücklich auf Gråstensholm. Nie erwähnte er auch nur mit einer Silbe seine große Sehnsucht. Für ihn hatte es nie eine andere als Sol gegeben, und auch er hielt oft den Weg hinunter nach ihr Ausschau.

Liv war wirklich glücklich. Dag war eine Absprache mit ihr eingegangen, versprach, dass er ihr niemals Vorwürfe machen würde, wenn ihr irgendetwas im Haus nicht gelänge. Doch für ihn hatte es nie Anlass zur Kritik gegeben. Eine bessere Hausfrau als Liv war kaum zu finden. Dag nahm an, dass Berenius von einem unermüdlichen Ehrgeiz, der Beste sein und über anderen Menschen stehen zu müssen, getrieben worden war und deshalb auf anderen herumgetrampelt hatte, wie untadelig sie auch immer gewesen sein mochten.

Eines Winterabends, als draußen der Wind heulte und Tengel und Silje behaglich am offenen Kamin saßen, wurde schwer an die Tür gehämmert.

Fragend schauten sie sich an. Wer konnte an einem Abend in diesem Januarsturm so spät unterwegs sein?

Tengel erhob sich, um zu öffnen.

Draußen stand eine Frau, in Umhang und Schal gehüllt.

»Sol!«, rief Tengel. »Komm herein! Komm herein, geliebtes Kind!«

Verwahrlost und erschöpft trat sie in die gemütliche Halle. Sie wurde von beiden Elternteilen herzlich umarmt, und Sols Augen füllten sich mit Tränen.

Sols Blick wurde von Siljes Mosaikfenster angezogen, das Silje einmal von dem Maler Benedikt bekommen hatte. Sie betrachtete die Porträts der vier Kinder, alle von Silje gemalt. Erinnerte sich, wie unruhig sie Modell gesessen und wie Silje sie gescholten hatte. Doch die Porträts waren vortrefflich gelungen.

»Wir haben dich so schrecklich vermisst, Kind«, presste Silje zwischen Weinen und Lachen hervor. »Diesmal kommst du also allein? Keine arme Meta und auch keinen armen Klaus im Schlepptau?«

»Nein, ich komme nicht allein«, sagte Sol halb erstickt. »Ich habe noch jemanden dabei. Kann ich ...?«

»Ja, hol nur deinen Schützling«, lächelte Tengel. »Niemand soll in einer solchen Nacht draußen bleiben.«

Sol ging hinaus und kam mit einem kleinen Bündel wieder zurück, das sie unsicher vorzeigte. »Das ist Sunniva«, sagte sie mit einem gequälten Lächeln. »Kann sie hierbleiben?«

Silje war, als werde ihr der Boden unter den Füßen weggezogen. »Dein Kind?«

»Ja, sie ließ sich nicht töten, Vater. Ich habe es mit allen Kräutern, die ich hatte, versucht, aber sie wollte leben.«

Silje schluckte. »Willkommen soll sie sein«, sagte sie mit einem Zittern in der Stimme. »Unser zweites Enkelkind.«

»Zweites?«

»Ja, Liv und Dag haben einen Jungen bekommen. Fast genauso alt, würde ich meinen.«

»Sunniva ist am 29. August geboren«, sagte Sol schnell.

»Und Tarald am 24. August«, sagte Silje übers ganze Gesicht lächelnd. »Und es war eine schreckliche Aufregung, denn die Frau auf Eikeby lag auch im Wochenbett, und das Kind lag falsch, so dass Tengel zwischen Eikeby und Gråstensholm immer hin und her reiten musste.«

»Ja, aber auf Eikeby? Dass ist doch wirklich nichts Neues, dass da ein Kind kommt! Sie kriegt doch dreimal im Jahr ein Kind! Wofür hält der Bauer sich eigentlich? Für ein Karnickel? Naja, ging es denn gut?«

»Doch, es kam am Ende ein kümmerliches, kleines Mädchen dabei heraus. Du hast also deine Tochter Sunniva genannt. Das war nett von dir.«

»Ja, nach meiner Mutter. Und nach dir Silje.«

»Danke«, sagte Silje gerührt. »Oh, wie niedlich sie ist! Wie eine kleine Elfe! Hast du Anzeichen entdeckt, Tengel? Aber wem sieht sie ähnlich?«

»Ihrem Vater«, antwortete Sol trocken.

»Ich hatte doch gleich das Gefühl, dass mir das Gesicht bekannt vorkommt«, sagte Silje. »Wo in aller Welt habe ich es nur schon einmal gesehen?«

»Sie ist sehr schön«, sagte Tengel, der endlich seinen Schock überwunden hatte. »Aber dass du eine so blauäugige und blonde Tochter bekommen würdest, Sol, das hätte ich nicht gedacht.«

»Kann sie hierbleiben?«, fragte Sol ruhig. »Ich weiß keinen Ort auf der Welt, wo sie eine bessere Erziehung bekommen könnte. Auch wenn ich damit nichts zu tun haben werde. Aber das kann man von mir wohl auch nicht verlangen.«

Sie schauten sie verwundert an.

»Aber wir müssen doch hier nicht rumstehen«, sagte Silje. »Komm herein und setz dich an den Kamin! Und erzähl uns alles!«

»Kann sie hierbleiben?«

»Das weißt du doch«, sagte Tengel. »Aber jetzt wollen wir wissen, wie es dir ergangen ist.«

»Zuerst muss ich etwas essen«, sagte Sol. »Ich kann mich schon gar nicht mehr daran erinnern, was Essen ist.«

»Oh, du Liebe«, sagte Silje und lief zur Küche. »Was isst die Kleine?«

»Milch ... Egal was.«

Als der schlimmste Hunger gestillt und das Pferd versorgt war, erzählte Sol. Sie saß behaglich nach hinten an das Schaffell auf der Bank gelehnt, während die satte und müde Sunniva in Ares alter Wiege schlief.

»Sie sind jetzt hinter mir her«, sagte Sol müde. »Sie sind mir auf der Spur. Deshalb bin ich mit der Kleinen hergekommen. Ich wollte dafür sorgen, dass sie es gut hat.«

Tengels Gesicht war unergründlich. »Vielleicht solltest du von Anfang an erzählen?«

»Ja. Schon auf dem Weg von hier traf ich einen Mann,

von dem ich dir erzählt habe, Tengel. Erinnerst du dich?«

»Ja, natürlich. Den Einzigen, bei dem du Ruhe und Glück finden könntest.«

Sol lachte finster. »Ja, wahrscheinlich sagte ich Glück! Jedenfalls ist er Sunnivas Vater. Möge er in der Hölle schmoren!«

»Dann ist er also tot?«, fragte Tengel leise.

»Ja. Ich habe ihn umgebracht, und dabei ist er langsam gestorben. Ich habe noch nie solchen Hass empfunden, Vater. Und ich habe es genossen.«

»Sol«, flehte Silje erschrocken. »Ich bitte dich! Er ist trotz allem der Vater deines Kindes.«

Sol wandte sich ihr zu. »Ja. Dank seiner kann ich für meine Tochter nur tiefe Zärtlichkeit empfinden. Lieben kann ich sie nicht. Und er ist mein Todesurteil. Irgendwer wird seine Leiche gefunden haben, und dann wird sich jemand erinnern, dass er uns zusammen in einem Wirtshaus gesehen hat. Sich erinnern, dass der Mann mit der ›Hexe mit den Katzenaugen‹ zusammen war, die der Landvogt schon so lange jagt.«

»Aber warum hast du ihn umgebracht, Sol?«, klagte Silje.

Sol antwortete gereizt: »Weil der einzige Mann, den ich glaubte lieben zu können, den Namen trug, den ich am meisten auf dieser Welt verabscheue. Er hieß Heming Vogtmörder.«

»Was?« Tengel schoss hoch.

Silje schlug die Hände vor den Mund. »Oh, nein! Sol, sag, dass das nicht wahr ist!«

»Es ist wahr!«

»Ja. Doch es stimmt, sie sieht Heming ähnlich. Oh, was für ein Unglück!«

Tengel war vor Wut außer sich. »Dann musste dieser Teufel unsere Wege doch noch einmal kreuzen – und Sorgen in unser Haus bringen. Aber dich darf er nicht zerstören, Sol, das darf er nicht!«

Er zog sie hoch und drückte sie an sich.

»Du bist die Tochter meiner Schwester, und ich habe dich geliebt wie mein eigenes Kind. Sollte er es denn sein, der böse Geist des Eisvolkes unserer Zeit, der dich am Ende zu Fall bringen würde? Das darf nicht geschehen, Sol!«

»Nein, ich habe nicht vor, mich wie ein Lamm zur Schlachtbank führen zu lassen«, sagte sie, während ihr die Tränen kamen. »Ich habe vor, nach Schweden zu fliehen. Ich musste nur erst mit Sunniva hierher.«

Silje versuchte, ein Gefühl von Müdigkeit zu unterdrücken, das sie bei dem Gedanken überkam, noch ein Kind aufziehen zu müssen. Jetzt, in ihrem Alter. Doch sie zögerte nicht.

»Wir werden uns um Sunniva kümmern, darüber brauchst du dir keine Sorgen zu machen«, sagte sie. »Wir alle hier auf Lindenallee und Gråstensholm werden nach ihr sehen. Aber du hast noch nicht zu Ende erzählt. Wo hast du die ganze Zeit gesteckt?«

Tengel und Silje setzten sich wieder.

»Ja, nachdem ich Heming umgebracht hatte, zog ich weiter zu den Schwenderfinnen. Ich musste lange suchen, bis ich sie fand. Sie wohnten wirklich weit verstreut in den großen Wäldern, und zu Anfang begegneten sie mir mit Misstrauen. Wir verstanden einander nicht, ihre Sprache ist nicht die meine. Doch zum Schluss wurde ich akzeptiert. Bei ihnen habe ich gewohnt, und ich fand Leute unter ihnen, die die Zauberei beherrschten.«

Sol zögerte, als falle es ihr schwer, fortzufahren. »Aber wegen des Kindes, das ich erwartete, wurde ich ausgestoßen. Sie wollten mich an den Pranger bringen. Angst vor meinen Hexenkünsten hatten sie obendrein. Weil ich mehr konnte als sie, und ich… Ja, ich habe einen Mann verzaubert, den ich nicht ausstehen konnte.«

Sie biss sich auf die Lippe und fuhr fort:

»Nicht alle waren so intolerant, aber die konnten mich vor den Gerechten nicht beschützen. Da bin ich von dort geflohen, und seitdem habe ich mit dem Kind allein in einer abgelegenen Kate gewohnt. Ich ernährte mich von dem, was die Natur hergab, und das Kind bekam natürlich Milch von mir. Aber dann kam der Winter, und da wusste ich mir keinen anderen Rat, als hierherzukommen, wie gefährlich es auch sein mochte. Futter für das Pferd hatte ich nicht mehr, und mit der Kleinen nach Schweden ziehen konnte ich auch nicht.«

»Nein, natürlich nicht«, murmelte Silje.

»Doch östlich von Oslo ging ich mit der Bitte um Milch auf einen Bauernhof. Das hätte ich nicht tun sollen. Ich bin erkannt worden. Ich *kann* doch meine Augen nicht verstecken«, sagte sie bedauernd. »Und als ich weitergeritten war, wurde der Landvogt gewarnt. Seine Landsknechte verfolgten mich, aber ich konnte sie abschütteln. Und hier bin ich nun. Aber sie werden bald herausfinden, wo ich bin. Ich verschwinde morgen früh wieder.«

»Gibt es denn keine Häuslerstelle, wo sie sich verstecken könnte?«, fragte Silje Tengel.

Er dachte nach. »Soweit ich weiß, sind im Moment alle besetzt. Und es ist nur eine Frage der Zeit, bis sich das Gerücht herumgesprochen hat. Schweden ist deine einzige Rettung, Sol.«

»Ich weiß. Aber ich bin so müde.«

Sie wussten, dass sie nicht von körperlicher Müdigkeit sprach.

Diese Nacht durfte sie zu Hause schlafen. Sie lag im Bett und dachte in der Dunkelheit nach.

Schweden … Was hatte das Land ihr zu geben? Neuen Ärger, neue Enttäuschungen. Nichts. Nichts hatte sie jetzt mehr.

Nur noch eins war übrig.

Der Hass auf Heming Vogtmörder war doppelter Natur gewesen, da er ihr auch das ekstatische Erlebnis der Ritte zum Blocksberg genommen hatte. Sie hatte nicht gewagt, es noch einmal auszuprobieren. Etwas Schlimmeres, als ihm dort zu begegnen, konnte sie sich nicht vorstellen.

Doch sie hatte in der ersten Zeit mit einer alten Finnin über all das gesprochen. Und das Weib hatte zu den Erfahrenen gehört. Sie hatte genickt und gesagt: »Versuch es wieder! Um nichts auf der Welt wirst du den Mann jetzt auf dem Blocksberg sehen! Der Fürst der Finsternis weist niemanden ab, der ihn sucht.«

Nach geraumer Zeit hatte sie es wieder gewagt. Als sie allein mit dem Kind in der Kate lebte, hatte sie sich mit der Salbe eingerieben und einen Ausflug wie in alten Zeiten unternommen.

Die alte Frau hatte recht gehabt. In dem Satan, der sie empfing und ihr eine herrliche Nacht bereitete, gab es keine Spur von Heming Vogtmörder. Dunkel war es gewesen, dämonisch und schön. Und er war ihr Eigentum, kein Zerrbild einer Kindheitserinnerung.

Sol hatte nie verstanden – oder nie verstehen wollen, dass die drei Kräuter ihr die erregten Träume von einer Fantasiegestalt bescherten. Für sie war die Salbe nur ein magisches Mittel, ein Schlüssel zum Abgrund. Sie wusste nicht, dass es jene Kräuter waren, die Halluzinationen hervorriefen. Der Nachtschatten allein stand für die grotesken Albtraumbilder auf dem Blocksberg, das Bilsenkraut für den schwindelerregend schaukelnden Ritt über Land und Meer. Die drei Kräuter waren jedes für sich genommen tödlich giftig, wenn man sie aß, doch wenn sie auf die Haut aufgetragen wurden – in der richtigen Mischung, riefen sie starke Lusterlebnisse hervor. Und danach entsetzliche Kopfschmerzen. Die Hexen kannten die richtige Mischung. Etwas zu viel von einem Kraut würde ein furchtbares Zerrbild hervorrufen. Oder zum Tod führen.

Aber an nichts dergleichen dachte Sol, wenn sie sich stöhnend mit dem Dämon in ihren Lustträumen wand, die ihre eigene Sehnsucht und Fantasie heraufbeschworen hatten.

Als sie jetzt in ihrem eigenen Bett lag, mit dem kleinen hilflosen, schlafenden Kind neben sich, wurde sie mit einem Mal von einer starken Gewissheit erfüllt.

Nun war sie sicher, was sie wollte.

Schweden? Was hatte sie dort verloren? Sie konnte nun einmal das Töten nicht lassen oder auf die eine oder andere Weise dem schaden, der ihre Wut auf sich zog. Und dann wäre der Teufelskreis wieder in Gang, Flucht und Armut eingeschlossen.

Nur bei einem war sie sicher.

Ach, wenn sie nur für alle Zeiten bei ihm bleiben könnte! Doch der Weg in das ewige Leben im Abgrund ... der führte über den Scheiterhaufen. Die Hexenverbrennung.

Sol hatte vor Schmerzen nie Angst gehabt. Das Feuer fürchtete sie nicht. Der Gedanke vermittelte ihr stattdessen ein ekstatisches Glücksgefühl.

Warum hatte sie sich hier auf der Erde eigentlich abgemüht, nur um von dem Unverstand der Menschen gehetzt zu werden?

Es war so einfach! Dass sie nicht schon früher darauf gekommen war!

Der Fürst der Finsternis. Er wartete doch schon auf sie. In der Gestalt, die nur ihren eigenen Wünschen entsprechen würde.

Sie entsann sich der seligen Stunden mit ihm, nicht nur im Sinnenrausch. Die teuflischen Augen, die in ihre hineingesehen hatten, das unglaubliche Verständnis zwischen ihnen, das Lächeln, das besagte, dass sie und er zusammengehörten.

Mit einem Mal sehnte Sol sich so heftig nach ihm, dass sie aufschluchzte. Wenn sie für immer dorthin gelangte, dann wäre sie die fürchterlichen Nachwirkungen los. Dann wäre das ganze Dasein ein einziges brennendes, zügelloses Glück.

Als sie sich am nächsten Morgen verabschiedete, leuchtete in ihren Augen ein neues Licht der Entschlossenheit. Um die anderen nicht zu quälen, machte sie den Abschied so kurz und gefühllos wie möglich. Doch sie nahm sich die Zeit, um nach Gråstensholm zu reiten und sich das neue Kind anzusehen und unbeschwert mit den nichtsahnenden Freunden dort zu sprechen. Sogar mit Klaus wechselte sie ein paar Worte.

Tengel verstand nicht, warum sie nur ein klägliches Reisegeld mitnehmen wollte. Doch sie behauptete, dass sie unterwegs mehr bekommen würde. Noch mehr verwundert war er, als sie wollte, dass er sich all ihrer Kräuter und Arzneien annahm, sogar der Dinge, die sie von Hanna geerbt hatte. Selbst die Alraune überließ sie seiner Obhut. *Bis ich wiederkomme*, wie sie sagte. *Will nicht in Versuchung geraten, sie wieder zu missbrauchen.* Das hört sich fantastisch an, dachte Tengel erleichtert. Dennoch war er überrascht!

Als sie vom Hof ritt, wurde das Wetter wieder besser, sonnig und klar.

Drei Tage später erhielten sie Bescheid.

Sol war gefasst worden. Aus freien Stücken war sie geradewegs in die Arme der Landsknechte gelaufen.

Das Urteil war rasch gefällt. Vor der Festung Akershus wurde der Scheiterhaufen errichtet. Nach einem Tag der Folter sollte die schlimmste Hexe jener Zeit verbrannt werden.

Dag versuchte alles, was in seiner Macht stand, sprach mit allen Richtern und Juristen, die er kannte. Doch sie schüttelten nur den Kopf. Darin dürfe er sich mit Rücksicht auf sich und seine Familie nicht einmischen. Diese Frau konnte nichts mehr retten.

Liv sah es ein und gab am Ende diese Möglichkeit auf.

Auch ein anderer bat für sie. Der Henker. Er war im Gefängnis und sprach mit ihr. Als er jedoch ihre feste Entschlossenheit sah, begriff er, dass auch er nichts ausrichten konnte. Sie bat ihn nur darum, es so schnell und so human wie möglich zu machen. Das versprach er ihr.

Zu Hause auf Gråstensholm, wo sich alle versammelt hatten, war Klaus genauso aufgeregt wie alle anderen. Schaffte es nur mit knapper Not, ein Wort herauszubringen.

»Ich weiß, wo sie ist. Auf dem Hof des Lehnsherren, dort werfen sie die schlimmsten Hexen in einen Keller, in den niemand hineingelangen kann. Aber ich weiß, wie man dort hineinkommt.«

»Nun widersprichst du dir aber selbst«, sagte Tengel, angespannt und weiß im Gesicht. »Wie gelangt man hinein?«

»Nicht durch den Eingang. Aber auf der Hinterseite verläuft zwischen Kellermauer und Wall ein schmaler Gang. Am Ende ist eine Luke. Dahinter sitzen die Verurteilten.«

»Dann fahre ich hin.«

»Nein, das geht nicht, Ihr seid zu groß und kommt niemals dort durch. Ich auch nicht.«

»Aber vielleicht ich?«, fragte Are.

»Und ich«, sagte Meta.

Klaus schaute beide prüfend an. »Meta, ja. Und *vielleicht* Herr Are. Ich weiß nicht.«

Are war sich nicht sicher. »Aber können wir den Hof jetzt verlassen? Es kommt ein Sturm auf.«

»Was kann jetzt noch schiefgehen, mitten im Winter?«, sagte Silje.

Tengel legte einige Sachen zurecht, die er mitnehmen wollte. Dann nahm er Klaus, Are und Meta mit und ritt in der Dämmerung in Richtung Akershus. Liv und Dag wollten auch mit, doch Tengel riet ihnen davon ab. Je weniger sie waren, desto weniger Aufsehen würden sie erregen.

Der Sturm peitschte den Schnee vom Boden auf, so dass er wie Rauch über dem Weg lag. Tengel hatte Meta vor sich sitzen und zog ihre Mütze sorgfältig hinunter.

»Sol hat vor dem Scheiterhaufen keine Angst, das weiß ich«, rief er Are zu, während sie durch den beißenden Wind ritten. »Auch nicht vor der Folter. Aber sie weiß nicht, wie das ist. Weiß nicht, wie die Folterwerkzeuge den Willen, den Verstand und die Selbstachtung des Opfers zermalmen. Das Feuer kann sie auf sich nehmen, aber wir müssen sie vor den fürchterlichen Geräten retten.«

»Morgen geht es los, nicht wahr?«

»Ja, und auf den Scheiterhaufen kommt sie übermorgen.«

»Das darf nicht geschehen«, sagte Are verbissen.

Um Mitternacht, als alles dunkel auf dem Hof des Lehnsherren war, kamen sie an. Nur der Sturm heulte um das Haus zwischen den Bäumen. Sie stiegen von ihren Pferden und Klaus zeigte ihnen vom Wald aus den Weg in den Kellergang.

Als sie ihr Ziel erreicht hatten, blieben die beiden älteren Männer stehen, Are und Meta erhielten genaue

Instruktionen, bevor sie sich in den engen Gang schlichen. Are kam mit knapper Not hinunter.

Ziemlich schnell erblickten sie die Luke und riefen leise nach Sol.

»Are?«, hörte man ihre Stimme flüstern. »Und Meta? Was macht ihr hier?«

»Kommen mit einer Botschaft von Vater. Er und Klaus sind draußen. Er fragt, ob du Hilfe haben willst. Um dem Ganzen zu entgehen. Wir haben alle Mittel hier.«

Der junge Bursche konnte die Tränen nicht zurückhalten.

»Liebster kleiner Bruder!«, war Sols Stimme von unten zu hören.

»Grüß Vater und sag ihm, dass ich es so will. Ich möchte dem nicht entgehen.«

Meta begann zu schluchzen. Are versuchte, sie zum Schweigen zu bringen.

»Das haben wir uns gedacht, Sol. Aber Vater wollte trotzdem noch einmal gefragt haben. Und wir haben Kuchen dabei und Wein.«

»Das nehme ich gern«, sagte Sol. »Denn ich habe weder Speis noch Trank bekommen, und sich für den morgigen Tag zu stärken, ist bestimmt nicht verkehrt.«

»Dann schickt Vater dir diese Birkenschachtel«, sagte Are, er konnte nicht mehr richtig sprechen, so heftig weinte er. »Er hat gedacht, dass du dir gerne diese Nacht verkürzen würdest.«

»Hexensalbe!« Sol nahm sie begierig entgegen. »Ja, diese Nacht könnte schon lang werden.«

»Dann soll ich … von allen grüßen«, schluchzte Are. »Sie lieben dich, Sol. Mama Silje lässt grüßen. Und Tengel. Und Liv und Dag. Dag ist so verzweifelt darüber, dass er dich nicht retten konnte. Sie lieben dich unendlich.«

»Ich auch«, schniefte Meta.

»Und Klaus. Und Tante Charlotte und Jacob. Und ich natürlich. Und alle, alle Bediensteten auf beiden Gutshöfen.«

»Bewahre mich«, lachte Sol unsicher. »Anscheinend habe ich viele Freunde!«

Are musste länger Zeit warten, bevor er weitersprechen konnte.

»Ganz Lindenallee ... und Grå...stensholm vermissen dich, Sol.«

»Das sollen sie nicht«, sagte sie. »Grüß sie alle und sag ihnen, dass ich jetzt glücklich bin. Ich will es so, versteht ihr. Ich passe nicht in euere Welt. Aber, Are ...«

Sie wartete etwas. Verwundert. »Ich habe genau in diesem Moment das Gefühl als ... als ... genau in diesem Moment habe ich das Gefühl, als würde ich zurückkommen. In einer anderen, angenehmeren Form. Ich verstehe dieses Gefühl nicht ganz, aber es wäre schön, Are! Und ... kümmere dich statt meiner um Sunniva.«

»Das werden wir alle tun. Wenn es Tengel und Silje nicht schaffen, nehmen Liv, Dag und ich sie. Sie wird es gut haben, Sol.«

»Dann ist ja alles gut. Grüß sie alle, und sag ihnen, sie sind die einzigen Menschen, die ich ins Herz geschlossen habe.«

»Das wissen wir.«

Er streckte die Hand hinunter und spürte Sols kleine

Hand in seiner. Nach einer langen, langen Zeit ließen sie einander los, und sie traten die stumme Heimreise an.

Sol nahm die Sachen, die sie von Tengel bekommen hatte. Sie rieb sich zuerst mit der Salbe ein, und dann aß sie den Kuchen und trank den Wein. Danach legte sie sich auf die Pritsche.

Zwischen Traum und Wachen offenbarte sich ihr etwas. Eine kristallklare Erinnerung.

»Nun weiß ich, warum Tengel der Böse mich so hasst«, flüsterte sie in die Dunkelheit. »Nun weiß ich, wo ich ihn gesehen habe.«

Doch niemand hörte sie mehr.

Sie flog über die wellige Landschaft und über tiefe Wasser, bis sie Seinen Berg erreichte. Dort fuhr sie in die Tiefe hinunter und steuerte in den Abgrund hinein, bis sie auf einer Wiese landete.

Der Fürst der Finsternis kam auf sie zu, und er war faszinierender als je zuvor. Seine Gesichtszüge glichen denen des jungen Tengel – doch er war es nicht, er war Sols eigener Dämon. Und er umschloss sie mit seinen Armen und sprach zu ihr.

»Endlich bist du gekommen, meine Geliebte, und wir werden bis in alle Ewigkeit zusammenbleiben.«

Seine Augen waren herzlich und liebevoll. Wirklich liebevoll, so wie sie es sich ersehnt hatte. Sie begegnete der Liebe, der Innigkeit und dem Verständnis, nach denen sie ihr Leben lang gesucht, die sie aber nie gefunden hatte. Und mit einem Mal fühlte sie sich selbst voller Liebe, echter Liebe zu ihm. Sie konnte einen Mann lieben – sie, die bis dahin nur die sinnliche Liebe gekannt hatte, und das nur in diesen unfruchtbaren Ritten zum Blocksberg. Jetzt gehörte die Welt der Liebe ihr! Zum ersten Mal war Sol wirklich glücklich.

Auf Gråstensholm saßen alle zusammen; sie konnten unmöglich schlafen. Charlotte saß auf der Bank vor dem offenen Kamin, ohne sich zu rühren. Jacob Skille war bei ihr. Doch seine Trauer war fast genauso groß. Und auf der anderen Bank weinte Liv ungehemmt in Dags Armen.

Plötzlich erstarrten alle. Durch den Sturm hörten sie ein langgezogenes, langsames Krachen.

»Was war das?«, flüsterte Charlotte.

Dag ging ans Fenster.

»Es kam von der Lindenallee«, sagte er. »Ich glaube, es war ein Baum.«

»In der Allee?«

»Ja.«

»Dann ist es vorüber«, flüsterte Liv grenzenlos traurig.

Eine rastlose Seele war endlich zur Ruhe gekommen. Erloschen, mitten im schönsten Liebestraum ihres Lebens.

Silje saß zu Hause auf Lindenallee und wartete auf die anderen, als sie den Baum fallen hörte. Sie dachte daran, wie Tengel bei ihrer ersten Begegnung die pestinfizierte Sol gesehen hatte. Er hatte lange gezögert, unsicher, ob es richtig wäre, das Kind zu retten.

Doch. Es war richtig gewesen!

All ihrer offensichtlichen Fehler zum Trotz hatte Sol sie viel über Selbstlosigkeit – und insbesondere über Liebe gelehrt. Dank vieler ihrer drastischen Eingriffe im Lauf der Jahre hatten alle auf Lindenallee und Gråstensholm in Frieden vor bösen Menschen leben können.

Silje hatte Sunniva auf dem Arm, hielt sie fest an sich gedrückt. Draußen sank die Linde das letzte kleine Stück zur Erde, nachdem sie sich in den Ästen eines anderen Baumes verfangen hatte. Siljes Gesicht erstarrte. Ihr fröstelte so sehr, dass sie zitterte, obwohl es in dem Raum warm war. Durch ihre Gedanken jagten Hannas Worte. *Du und Tengel, ihr seid die Einzigen, die das Eisvolk weiterführen können. Sol ist nur eine Sackgasse.*

Sie hasste diese Worte.

»Was soll nur aus dir werden, mein Kind?«, flüsterte sie. »Was soll nur aus dir werden?«

Margit Sandemo – die unbekannte Bestsellerautorin

Die Überschrift wirkt vielleicht wie ein Widerspruch an sich – eine Bestsellerautorin kann doch kaum unbekannt sein? Und wirklich zählt Margit Sandemo mit über vierzig Millionen verkaufter Bücher zu den erfolgreichsten Autorinnen aller Zeiten, aber in Deutschland muss sie eben noch entdeckt werden. Und nicht nur hier… ihre großen Erfolge hatte sie bisher in den skandinavischen Ländern und in Osteuropa, von Island bis Russland reißt das Publikum sich um ihre Werke, aber auf Englisch oder Französisch gibt es noch nichts von ihr. Und auf Deutsch bisher nur wenig. In den neunziger Jahren versuchte ihr norwegischer Verlag, die ersten Eisvolk-Bücher in deutscher Übersetzung herauszubringen, ein in Dänemark ansässiger Vertrieb jedoch, von seltener Unfähigkeit und ohne die geringsten Kenntnisse des deutschen Buchmarktes, sorgte dafür, dass dieses Unternehmen zum Fiasko wurde.

Wenn auch nicht ganz. Einige Bücher erreichten die deutschen Ladentische, und seither gibt es eine eingeschworene Eisvolkgemeinde auch in Deutschland, die im Internet eifrig diskutiert, verzweifelt nach weiteren Bänden sucht (die es aber bisher nicht gibt), sogar eigene Lösungsvorschläge macht, z.B. die polnische Übersetzung ins Deutsche zu übersetzen. Was ja nun glücklicherweise nicht mehr nötig sein wird. Die deutsche

Fangemeinde kann sich allerdings an Umfang nicht mit ihren Pendants in den skandinavischen Ländern messen, wo es mitgliederstarke Eisvolkvereine gibt, bei denen sich jedes Mitglied nach einer Figur aus den Büchern benennt, bei den Vereinstreffen werden Szenen aus den Büchern nachgestellt und natürlich tragen alle die passenden Kostüme… Dies alles kann hierzulande auch noch passieren, und wir warten gespannt. In den ersten Jahren nahm Margit Sandemo noch sehr persönlich teil an der Entwicklung der Vereine, aber als der Erfolg ihr über den Kopf wuchs, musste damit Schluss sein – als sie 1990 an die zwanzigtausend Fanbriefe persönlich beantwortet hatte, konnte sie einfach nicht mehr, ein Zusammenbruch war die Folge dieser Überanstrengung, und auf Rat ihres Arztes musste sie auf diesen direkten Kontakt verzichten – wer also an Margit Sandemo schreibt und keine Antwort erhält: Es ist nicht böse gemeint!

Bei so viel Erfolg sind natürlich auch die Neider nicht weit. Das zeigte sich schon früh, als Margit Sandemo um Aufnahme in den norwegischen Schriftstellerverband ersuchte. Der schließlich gegründet worden war, um die Interessen der Leute in Norwegen zu vertreten, die vom Schreiben leben. Aber nein, meinte der Verband, Frau Sandemo können wir nicht aufnehmen, die schreibt ja Unterhaltungsliteratur, und ihre Bücher verkaufen sich viel zu gut. Über ein Jahrzehnt später war es dem neuen Vorstand dann doch zu peinlich, und Margit Sandemo wurde die Mitgliedschaft angeboten – aber nun wollte sie nicht mehr, und in einem viel diskutierten Rundfunkinterview zum Thema sagte sie: »Ich habe mit dem Schriftstellerverband keine Probleme, aber der Verband hat das Problem, dass zu viele Männer darin sitzen, die keine Bücher schreiben.« Eine wunderschöne Antwort, die beweist, dass sie auch vor laufendem Mikrofon ihre Worte zu setzen weiß. Was auch nötig ist, wenn wir noch einen Moment bei den Neidern bleiben.

Vor einigen Jahren ließ *Verdens Gang,* Norwegens auflagenstärkste Tageszeitung, bei den Lesern eine Umfrage vornehmen, um die meistgelesenen Autoren bzw. Autorinnen Norwegens zu ermitteln. Auf Platz 1 und 2 lagen die mit dem Literaturnobelpreis ausgezeichneten Genies Knut Hamsun und Sigrid Undset. Wobei die skeptische Betrachterin sich fragt, ob diese illustren Namen nicht auch genannt wurden, weil die Befragten einen guten Eindruck machen wollten? Dass Henrik Ibsen auf Platz 5 landete, verstärkt diesen Verdacht noch, die Vorstellung, dass halb Norwegen nicht mit einem Krimi ins Bett geht, sondern mit einem Theaterstück, ist nicht so ganz überzeugend. Auf Platz 3 kam Margit Sandemo, gefolgt von Anne Karin Elstad auf Platz 4. Was sich gut verkauft, kann nichts taugen, das ist nicht nur in Norwegen eine Überzeugung vieler intellektueller Professoren und Literaturkritiker. Der häufigst vorgebrachte Einwand gegen Sandemo – wie auch gegen Anne Karin Elstad in Norwegen und Marianne Fredriksson in Schweden – lautet denn auch: »Es kann keine gute Literatur sein, dazu verkauft sie sich zu gut.« Das ist auch über Karl May und Johannes Mario Simmel gesagt worden, doch bei Sandemo und ihren Kolleginnen kommt noch strafverschärfend dazu: »Es kann keine gute Literatur sein, denn sie wird ja hauptsächlich von

Frauen gelesen.« Dass die Herren, die solche Urteile von sich geben, zumeist keine Zeile von ihr gelesen haben, brauchen wir vielleicht nicht zu erwähnen …

Margit Sandemos Stellung in der skandinavischen Literatur ist damit beschrieben. Aber wer ist diese unbekannte Bestsellerautorin? Besonders gern spricht sie nicht über sich, und das hat drei Gründe:

»1) Über das Wesentliche in unserem Leben sprechen wir nicht. Und der Rest wäre dann nur oberflächliches Geplapper.

2) Ich bin noch nicht senil genug, um mich an meine Kindheit zu erinnern.

3) Es wäre doch der Gipfel der Egomanie, sich einzubilden, andere interessierten sich für unser Leben.«

Aber manches kommt eben doch heraus, und im Rahmen der Festschrift zum 70. Geburtstag erzählte sie dann doch ein wenig mehr und legte Bilder aus ihrer Kindheit vor. Wir sehen ein pummeliges Mädchen in besticktem Kleidchen, das offenbar nicht fotografiert werden möchte und der Kamera wütend die Zunge herausstreckt.

Geboren wurde sie am 23. 4. 1924 (der 23. 4. ist ohnehin bei literarischen Genies ein beliebtes Geburtsdatum, denken wir nur an William Shakespeare oder Halldór Laxness).

Ihre Eltern hätten gegensätzlicher nicht sein können, der Vater stammte aus dem ostnorwegischen Valdres und hatte sich dort als Heimatdichter einen Namen gemacht, die Mutter war ein Spross des schwedischen Hochadels, und Margit Sandemos Ahnentafel weist beeindruckende Verbindungen zu gekrönten Häuptern in ganz Europa auf. Dass die Ehe dieser unterschiedlichen Persönlichkeiten nicht gut ging, können wir uns denken, und Margit und ihre Geschwister wuchsen bei der Mutter in Schweden auf und besuchten den Vater nur in den Ferien. Dass der Vater aber Heimatdichter war, weist auf ein reiches Vorkommen von Talent in der Familie hin – kein Wunder, dass das Gerücht, Margit sei eine uneheliche Enkelin von Norwegens Nationaldichter und erstem Literaturpreisträger, Bjørnstjerne Bjørnson, niemals verstummen wollte, und im Alter hat sie dann endlich zugegeben: Ja, es war so. Wie jedoch der gefeierte Dichterhäuptling und ihre Großmutter zusammengekommen sind, behält sie für sich. Zweifler führen gern an, dass sich nicht nachweisen lässt, dass Bjørnson im fraglichen Zeitraum Zeit für eine Reise an den Wohnort der Großmutter gefunden hat. Doch dafür, dass auch Frauen weite Reisen nicht scheuen, wenn am Ziel der Geliebte wartet, liefern die Frauen aus dem Eisvolk ja Beweise genug.

Wie ihr champagnerseliger Großvater öffnet auch Margit Sandemo eine Flasche Sekt, wenn sie einen Roman vollendet hat – und wenn sie das erzählt, strahlt sie in die Kamera und fügt hinzu: »Deshalb schreibe ich doch so schnell und so viel.«

1946 heiratete sie den Bauernsohn Asbjørn Sandemo aus dem norwegischen Idd, es folgten Wanderjahre mit der stetig wachsenden Familie, Musik, Theater, darstellende Kunst jeder Art sorgten für den Lebensunterhalt. Als die Kinder aus dem Haus waren, ließ sie sich mit Asbjørn im norwegischen Valdres nieder, der Heimat ihres Vaters. Seit Asbjørns Tod vor einigen Jahren lebt sie in der Nähe ihrer Tochter, in der schwedischen Heimat ihrer Mutter.

Im Alter von über vierzig Jahren verließ sie zum ersten Mal Schweden und Norwegen. Vierzehn europäische Länder wurden besucht, um für die weiteren Eisvolk-Bände zu recherchieren – und was nicht verwendet wurde, kam anderen Romanen außerhalb der Reihe zugute. Ein Bild in der Festschrift zeigt die recherchierende Autorin in Gehrenrode im Harz, auf einem anderen sitzt sie mit einer Flasche – Sekt? – in der Hand an der Weser –, was die Recherchen in Harz und Weser ergaben, können wir in Band 38 der Saga vom Eisvolk nachlesen, »Verborgene Spuren«. Der Originaltitel hatte lauten sollen: »Kleine Männer werfen lange Schatten«, aber nicht immer konnte sie den Verlag von ihren Titelideen überzeugen, eigentlich schade. Einmal, als sie sich ganz besonders darüber geärgert hatte, dass die von ihr gewählten Titel so oft durch reichlich nichtssagende, banale ersetzt wurden, nannte sie einen neuen Roman »Fabians Braut« und dachte: Das ist so blöd, da kann kein Verlag etwas noch Blöderes ersinnen! Und dann staunte sie, als der Roman erschien – unter dem Titel »Das Opfer einer Frau«. Seither, sagt sie, denkt sie sich keine Romantitel mehr aus.

In den siebziger Jahren schrieb Margit Sandemo zunächst allein stehende Romane, die in Zeitschriften als Fortsetzungsromane erschienen – doch dann suchte ihr norwegischer Verlag eine historische Romanserie und fragte bei Margit Sandemo an. Die fand die Idee überhaupt nicht gut, sondern eher langweilig, sich auf viele

Jahre hinaus einem einzigen Projekt zu verpflichten, sagt sie, habe auf sie eher abschreckend gewirkt. Aber dann sah sie in einer schwedischen Kirche eine Wandmalerei, der Teufel lockt eine Frau, die gerade am Butterfass steht. Und dieses Bild gab den Ausschlag, es spielt im ersten Eisvolkband eine wichtige Rolle, und in kurzer Zeit schrieb Margit Sandemo die ersten drei Bände. Als 1982 der erste Band erschien, hatte sie bereits zehn Bände vollendet und sich auch für den Namen »Eisvolk« entschieden. Der Verlag riet zuerst ab, es klinge zu kalt, aber da ließ sie nicht mit sich reden. Zu Recht, das wissen wir ja jetzt. Der Erfolg übertraf alle Erwartungen des Verlages, und in einer Festschrift zu Margit Sandemos 70. Geburtstag 1994 schreibt einer der damaligen Verlagsleiter:

»Die Bücher machten sie zur größten Steuerzahlerin ihrer Gemeinde, sicherten das Überleben des Verlages, sorgten in einer Druckerei für Arbeitsplätze, steigerten den Umsatz in Kiosken und Buchläden, gaben den Presseleuten etwas, worüber sie schreiben konnten, boten Literaturkritikern und anderen hochkulturellen Persönlichkeiten Grund, sich zu ärgern, lösten Diskussionen darüber aus, welche Bücher die Bibliotheken einkaufen sollen und – ja, erschütterten sogar die norwegische Staatskirche.«

Denn lange vor Harry Potter wurde schon Sandemos Büchern vorgeworfen, zu Satanismus, Drogenkonsum, sexueller Freizügigkeit und anderen gotteslästerlichen Schandtaten anzuregen, und ein frommer Pastor schlug dann auch vor, die Bücher lieber gleich zu verbrennen, doch da konterte die Autorin gelassen: »Wer hätte denn je von einem Teufel gehört, der Tiere liebt? Oder von einem Dämon, der für die Liebe sein Leben aufgibt?« Kritiker warfen ihr vor, ihre Bücher seien »Opium für das Volk«, sie wurde sogar als das Tier in der Offenbarung bezeichnet – aber das nimmt sie als Kompliment, denn jegliches Geschöpf mit Fell und vier Beinen ist ihr sympathischer als ein bestimmter Typ von zweibeinigen Trotteln.

Ansonsten lässt sie die Kritiker reden. Wenn sie selbst um eine Einschätzung ihres Werkes gebeten wird, dann sagt sie: »Ich schreibe Märchen für Erwachsene«. So umreißt sie ihre Bücher, und damit hat sie die Sache auf den Punkt gebracht.

Und jetzt endlich, sozusagen als verspätetes Geschenk zum achtzigsten Geburtstag, gibt es diese Märchen für Erwachsene endlich auch auf Deutsch, und bestimmt wird sie eine Flasche Sekt aufmachen, wenn das erste Buch bei ihr eintrifft.

Gabriele Haefs, Hamburg im Januar 2007

Wie alles begann ...

Der Zauberbund

Silje ist erst siebzehn Jahre alt, als ihre gesamte Familie der Pest zum Opfer fällt. Ausgehungert, halb erfroren und mit zwei Waisenkindern auf dem Arm, sucht sie Hilfe nahe der Stadt Trondheim. Doch nur einer nimmt sich ihrer an, ein mysteriöser Mann aus der Sippe des Eisvolkes, der von einem mystischen Geheimnis umgeben ist – und auf Silje beängstigend, aber zugleich seltsam anziehend wirkt ...

Der fulminante Auftakt zur fesselnden historischen »Saga vom Eisvolk«!

Lust auf mehr?!

Hexenjagd

Silje und Tengel haben Schutz gefunden im Tal des Eisvolks, und Silje ist glücklicher denn je – als Ehefrau an Tengels Seite. Trotzdem fühlt sie sich eingesperrt in dem engen Tal mit den seltsamen Menschen. Besonders die alte Hexe Hanna ist ihr unheimlich, voller Hingabe weiht sie Tengels Nichte Sol in all ihre dunklen Geheimnisse ein. Doch eine schlimmere Bedrohung entsetzlichen Ausmaßes steht dem Eisvolk bevor…

Band zwei der faszinierenden
»Saga vom Eisvolk«!

Im hohen Norden Europas, um 1600. Auf Tengel vom Eisvolk lastet ein böser Fluch, der auch in seinen Nachkommen schwelt. Doch bei wem wird er sich zeigen? Der ewige Kampf zwischen Gut und Böse geht weiter …

Sehnsucht

Yrja Mattiasdotter ist von einer schweren Krankheit gezeichnet, unförmig und linkisch – und dem beißendem Spott ihrer Mitmenschen ausgesetzt, die sie höhnisch »die Distel« nennen. Doch dies ist nicht Yrjas größter Kummer. Viel mehr Hilflosigkeit als ihr Körper bereiten ihr ihre verwirrenden Gefühle: Yrja ist verliebt – in Tarald, den reichen, gutaussehenden Sohn von Dag Meiden und Liv vom Eisvolk. Tarald hingegen hat nur Augen für seine Cousine Sunniva. Doch deren Verbindung steht unter keinem guten Stern, denn der böse, Unheil bringende Fluch lastet auch auf ihnen …

Band vier der faszinierenden »Saga vom Eisvolk«!

Suzanne
Frank
Die Händlerin
von Babylon

Dagmar
Trodler
Freyas Töchter
Roman

JULES
WATSON
TARTAN UND
SCHWERT

blanvalet
Mireille
Calmel
Die verbotene
Kammer
Der Top-Bestseller
aus Frankreich!

blanvalet

Große Gefühle bei Blanvalet

Hymnen an die Liebe und das Leben –
dramatisch, leidenschaftlich
und voller Sehnsucht!

36329

36625

36591

36629

www.blanvalet-verlag.de